INGRID ZELLNER

Gnadensee

Ingrid Zellner wurde 1962 in Dachau geboren. Nach ihrem Theaterwissenschafts-, Literatur- und Geschichtsstudium in München war sie am Stadttheater Hildesheim und zwölf Jahre an der Bayerischen Staatsoper München Dramaturgin. Heute ist sie Übersetzerin (Schwedisch) und Autorin. Sie hat bereits Romane, ein Kinderbuch, Kurzgeschichten und Theaterstücke veröffentlicht. Daneben ist sie Regisseurin und Theaterschauspielerin.
www.ingrid-zellner.de

INGRID ZELLNER

Gnadensee

Ein Baden-Württemberg-Krimi

Silberburg-Verlag

1. Auflage 2017

Umschlaggestaltung:
Christoph Wöhler, Tübingen.
Coverfoto: © Viktoriya Malova.
Druck: CPI books, Leck.
Printed in Germany.

ISBN 978-3-8425-2056-1

Prolog

Der Faustschlag traf ihn wie ein Blitz aus heiterem Himmel und direkt in die Magengrube. Er krümmte sich vor Schmerz, die Hände vor den Leib gepresst, rang mühsam nach Luft und taumelte.

Nicht umfallen. Bloß auf den Beinen bleiben. Er musste hier irgendwie raus.

Ein weiterer Schlag landete krachend auf seiner linken Schläfe und schleuderte ihn mit Wucht rücklings gegen die Wand. Ihm wurde schwarz vor Augen, seine Beine knickten ein, und er brach auf dem dicken, plüschigen Teppichboden zusammen.

Verdammt. Der würde doch nicht … Verflucht noch mal, wie hatte er nur so leichtsinnig sein können!

Er hörte, wie neben ihm eine Klinke heruntergedrückt wurde; jemand packte ihn am Oberarm, riss ihn hoch und stieß ihn durch eine geöffnete Tür in einen dämmerigen Vorraum … oder war es ein Flur? Panik stieg in ihm hoch. Das war in jedem Fall nicht die Tür, durch die er hereingekommen war.

Er musste zurück – zurück in das Zimmer mit dem plüschigen Teppichboden … und mit der anderen Tür, die hinaus in die Freiheit führte …

»Nichts da!«

Ein brutaler Stoß gegen die Brust trieb ihn noch weiter in den dunkelgrauen Raum hinein. Halb benebelt sah er, wie die Faust sich erneut zum Schlag erhob, dann flog sein Kopf zur Seite. Er spürte, wie etwas warm und feucht über sein Kinn und den Hals hinunterlief, und presste den Handrücken gegen den aufgerissenen Mundwinkel.

»Da geht's lang!«

Wieder ging irgendwo eine Tür, und im nächsten Moment wurde er an den Schultern gepackt, herumgedreht und grob vorwärtsgestoßen. Blind stolperte er über eine Türschwelle; sein nächster Schritt ging ins Leere, er verlor jeden Halt, flog nach vorne und abwärts, über kalte, kantige Steinstufen – bis er plötzlich auf einem harten Boden aufprallte, noch ein Stück weiterrollte und schließlich benommen liegenblieb.

Das war's dann wohl.

Instinktiv versuchte er, sich aufzurichten. Schmerzen schossen durch seinen Körper, auf das linke Handgelenk konnte er sich nicht stützen, und jeder Atemzug jagte ihm ein halbes Dutzend Messerstiche durch die Lunge. Blut rann ihm langsam und klebrig in die Augen und über die Wangen. Als er das rechte Bein leicht anzog, schrie er auf vor Pein; vorsichtig wandte er den Kopf und sah, wie der Unterschenkel in einem unnatürlichen Winkel von seinem Körper abstand.

Rings um ihn herum war es still. Und dunkel. Bis auf das dämmergraue Flurlicht – dort oben, mehrere Meter über ihm –, das durch die halbgeöffnete Tür gleichgültig in den Keller hinabfiel.

Er war allein.

Das war vielleicht seine letzte Chance.

Mühsam tastete er nach dem Smartphone in seiner Tasche. Jede Bewegung, jeder Atemzug wurde zur Qual, und sein Gehirn begann sich allmählich in Watte zu verwandeln.

Da war es … Zum Glück bewahrte er es stets in einer stabilen Hülle auf. Es gelang ihm, mit der einen Hand, die noch funktionierte, die Hülle aufzuklappen und das

Display zu aktivieren. Es war noch ganz. Und er hatte sogar tatsächlich Empfang. Nur sehr schwach, aber es sollte reichen.

Das Display verschwamm leicht vor seinen Augen. Statt der Kontaktliste traf seine Daumenkuppe die Anrufliste. Mechanisch tippte er auf die zuletzt angerufene Nummer ganz oben. Eine freundliche Automatenstimme eröffnete ihm, dass der gewünschte Teilnehmer derzeit nicht erreichbar war. Er fluchte in sich hinein, doch noch während er überlegte, ob er es riskieren sollte, Zeit mit dem Wählen einer zweiten Nummer zu verlieren, hörte er von oben Geräusche – gleichzeitig mit dem Signalton, der ihn aufforderte, gerne eine Nachricht zu hinterlassen.

»Hallo – verdammt noch mal, geh ran …«

Oben erschien eine schwarze Silhouette vor dem dämmergrauen Hintergrund im Türrahmen.

»Geh ran!!!«

»Hey – hör sofort auf mit dem Scheiß!«

Er sah die Gestalt eilig die Kellertreppe herunterkommen, sah die Stricke in der einen und ein blitzendes Messer in der anderen Hand.

Aber vielleicht gab es noch eine Hoffnung. Vielleicht, wenn er …

Die Gestalt hatte ihn fast erreicht.

Jetzt oder nie.

»Die Sonne schmeckt am besten rückwärts!«

Mehr Zeit blieb ihm nicht mehr. Ein gut gezielter Tritt traf seinen Kopf, er ließ das Smartphone fallen und sackte zusammen. Panisch rang er nach Atem und spürte sofort, wie sich die imaginären Klingen einmal mehr in seine Lungenflügel bohrten. Er kniff die Augen fest zu, als könnte er damit die Schmerzen unterdrücken, und hörte neben sich am Boden ein ächzendes Knarzen und Splittern aus der Richtung seines Smartphones.

Er holte mühsam Luft und hob langsam den Blick; vor seinen Augen tanzten Funken.

»Hör zu … ich hab dich nicht verpfiffen … Du hast doch gehört, ich hab dich nicht verpfiffen …«

Die Funken tanzten beiseite und gaben den Blick frei auf eine blinkende Messerklinge, die sich seinem Gesicht näherte.

Oh Gott – wie sollte er das alles jemals Lona beibringen …

Das war das Letzte, was er dachte, bevor es Nacht um ihn wurde.

1

Rabenschwarze Nacht. Regennasse Fahrbahn. Grell blendende Scheinwerfer entgegenkommender Autos. Noch einmal voll von Träumen sein. Hektisches Hin und Her der Scheibenwischer im Kampf gegen die Niagarafälle vom Himmel. Sich aus der Enge hier befrein. Nicht mehr lange. Bald. Bald. Er müsse einfach gehn für alle Zeit, für alle Zeit …

»Papa, pass auf!!«

Ein ohrenbetäubendes Kreischen. Ein Knall. Ein endloses Krachen und Splittern.

War was?

»Papa!!!«

Mit einem lauten Aufschrei fuhr Lona hoch, und es dauerte eine Weile, bis ihr bewusst wurde, dass sie aufrecht in ihrem Bett saß.

Wieder dieser Traum. Wieder und wieder der gleiche Traum.

Sie fuhr sich mit beiden Händen über das Gesicht und wischte dabei den Schweiß von der Stirn. Die mattblauen Digitalziffern ihres Radioweckers leuchteten träge in der Dunkelheit. 3.54 Uhr.

Müde ließ sie sich zurück in das weiche Kopfkissen sinken und schloss die Augen. Sie kannte diesen Traum. Seit fünf Jahren träumte sie ihn nun schon, immer wieder. Seit jener Regennacht, in der sie während der Heimfahrt von Stuttgart im Wagen neben ihrem Vater gesessen hatte. Die Melodien aus dem Udo-Jürgens-Musical klangen noch in ihren Ohren, und sie waren schon fast zu Hause angekommen, als ihnen plötzlich ein Auto mit grell blendenden Scheinwerfern auf ihrer Fahrbahn entgegenkam.

Ihr Vater verriss das Steuer, um ihm auszuweichen, geriet dabei auf der regennassen Straße ins Schleudern und krachte frontal in die Leitplanke. Lona hatte sagenhaftes Glück gehabt und war mit zwei gebrochenen Rippen und einer Gehirnerschütterung davongekommen. Ihr Vater war auf der Stelle tot gewesen.

Das Verhältnis zu ihrer Mutter, schon vorher nicht das beste, war seitdem noch komplizierter geworden. Ute Mende stammte aus einer angesehenen Anwaltsfamilie in Konstanz, die Heirat mit dem wohlhabenden Steuerberater Anton Mende sicherte ihr eine in ihren Augen standesgemäße Versorgung. Dass die Familienvilla ihres Mannes auf der Bodensee-Insel Reichenau stand, war ihr zunächst zwar nicht ganz recht gewesen; irgendwann hatte sie sich jedoch damit arrangiert und machte es sich zur Aufgabe, das noble Anwesen in Mittelzell mit unverstelltem Blick auf den Untersee zu einem innenarchitektonischen Juwel auszubauen. Ihr kahler, nüchterner Möblierungsstil entsprach nicht ganz Anton Mendes Vorlieben, aber solange es seine Frau glücklich machte, nahm er es hin.

Ziemlich inkompatibel war auch ihr Musikgeschmack. Zwar mochten beide klassische Musik, aber Anton Mende hatte darüber hinaus auch ein Faible für Unterhaltungsmusik und Schlager, womit Ute so gar nichts anfangen konnte. Nicht im Traum wäre es ihr eingefallen, sich ihnen für den Besuch des Musicals »Ich war noch niemals in New York« anzuschließen, den Lona seinerzeit ihrem Vater zum Geburtstag geschenkt hatte. Also waren Anton Mende und Lona allein nach Stuttgart gefahren. Auf eine Übernachtung dort hatten sie verzichtet. »Die Fahrt zurück auf die Reichenau dauert höchstens zwei Stunden«, hatte Lonas Vater gesagt, »das ist überhaupt kein Problem.« Bis dann auf der B 33 kurz hinter Radolfzell von einer Sekunde zur nächsten alles vorbei war.

Der Unfallverursacher beging Fahrerflucht. Er wurde nie gefasst.

Seitdem verging kein Tag, an dem Lona in den Augen ihrer Mutter nicht irgendwo den Vorwurf zu lesen glaubte, dass sie schuld am Tod des Vaters sei. Schließlich war es damals Lonas Idee gewesen, dieses Musical zu besuchen. Hätte sie ihrem Vater etwas Vernünftiges zum Geburtstag geschenkt, dann wäre er noch am Leben.

Und das Schlimmste war: Genau genommen stimmte das ja auch.

Finster entschlossen stieg Lona aus dem Bett. Sie würde ohnehin nicht wieder einschlafen. Wenn sie einmal anfing, nach einem solchen Traum über den Unfall ihres Vaters und das Verhältnis zu ihrer kühl-distanzierten Mutter nachzugrübeln, dann war es mit der Ruhe für den Rest der Nacht erfahrungsgemäß vorbei.

Sie ging durch den dunklen Flur in die kleine Küche des Appartements, das sie sich in der oberen Etage der Familienvilla eingerichtet hatte. Als einziges Kind der Mendes war sie Miterbin des Hauses gewesen und hatte sich durch diesen abgetrennten Wohnraum wenigstens ein bisschen Privatsphäre geschaffen. Es war schwer genug, mit ihrer eigensinnigen Mutter, die seit zwei Jahren obendrein zu Depressionen neigte, unter einem Dach zu leben und ihr beinahe tagtäglich über den Weg zu laufen. Ohne diese Zuflucht mit einer Tür, die sie hinter sich verriegeln konnte, würde sie es vermutlich schon lange nicht mehr hier aushalten.

Im Kühlschrank standen neben einer halbvollen Flasche Mineralwasser ein Tetrapak Orangensaft und zwei

Flaschen Prosecco, die Lona am Vortag kaltgestellt hatte. Nur für den Fall, dass sich heute im Laufe des Tages irgendwelche Bekannte einfinden würden, die daran gedacht hatten, dass Lona Mende an diesem 10. Mai vierundzwanzig Jahre alt wurde.

Sie warf einen Blick auf die Küchenuhr. Viertel vor fünf. Eigentlich eine völlig unchristliche Zeit, um … aber so what? Es war ihr Geburtstag!

Wenig später saß Lona in dem schweren, bequemen Ledersessel in ihrem Wohnzimmer. Kerzen verbreiteten warmes, flackerndes Licht in dem dunklen Raum, und aus den Lautsprechern der Stereoanlage erklang leise der zweite Satz aus Mozarts Klarinettenkonzert. Goldener Prosecco perlte in der schlanken Sektflöte, die sie zu einem stummen Toast erhob.

Happy birthday, Lona!

Stumm lauschte sie den sanften, schwebenden Tönen des Orchesters. Diese Mozart-CD war das letzte Geschenk ihres Vaters an sie gewesen vor seinem tragischen Unfalltod. Nie fühlte sie sich ihm so nahe, wie wenn sie diese wunderbare Musik hörte.

Du fehlst mir, Papa.

Das Adagio verklang. Die Klarinette stimmte das heitere Rondo-Thema des Schlusssatzes an, und wie immer empfand Lona es wie ein helles, fröhliches und ansteckendes Lachen. Unwillkürlich lächelte sie, trank ihr Glas leer und erhob sich, um die Kerzen auszupusten. Draußen dämmerte das erste schwache Tageslicht herauf.

Es versprach ein schöner Tag zu werden.

Gegen halb zehn Uhr klingelte es an Lonas Haustür. Es war ihre Jugendfreundin Andrea Strobl, die vorbeikam, um zu gratulieren, und natürlich gerne auf ein Glas Vormittags-Prosecco blieb.

»Ein halbes Stündchen hab ich Zeit«, erklärte sie und ließ sich auf das flauschige, hellgraue Kuschelsofa sinken. »Danach muss ich in den Laden, Mama ablösen – die hat dann einen Arzttermin. Sie lässt dich übrigens herzlich grüßen, und Papa auch.«

»Danke.« Lona reichte Andrea ein gefülltes Proseccoglas und setzte sich in ihren Sessel. »Hat deine Mutter irgendwelche Beschwerden?«

»Nein. Nur eine Routineuntersuchung.« Andrea hob ihr Glas. »Also dann – sehr zum Segen, Lona!«

»Santé!«

Sie prosteten einander zu. Lona nippte nur ein wenig und beobachtete ihre Freundin, die ihr Glas mit sichtlichem Genuss schon beim ersten Zug halb leerte. Andrea stammte aus einer alteingesessenen Obst- und Gemüsebauern-Familie auf der Reichenau; ihre Eltern betrieben den Hof bereits in dritter Generation. Als Kind war Lona bei den Strobls ein und aus gegangen – allein schon deshalb, weil die gemütlich gerundete Mutter Strobl ihr jedes Mal einen glänzenden, rotbackigen Apfel oder sonst eine Leckerei zusteckte, aber natürlich auch wegen Andrea, die nur wenige Monate jünger war als sie selbst und mit der Lona von klein auf eine dicke Freundschaft verband. Dass Lona nach der Grundschule aufs Gymnasium wechselte, während Andrea auf der Hauptschule blieb, änderte daran nicht das Geringste.

»Himmel, ist der gut!« Andrea betrachtete den restlichen Prosecco in ihrem Glas anerkennend. »Zu dumm, dass ich heute noch arbeiten muss. Davon hätte ich mir gerne noch etwas mehr gegönnt.«

»Das können wir ja gelegentlich nachholen«, erwiderte Lona gelassen. »Ruf mich einfach an, wenn du das nächste Mal einen freien Abend hast.«

»Du meinst, wenn meine gestrengen Eltern der schwer gestressten Juniorchefin ausnahmsweise freien Ausgang gewähren?« Andrea lachte; ihre Augen, die von der gleichen kastanienbraunen Farbe waren wie ihre schulterlangen Locken, blitzten amüsiert.

»Na komm – sie werden dich ja wohl nicht rund um die Uhr beschäftigen, oder?«

»Nein, natürlich nicht.« Andrea nahm einen weiteren, diesmal deutlich kleineren Schluck. »Aber Papa hat damit angefangen, mich in die Buchhaltung des Betriebs einzuarbeiten, und dafür hat er eben am besten Zeit, wenn das restliche Tagwerk erledigt ist. Sprich: meistens eher spätabends.«

Lona betrachtete ihre Freundin nachdenklich.

»Das heißt also, du bist mittlerweile entschlossen, eines Tages den Hof zu übernehmen?«

»Derzeit ja«, antwortete Andrea. »Ich weiß, ich hatte lange Zeit meine Bedenken ... aber inzwischen hab ich mich an den Betrieb gewöhnt, und im Moment kann ich mir durchaus vorstellen, dass ich irgendwann in die Fußstapfen meiner Eltern trete.« Sie grinste Lona breit an. »Hätten wir vor ein paar Jahren noch nicht gedacht, was?«

»Ganz bestimmt nicht.«

Lona lächelte in sich hinein. Als Kind hatte Andrea noch Lehrerin werden wollen, als Teenager hatte sie eine Weile von einer Karriere als Filmschauspielerin geträumt, und danach hatte sie mit allen möglichen Berufssparten geliebäugelt, von Modeverkäuferin über Buchhändlerin bis zu Reisebusfahrerin … alles, nur kein Leben zwischen Treibhäusern und Obstkisten. Und Lona hatte volles Verständnis dafür gehabt; sie hatte sich ebenfalls niemals vorstellen können, sich wie ihr Vater jahraus, jahrein mit Akten und Steuerangelegenheiten zu befassen.

Sie spürte, wie ihr Lächeln erstarb. Jetzt musste sie das auch nicht mehr. Anton Mende hatte seiner Frau und seiner Tochter neben der Villa auf der Reichenau noch ein stattliches Vermögen vererbt, das ihnen ein weitgehend sorgenfreies Auskommen sicherte – auch ohne die Einnahmen aus der Kanzlei, die an einen anderen Steuerberater übergeben wurde. Lona war daher in der – aus der Sicht ihrer Umgebung – »beneidenswerten« Situation, sich ihren Lebensunterhalt fürs Erste nicht verdienen zu müssen. Sie selbst konnte über solche Ansichten nur den Kopf schütteln.

Ihr habt doch keine Ahnung. Glaubt ihr nicht, ich würde auf dieses Geld liebend gerne pfeifen, wenn dafür mein Vater noch am Leben wäre? Abgesehen davon, dass es weiß Gott kein Vergnügen ist, mit meiner Mutter allein unter einem Dach zu leben. Und außerdem …

»Lona?«

Lona blinzelte. Andrea hielt ihr leeres Sektglas hoch und sah sie fragend an. »Ich glaube, du träumst am helllichten Tage«, stellte sie fest.

»Tut mir leid«, murmelte Lona. »Ich war gerade mit meinen Gedanken woanders. Möchtest du noch einen Schluck?«

»Einen kleinen«, grinste Andrea. »Sonst verkaufe ich nachher aus Versehen noch Boskoop- statt Gala-Äpfel, und das wäre doch außerordentlich peinlich.«

Sie ließ sich von Lona das Glas nachfüllen und betrachtete sie dabei kritisch.

»Aber jetzt mal im Ernst, Süße, ich hab mir vorhin schon gedacht, dass du nicht ganz taufrisch aussiehst. Fehlt dir was?«

»Ach was«, winkte Lona ab. »Ich hab heute Nacht nur ein bisschen schlecht geschlafen, das ist alles. Ich denke, ich werd mich nachher noch ein Weilchen hinlegen, bevor Dirk kommt.«

»Aha.« Andreas Augen funkelten vergnügt. »Und, habt ihr noch was Schönes vor heute?«

»Keine Ahnung«, erwiderte Lona mit einem kleinen Lächeln. »Ich denke, er wird mich zum Essen ausführen, aber was genau er sich vorgenommen hat, weiß ich nicht. Er hat sich da im Vorfeld überhaupt nichts entlocken lassen.«

»Also eine klassische Geburtstags-Überraschung.« Andrea trank einen Schluck und stellte ihr Glas ab. »Find ich prima. Manchmal könnt ich dich um den Kerl glatt beneiden … sieht gut aus, hat Kohle und ist dazu auch noch nett und großzügig. Wieso läuft mir so was nicht auch mal über den Weg?«

»Kommt schon noch«, versicherte Lona; sie merkte, wie ihre Stimmung allmählich wieder besser wurde. »Bloß keine Torschlusspanik, du bist noch nicht mal vierundzwanzig, im Gegensatz zu mir.«

»Stimmt«, meinte Andrea lakonisch. »Ich hab noch viel Zeit.« Sie leerte ihr Glas und warf einen Blick auf ihre Armbanduhr. »Aber heute nicht mehr, ich muss jetzt los. Ich ruf dich morgen an, Süße, und dann will ich ganz genau wissen, wo ihr wart und was dein Dirk dir geschenkt hat, ja?«

»Neugierig bist du überhaupt nicht, was?« Lona schüttelte amüsiert den Kopf.

»Das ist keine Neugier, das ist seriöser innerer Forscherdrang«, erklärte Andrea mit todernster Miene. »Hab einen schönen Tag und einen noch schöneren Abend!«

Die beiden Freundinnen erhoben sich und umarmten einander, dann begleitete Lona Andrea die Treppe hinunter. Gerade hatten sie die Vorhalle erreicht, als dort eine Tür geöffnet wurde; im Türrahmen stand, in ein elegantes mintfarbenes Satin-Negligé gehüllt, Ute Mende.

»Dachte ich mir doch, dass ich Schritte gehört habe«, sagte sie mit ihrer dünnen, kühlen Stimme. »Hallo, Andrea … guten Morgen, Lona, und herzlichen Glückwunsch zum Geburtstag.«

»Danke.«

Lona seufzte innerlich. Das war für ihre Mutter ja mal wieder perfekt gelaufen; auf diese Weise hatte sie die Gratulation an ihre Tochter sozusagen abgefrühstückt, ohne sich dafür extra zu ihr nach oben bemühen oder womöglich sogar einen Kaffee oder ein Glas Prosecco zusammen mit ihr trinken zu müssen. Wenn Ute Mende etwas nicht war, dann gesellig.

»Ich muss mal schauen … Irgendwo hab ich was für dich, warte.«

Ute verschwand. Lona wandte sich Andrea zu und verdrehte die Augen. »Was wetten wir, dass sie jetzt ihren Badezimmer-Schrank plündert und mit einem ihrer Chanel-Parfums ankommt, von denen sie mittlerweile wissen müsste, dass ich sie auf den Tod nicht ausstehen kann«, raunte sie ihrer Freundin in resignierendem Tonfall zu.

»Dann schmeiß es weg oder gib's *mir*«, gab Andrea ungerührt und ebenso leise zurück.

»Voilà!« Ute kehrte zurück und hielt Lona auf ihrer Handfläche einen eleganten Flacon mit Coco Eau de Parfum von Chanel entgegen. »Für dich.«

Eines Tages – wenn nicht gerade Andrea oder sonst jemand danebensteht – mach ich das Ding auf und schütte dir das Zeug über den Kopf, dachte Lona verbissen. *Egal wie sündteuer es ist.*

Sie schaffte es, sich zusammenzunehmen und ein halbwegs freundliches Lächeln zu fabrizieren. »Vielen Dank.«

»Keine Ursache«, entgegnete Ute. »Und, geht ihr jetzt schön feiern?«

»Ähm … nein«, meldete Andrea sich zu Wort. »Ich geh jetzt schön arbeiten. Die schnöde Pflicht ruft.«

»Verstehe.« Ute nickte leicht. »Dann einen schönen Tag noch euch beiden.«

Und damit wandte sie sich um, rauschte ab und schloss die Tür hinter sich.

Lona und Andrea wechselten einen vielsagenden Blick, dann drückte Lona ihrer Freundin mit einem bitteren Lächeln den Chanel-Flacon in die Hand.

»Bitte schön – werd glücklich damit.«

Wenig später stand Lona wieder oben in ihrem Wohnzimmer und schenkte sich ein weiteres Glas Prosecco ein. Das war nun schon das dritte an diesem Tag und mindestens eines zu viel – aber nach dieser Begegnung mit ihrer Mutter brauchte sie jetzt einfach einen Alkoholstoß. Zum Glück musste sie heute nicht mehr ans Steuer; das konnte sie nachher vertrauensvoll Dirk überlassen, wenn er sie abholte.

Dirk.

Bei dem Gedanken an ihn entspannte sich Lona wieder ein wenig. »Manchmal könnt ich dich um den Kerl glatt beneiden«, hatte Andrea gesagt, und dazu hatte sie allen Grund, wie Lona fand. Dirk Reisacher war definitiv das Beste, was ihr in den Jahren seit dem tödlichen Unfall ihres Vaters passiert war. Er war Student an der Universität Konstanz und dort ziemlich umschwärmt; kein Wunder, er war ein Frauentraum auf zwei Beinen – groß, schlank, blond und mit leuchtend blaugrünen Augen, Sohn wohlhabender Eltern und dazu auch noch intelligent. Dass seine Wahl auf Lona gefallen war, die mehr oder weniger ziellos ein Literatur- und Geschichtsstudium abfeierte und sich unter seinem Studienfach »Nanoscience« bis heute nichts wirklich Konkretes vorzustellen wusste, konnten viele seiner ehrgeizigen Kommilitoninnen vermutlich nach wie vor nicht fassen. Manchmal begriff Lona es ja selbst noch immer nicht, dass sie so viel Glück gehabt hatte.

Gut, sie war alles andere als unattraktiv und fiel durchaus in so manches männliche Beuteschema, wie sie aus langjähriger Erfahrung nur zu gut wusste. Sie hatte von ihrer Mutter die hochgewachsene, sehr schlanke Gestalt geerbt und vor allem auch das reiche, tizianrote Haar, das ihr (anders als bei Ute, die es seit Jahren kurzgeschnitten trug) in sanften Wellen bis zur Taille hinabfiel und einen reizvollen Kontrast bildete zu ihren großen, dunkelgrauen Augen – einem Erbe ihres Vaters. Viele junge Männer hatten bereits versucht, bei ihr zu landen, aber Lona hatte alle abblitzen lassen. Bis sie dann vor zwei Jahren bei einem Konzert im Konstanzer Münster zufällig neben diesem gut aussehenden Studenten zu sitzen kam, der so gewandt über Mozart und Mendelssohn plaudern konnte, dass er auf der Stelle Lonas Neugier weckte. Als er sie nach dem Konzert noch auf ein Glas Wein einlud, sagte sie nicht nein. So begann eine Freundschaft, aus der schnell eine feste Beziehung wurde. Auch wenn sie in vielerlei Hinsicht verschieden waren – im Gegensatz zu Dirk, der sein Nanoscience-Studium sehr fokussiert absolvierte, wusste Lona noch immer nicht wirklich, was sie aus ihrem Leben machen wollte –, war es vor allem das gemeinsame Interesse für Musik, das sie verband.

Sie trank von ihrem Prosecco, streckte sich der Länge nach auf dem Sofa aus und schloss die Augen. Wohin würde Dirk sie an diesem Abend wohl ausführen? Zu einem Italiener vielleicht … oder in dieses prächtige marokkanische Restaurant, in das sich Lona bei ihrem ersten Besuch vor ein paar Wochen verliebt hatte. Und Dirk pflegte sich üblicherweise sehr gut zu merken, was Lona gefiel und was sie sich wünschte.

Im vergangenen Dezember hatte sie nach einer TV-Sendung über Reykjavík eine beiläufige Bemerkung fallen lassen, diese junge, hippe Stadt auf Island würde sie gerne einmal sehen – und prompt fand sie unter dem Weihnachtsbaum einen Reisegutschein für ein verlängertes Wochenende in der nördlichsten Hauptstadt der Welt vor, inklusive einem Konzertbesuch in dem hochmodernen Konzerthaus Harpa. Für zwei Personen. »Glaub bloß nicht, dass die Harpa nur dich interessiert«, hatte Dirk schmunzelnd erklärt, als Lona ihn nur noch sprachlos anstarrte. »Tu mir bitte lediglich den Gefallen und lös den Gutschein erst im Frühjahr oder Sommer ein – jetzt im Winter ist es da oben doch etwas arg dunkel und kalt.« Ein Lächeln spielte in Lonas Mundwinkel. Diesen Wunsch hatte sie Dirk nur zu gerne erfüllt. Inzwischen war der Trip fest gebucht; in zwei Wochen würden sie in dem feuerroten Konzertsaal »Eldborg« sitzen und dem Iceland Symphony Orchestra unter seinem Ehrendirigenten Vladimir Ashkenazy lauschen. Bei dem Gedanken daran wurde Lona beinahe schwindelig vor Vorfreude.

Und heute Abend würde sie mit Dirk ihren Geburtstag feiern. Nur mit ihm.

Als sie einige Zeit später erwachte, war es bereits vier Uhr nachmittags; sie hatte tatsächlich ein paar Stunden geschlafen und fühlte sich nun ausgeruht und frisch. Sie nahm eine Dusche, kämmte ihre Haarfluten und schminkte sich sorgfältig. Dann inspizierte sie den Inhalt ihres Kleiderschranks und entschied sich für schwarze Marlenehosen und ein eng anliegendes dunkelgraues, mit schwarzen Pailletten besetztes Top. Das waren ihre bevorzugten Farben; sie fand, dass auf diese Weise das leuchtende Tizianrot ihrer Haare am besten zur Geltung kam.

Sie schlüpfte in schwarze High Heels und warf einen letzten prüfenden Blick in den Spiegel. *Ja. Gut so. Dirk würde hingerissen sein.*

Sie setzte sich ins Wohnzimmer und wartete.

Eine halbe Stunde später wartete sie immer noch, zunehmend beunruhigt. Es sah Dirk nicht ähnlich, sich derart zu verspäten – oder sich nicht wenigstens per Smartphone zu melden, damit sie Bescheid wusste und sich keine Sorgen zu machen brauchte. Dass auf die Nachrichten, die Lona ihm nun ihrerseits per SMS und über WhatsApp schickte, keine Antwort kam und sich, als sie seine Nummer wählte, nicht einmal die Mailbox meldete, machte die Sache nicht besser.

Schließlich hielt sie es nicht mehr aus. Sie griff nach ihrer Tasche und dem Autoschlüssel und eilte die Treppe hinunter ins Freie. Für einen Moment dachte sie schuldbewusst an die drei Gläser Prosecco, die sie heute bereits getrunken hatte, aber da war jetzt eben nichts zu machen. Sie musste wissen, was mit Dirk los war.

Wenig später saß sie am Steuer ihres silberfarbenen Opel Adam und fuhr los in Richtung Konstanz.

~

Es dauerte gut eine halbe Stunde, bis Lona den Konstanzer Stadtteil Petershausen erreichte und endlich ihren Wagen abstellen konnte. Dreimal war sie bis dahin auf der Suche nach einer freien Parklücke an dem Haus vorbeigefahren, in dem Dirk seine hübsche kleine Altbauwohnung hatte, und zumindest hatte sie dabei schon seinen dunkelblauen Mercedes erspäht, der nicht weit vom Hauseingang entfernt auf einem Parkplatz stand. Offenbar war er also zu Hause. Vielleicht war er über einer Studienarbeit eingeschlafen oder sonst irgendwie aufgehalten worden.

Sie schloss die Haustür auf – Dirk hatte ihr vor einiger Zeit den Ersatzschlüssel zu seiner Wohnung anvertraut, damit sie ungehindert bei ihm ein und aus gehen konnte –

und stieg die Treppe in den zweiten Stock hinauf. Dort klingelte sie noch einmal pro forma, aber dann öffnete sie die Wohnungstür mit dem Schlüssel und trat ein.

»Dirk?«

Keine Antwort. Lona ließ die Tür hinter sich ins Schloss schnappen.

»Dirk, bist du da?«

Totenstille. Der Flur war ebenso leer wie das Bad und das große Zimmer mit der Küchenecke.

Ihr Blick fiel auf den Garderobenhaken im Flur. Die Jacke, die Dirk derzeit üblicherweise trug, hing nicht dort, und auch seine Lieblingssneaker fehlten. War er noch einmal losgezogen, um etwas für den Abend zu besorgen? Hatte er die Zeit übersehen?

Sie wählte noch einmal Dirks Handynummer. Vergeblich.

In der Küchenecke fand sie einen kleinen Stapel ungespültes Geschirr neben der Spüle und auf dem Esstisch Brösel und eine Tasse mit einem eingetrockneten Rest Kaffee. Nichts, was auf irgendein ungewöhnliches Ereignis hindeutete. Dirk gehörte nicht zu der Sorte Mensch, die regelmäßig Geschirr spülte und alles penibel blankpolierte.

Gedankenverloren zerrieb sie einen trockenen Brösel zwischen den Kuppen ihres Daumens und Zeigefingers.

Wo zum Teufel bist du, Dirk?

Sie ging zum Schreibtisch hinüber. Er war übersät mit Büchern, Kopien und Notizen, als hätte Dirk bis eben noch hier gesessen und gearbeitet. Der Laptop jedoch war ausgeschaltet und kalt.

Etwas Kleines, Buntes blitzte zwischen den Papieren hervor, und unwillkürlich griff Lona danach. Es war ein

Geschenkpäckchen. Mit einer Schleife und einem Anhänger. »Für Lona« stand darauf.

Einen Moment lang zögerte Lona, dann hielt sie das Päckchen mit ihren Fingerspitzen hoch, behutsam wie ein rohes Ei, und betrachtete es von allen Seiten. Es fühlte sich eindeutig an wie eine Schmuckschachtel. Sofort erinnerte sie sich daran, wie sie und Dirk vor einiger Zeit in der Innenstadt am Schaufenster eines Juweliers stehengeblieben waren. Ein schmaler Ring aus Gelbgold hatte Lonas Aufmerksamkeit gefesselt; in einer schlichten Zargenfassung saß ein ausgesprochen schön geschliffener Rubin. Dirk war ihrem Blick gefolgt und hatte anerkennend gelächelt. »Ein schönes Stück«, hatte er gesagt, »würde gut zu deinen Haaren passen.« Sie hatte zustimmend genickt; aber dann waren sie weitergegangen, ohne den Ring noch einmal zu erwähnen.

Lona merkte, wie ihre Hand, die das Päckchen hielt, zu zittern begann. *Dieser Verrückte hatte doch nicht etwa …*

Ein Geräusch durchbrach die Stille des Raumes. Ein Schlüssel, der von außen in das Schloss der Wohnungstür gesteckt und herumgedreht wurde.

Dirk. Gott sei Dank. Die Erleichterung, die Lona empfand, war unbeschreiblich. Schnell legte sie das Päckchen zurück auf den Schreibtisch und versteckte es unter den Papieren, während hinter ihr die Wohnungstür geöffnet wurde. Sie drehte sich um, ein strahlendes Lächeln auf den Lippen – und dann erstarrte sie.

Ein Mann betrat das Zimmer. Und es war nicht Dirk.

Der Fremde schien nicht minder überrascht und erschrocken über Lonas Anwesenheit zu sein als sie über sein unerwartetes Auftauchen. Jäh und wie angewurzelt blieb er in der Tür stehen.

Lonas Herz pochte heftig; unwillkürlich krallte sie sich mit beiden Händen an der Schreibtischkante hinter ihr fest. Sie war sich sicher, diesen Mann nie zuvor gesehen zu haben. Er war von mittelgroßer, kräftiger Gestalt und trug Jeans und einen abgewetzten Parka. Für einen Kommilitonen von Dirk schien er zu alt zu sein – wobei das schwer zu schätzen war, denn er verbarg seine Augen hinter einer Sonnenbrille.

»Wer sind Sie?« Ihre Stimme klang heiser und gehorchte ihr kaum. »Was wollen Sie hier?«

Für einen Moment kam es Lona so vor, als hätte ihre Frage den Fremden überrumpelt und er müsste erst einmal nach einer Antwort suchen.

»Ich … ich muss nur schnell was holen«, sagte er mit einer kratzigen Stimme, die regelmäßigen Zigarettenkonsum vermuten ließ. »Für Dirk.«

»Für Dirk?« Jetzt begannen auch noch ihre Knie zu zittern. »Wo ist er, und was haben Sie mit ihm zu tun?«

»Er ist mein Sohn.« Es kam so gelassen wie prompt. »Er hilft mir bei einer wichtigen Familienangelegenheit und braucht dafür seinen Laptop.«

»Und wieso holt er ihn nicht selber?«, entfuhr es Lona, noch bevor ihr das ganz und gar Absurde dieser Behauptung zur Gänze bewusst wurde.

»Was geht das dich an?« Jetzt wurde der Mann hörbar unwirsch. »Er kann jetzt gerade nicht weg, deshalb hat er mir den Schlüssel gegeben, damit ich das Teil für ihn hole. Also mach jetzt hier keinen künstlichen Aufstand.«

Er steuerte zielbewusst auf den Schreibtisch zu. Lonas Herz hämmerte wild. Dieser Kerl machte ihr zunehmend Angst. Zumal er sie definitiv belog.

»Moment!« Sie verkrallte sich noch fester in die Schreibtischkante und nahm ihren ganzen Mut zusammen. »Sie nehmen hier gar nichts mit. Nicht bevor Dirk mir persönlich bestätigt, dass Sie das dürfen.«

Er blieb dicht vor ihr stehen und musterte sie durch seine schwarze Sonnenbrille.

»Sieh mal an«, sagte er, und jetzt klang er eindeutig ironisch. »Und wer bist du, dass du dich hier aufführst wie die Herrin des Hauses?«

»Das geht Sie nichts an«, entgegnete Lona. »Sie sagen mir ja auch nicht, wer *Sie* sind. Und jetzt verschwinden Sie, oder ich rufe die Polizei!«

Was leichter gesagt als getan war – ihr Smartphone lag außerhalb ihrer Reichweite in der Handtasche, drüben am Esstisch. *Verdammt.*

Zu ihrem Entsetzen schien der Mann weit davon entfernt zu sein, sich von ihr einschüchtern zu lassen. Unbeirrt trat er ganz nahe an sie heran. Der unangenehme Geruch von kaltem, abgestandenem Zigarettenrauch stieg ihr in die Nase, und ihr Magen hob sich.

»Ich sagte dir doch«, zischte er direkt vor ihrem Gesicht, »ich bin Dirks Vater.«

»Nein.« Ihre Stimme war nur noch ein mühsames Flüstern; Eiseskälte kroch durch ihre Glieder, und sie bebte vor Angst. »Das sind Sie nicht. Dirks Vater ist tot. Schon seit drei Jahren.«

Für einen Augenblick brachte diese Antwort den Mann scheinbar aus dem Konzept. Dann aber stieß er sie mit einem Mal grob zur Seite und griff hastig nach dem Laptop.

»Nein!!«

Die unerwartete Aktion des Fremden löste Lona aus ihrer Schockstarre. Instinktiv stürzte sie sich auf ihn, entriss ihm den Laptop und versetzte ihm einen schmerzhaften Tritt gegen das Schienbein. Dann rannte sie zu dem Esstisch, klemmte sich den Laptop unter den Arm und suchte hektisch in ihrer Tasche nach dem Smartphone.

»Du miese kleine Schlampe …«

Panik stieg in Lona hoch, als der Mann drohend auf sie zukam.

»Hilfe!«, schrie sie laut. »Hilfe!!«

Im gleichen Moment ertasteten ihre Finger endlich das Smartphone, und sie zog es hervor, auch wenn sie keine Ahnung hatte, wie sie die 110 wählen sollte, ohne dafür den Blick von dem Mann zu nehmen, der sie schon fast erreicht hatte …

»Hilfe!«, stieß sie noch einmal hervor und riss das Smartphone hoch.

Und dann blieb der Fremde plötzlich stehen, als hätte Lona statt eines Handys eine Pistole auf ihn gerichtet. Eine endlose Sekunde lang starrte er sie an, dann wandte er sich ab und verließ mit schnellen Schritten den Raum.

Ungläubig sah Lona ihm nach. Sie hörte, wie draußen im Flur die Wohnungstür aufgerissen wurde und wieder ins Schloss fiel.

Lange wagte sie es nicht, sich zu rühren. Was, wenn das eine Falle war und der Mann draußen im Flur wartete, bereit, sich bei nächster Gelegenheit auf sie zu stürzen …

Aber alles blieb still.

Langsam und so lautlos wie möglich begann Lona sich an dem Esstisch entlangzutasten, bis sie einen vorsichtigen Blick hinaus in den Flur werfen konnte.

Er war leer. Der Mann mit der Sonnenbrille war verschwunden.

Die Anspannung fiel von Lona ab und wich dem Schock. Ihre Beine versagten ihr den Dienst, und sie ließ sich auf einen der Stühle sinken. Dann wurde ihr bewusst, dass sie noch immer das Smartphone in der Hand hielt.

Mit zitternden Fingern aktivierte sie das Display und wählte die Nummer der Polizei.

2

Erst Stunden später kam Lona endlich wieder zu Hause auf der Reichenau an. Sie war noch immer völlig verstört von den Ereignissen des Abends, dazu müde von den Vernehmungen durch die Polizei und darüber hinaus krank vor Sorge um Dirk, von dem nach wie vor kein Lebenszeichen gekommen war.

Der Gedanke, den Rest des Abends allein in ihrer Wohnung zu verbringen, war so niederschmetternd, dass sie sogar bereit gewesen wäre, die Gesellschaft ihrer Mutter zu suchen … doch die war nach ihrer abendlichen Dosis Antidepressiva derart unzugänglich, dass Lona schon nach wenigen Minuten hinauf in ihre Wohnung flüchtete und in ihrer Verzweiflung Andrea anrief. Zum Glück reagierte ihre Jugendfreundin prompt, ließ alles stehen und liegen und kam zu ihr.

»So«, sagte sie, nachdem sie Lona lange und fest umarmt hatte, »jetzt machen wir uns erst mal einen ordentlichen Kaffee – ja, ich weiß, wie spät es ist, aber so, wie du aussiehst, kannst du ihn dringend brauchen, und ich hab ein paar Stücke Marmorkuchen von meiner Mutter abgestaubt, die schaden dir sicher auch nicht. Und dann erzählst du mir ganz genau, was los ist.«

Wenig später saßen sie vor dampfenden Kaffeetassen und Lona spürte überrascht, wie allein schon der Duft ihre Lebensgeister wieder ein wenig weckte. Sie hatte zwar auch bei der Polizei einen Kaffee bekommen, die dünne schwarze Brühe dort aber eher nebenbei und achtlos in sich hineingegossen. Jetzt, in der Gegenwart ihrer vertrauten Freundin, die gerade eine dicke Kerze auf dem

Tisch entzündete, merkte sie, wie die Anspannung zumindest ansatzweise von ihr abfiel, und nach einem ersten Schluck von dem aromatischen Gebräu erzählte sie Andrea alles über die seltsame Begegnung mit dem Fremden in Dirks Wohnung.

»Da hast du aber Glück gehabt«, stellte Andrea fest, als Lona bei dem unerwarteten Rückzug des Mannes angelangt war. »Dass der Kerl urplötzlich einfach so die Flucht ergreift, meine ich. Er hätte dich ja auch ebenso gut vorher noch unschädlich machen können.«

»Ja, vielen Dank auch!«, versetzte Lona sarkastisch. »Das ist genau die Vorstellung, die ich jetzt brauche, um die Nacht ruhig und friedlich zu überstehen.«

»Entschuldige!«, erwiderte Andrea beschwichtigend und brach eine Ecke von ihrem Kuchenstück ab. »So war's nicht gemeint. Im Übrigen ... wenn du willst, dann bleib ich heute Nacht gerne hier. Damit du nicht allein bist und ... ja, vielleicht fühlst du dich dann ja sicherer.«

Lona blickte in ihre Kaffeetasse hinein und atmete tief durch.

»Das ist lieb von dir«, sagte sie leise. »Vielleicht komm ich tatsächlich darauf zurück. Mal sehen, wie's mir nachher geht.« Sie trank einen weiteren kleinen Schluck. »Und abgesehen davon – du hast ja recht. Das frag ich mich auch schon die ganze Zeit: Warum hat der Mann plötzlich Fersengeld gegeben? Bei der Polizei meinten sie, vielleicht haben meine Hilfeschreie ihn aus dem Konzept gebracht; immerhin bestand die Möglichkeit, dass Nachbarn auf uns aufmerksam werden. Und als ich dann auch noch das Handy gezückt habe, wurde es ihm zu heiß, und er ist verschwunden.«

»Möglich«, meinte Andrea nachdenklich. »Aber was, wenn er später wiederkommt? Er hatte doch einen Schlüssel, oder?«

»Ja, aber der wird ihm dann nicht mehr viel nützen«, erwiderte Lona grimmig. »Die Polizei hat mir geholfen, einen Schlüsseldienst zu finden, der das Schloss sofort ausgewechselt hat. Und sollte der Kerl auf die Idee kommen, die Tür aufzubrechen, dann wird er zumindest den Laptop nicht mitnehmen können – der ist jetzt hier bei mir. Sicher ist sicher.«

»Was uns zu der nächsten Frage bringt«, versetzte Andrea. »Wer war der Mann, und warum wollte er Dirks Laptop?«

»Und vor allem«, ergänzte Lona, »woher hatte er den Schlüssel zu Dirks Wohnung? Eigentlich … kann er ihn ja nur von Dirk selbst haben.«

Sie begann gedankenverloren, ein kleines Stück von dem Marmorkuchen auf ihrem Teller zwischen Daumen und Zeigefinger zu einem Kügelchen zu rollen.

»Und was, wenn Dirk ihm tatsächlich den Schlüssel gegeben hat, damit der Mann den Laptop holt?«, überlegte Andrea. »Du sagst, sein Auto stand vor dem Haus; das heißt, er war zu Fuß oder mit Öffis unterwegs, und dann konnte er eben nicht schnell selber losfahren, um …«

»Und wieso ruft der Kerl dann nicht einfach Dirk an, damit der mir bestätigen kann, dass alles in Ordnung ist?«, fuhr Lona ihr ins Wort. »Wieso läuft er im Haus mit Sonnenbrille rum, damit ihn ja niemand erkennt? Und warum in drei Teufels Namen behauptet er, Dirks Vater zu sein – ein Mann, der schon seit drei Jahren tot ist?«

»Vielleicht ist er ja gar nicht tot«, versetzte Andrea. »Das hört man doch öfter, dass Menschen ihren Tod nur vortäuschen, um sich abzusetzen. Oder dass sie verunglücken und ihr Gedächtnis verlieren, und dann leben sie irgendwo unerkannt, während ihre Angehörigen sie für tot halten. Wer weiß, vielleicht lebt Dirks Vater noch und ist jetzt wieder aufgetaucht und hat Dirk irgendwie um Hilfe gebeten?«

Lona legte nachdenklich das Kuchenkügelchen auf den Teller und presste es mit der Zeigefingerkuppe platt.

»Bisschen unwahrscheinlich, aber möglich wär's«, sagte sie schließlich. »Ich hab Dirks Vater nie kennengelernt; er war schon tot, als ich Dirk begegnet bin. Wenn er denn tatsächlich tot ist.«

»Wird die Polizei da jetzt ermitteln?«

»Frag mich nicht.« Lona winkte müde ab. »Ich hab denen erst mal jede Menge Fragen beantwortet, dann durfte ich helfen, ein Phantombild von dem Typen anzufertigen, und schließlich hab ich noch offiziell Dirk als vermisst gemeldet. Aber da war mein Kopf schon so was von leer … Ich fürchte, ich hab da nicht mehr alles um mich herum richtig mitgekriegt.«

»Kein Wunder«, meinte Andrea mitfühlend. »Kann ich dir irgendwas Gutes tun, Süße?«

Lona starrte auf ihre Hände hinunter.

»Wenn ich wenigstens wüsste, wo Dirk ist«, murmelte sie. »Sein Handy ist immer noch wie tot, keine Spur von ihm – und seinen Wohnungsschlüssel hat ein Mann, der alles Mögliche sein kann.« Sie hob den Kopf und sah Andrea an. »Ich hab Angst um Dirk«, sagte sie leise. »Ich hab solche Angst.«

Wortlos erhob sich Andrea, setzte sich neben Lona und legte die Arme um sie. Lona ließ sich in ihre Umarmung hineinsinken und begann erschöpft zu weinen.

Andrea hielt ihr Versprechen und blieb die ganze Nacht über bei Lona. Ihre tröstliche Nähe gab Lona so viel Sicherheit, dass sie es irgendwann tatsächlich fertigbrachte, sich hinzulegen. Allerdings fuhr sie nur wenige Stunden später aus einem Albtraum hoch, in dem sie und ihr Vater mit ihrem Wagen ins Schleudern gerieten, weil vor ihnen plötzlich schemenhaft Dirk auf der regennassen Straße auftauchte. An Schlaf war danach nicht mehr zu denken – aber wenigstens war sie nicht allein in ihrer Wohnung, auch wenn Andrea mittlerweile friedlich auf dem Wohnzimmersofa eingeschlummert war.

Als es draußen allmählich hell wurde, kochte Lona Kaffee und weckte ihre Freundin. Sie frühstückten gemeinsam, dann verabschiedete sich Andrea, nicht ohne eine strenge Anweisung an Lona, sich sofort zu melden, wenn sie noch einmal seelischen Beistand brauchte.

Nachdem Andrea gegangen war, räumte Lona in der Küche auf und spülte das Geschirr vom Frühstück. Dabei wanderten ihre Gedanken zu dem Geschirrstapel in Dirks Wohnung, der vermutlich immer noch so schmutzig neben der Spüle stand wie am Abend zuvor. Jedenfalls war Dirk offensichtlich nicht nach Hause gekommen – da er für das neue Schloss keinen Schlüssel besaß, hätte er mit Sicherheit entweder Lona angerufen oder die Sache rechtschaffen verwundert der Polizei gemeldet. Und diese hätte wiederum ganz bestimmt Lona informiert.

Aber offenbar gab es nichts zu informieren.

Normalerweise wäre Lona an diesem Tag gegen halb zehn Uhr zu einem Seminar in die Uni gefahren. Doch schon bei der bloßen Vorstellung winkte sie innerlich müde ab. Geschichtsfakten und -daten waren das Letzte, wofür sie jetzt einen Kopf hatte.

Stattdessen fuhr sie wenig später nach Konstanz und zu Dirks Wohnung.

Sie hatte den Schlüssel bei sich, der ihr am Vorabend bei der Polizei ausgehändigt worden war. Dass niemand außer ihr das neue Schloss öffnen konnte, war ein beruhigender Gedanke; dennoch fühlte Lona sich sicherer, als sie die Wohnungstür hinter sich geschlossen und die Sicherheitskette vorgelegt hatte.

Um sie herum war es still und leer wie am Abend zuvor. Die Tasse mit dem eingetrockneten Kaffeerest stand noch immer auf dem Tisch, ebenso wie das gebrauchte Geschirr in der Küchenecke. Der Anblick wurde Lona mit einem Mal derart unerträglich, dass sie mit einer heftigen Bewegung den Heißwasserhahn über dem Becken aufdrehte und Teller, Tassen und Besteck blankscheuerte. Danach feuerte sie frustriert den Lappen in die Spüle und ließ sich auf einen Stuhl sinken, während ihr Tränen in die Augen stiegen und überliefen.

Irgendwann hatte sie sich wieder so weit im Griff, dass sie damit anfangen konnte, wofür sie eigentlich hergekommen war: die Suche nach Hinweisen, wo Dirk stecken könnte – Notizen über eventuelle Verabredungen, Termine oder was auch immer.

Auf dem Schreibtisch stach ihr die leere Stelle ins Auge, wo am Vorabend noch der Laptop gestanden hatte. Im gleichen Moment wurde ihr bewusst, dass sie auch den bereits hätte durchsuchen können, vorausgesetzt, Laptop beziehungsweise Mailaccount waren nicht durch Passworte geschützt. Nun gut, das konnte sie ja später nachholen. Falls sie nicht ohnehin hier in Dirks Papierwust schon fündig wurde.

Sie schob ein paar Blätter zur Seite, und für einen Moment blieb ihr das Herz stehen, als das Päckchen mit dem Anhänger »Für Lona« zum Vorschein kam. Sie hatte es am Abend zuvor nicht mehr angerührt – und auch jetzt erschien ihr die Vorstellung, es an sich zu nehmen oder gar zu öffnen, wie ein Sakrileg. Es war ein Geschenk von Dirk. Und nur von ihm wollte sie es bekommen. Egal wie lange sie dafür warten musste.

Sie biss sich auf die Lippen, schob das Päckchen beiseite und begann, die Papierstöße durchzublättern. Die meisten entpuppten sich als Unterlagen, die mit Dirks Studium zu tun hatten – aus Büchern herauskopierte Artikel, mit vielen markierten Stellen und Randnotizen versehen, dazu vollgeschriebene Zettel, aber nichts, was für Lona von Interesse war. Ein paar geöffnete Briefe weckten ihre Aufmerksamkeit, und sie inspizierte kurz den Inhalt. Ein Schreiben von der Uni, eines von einer Versicherung, eine Autowerkstatt-Rechnung, ein paar Werbebriefe … nichts, was ihr irgendwie weiterhalf.

Ganz unten fand sie einen Umschlag, auf dem Dirks Adresse von Hand geschrieben stand. In einer eindeutig weiblichen Handschrift.

Stirnrunzelnd drehte Lona den Brief um und las den Absender. Claudia Reisacher.

Verblüfft starrte sie auf den Namen. Sie wusste, dass Dirk eine jüngere Schwester namens Claudia hatte – aber konnte dieser Brief wirklich von ihr sein? Nach dem, was Dirk ihr erzählt hatte, hatten sie seit Jahren nicht mehr miteinander geredet; er wusste nicht einmal, wo sie lebte, seit sie mit achtzehn im Streit das Haus und die Familie verlassen hatte.

Kurz entschlossen zog sie die Karte hervor, die in dem Umschlag steckte.

»Lieber Dirk,

das Wichtigste zuerst: Alles Gute zum Geburtstag! Und dann zu der Frage, die du dir sicher gerade stellst: Wieso meldet sie sich jetzt plötzlich nach all den Jahren? Ganz einfach: Du fehlst mir. Ich würde gerne wieder mit dir in Kontakt kommen. Ich lebe mittlerweile in Meersburg und arbeite in einem Tattoo-Studio. Ich lege eine unserer Geschäftskarten bei – meld dich doch mal, ich würd mich riesig freuen!

Deine Claudia.«

Spontan warf Lona noch einmal einen Blick in den Umschlag, aber er war leer. Keine Karte von einem Tattoo-Studio oder dergleichen. Aber das sollte herauszufinden sein, zumal ja auch eine Absender-Adresse in Meersburg auf dem Kuvert stand. Rein interessehalber überprüfte Lona den Poststempel; der Brief war im vergangenen März abgeschickt worden. Das passte, Dirk hatte Ende März seinen fünfundzwanzigsten Geburtstag gefeiert.

Ob er seiner Schwester wohl irgendwie geantwortet hatte? In jedem Fall hatte er Lona nichts davon erzählt, dass Claudia plötzlich wieder aufgetaucht war.

So wie womöglich auch sein Vater wieder aufgetaucht war.

Für einen Moment hielt Lona den Atem an. Hing das alles am Ende irgendwie zusammen?

Eins stand fest: Sie musste diese Claudia finden. Je eher, desto besser.

Die Papiere auf dem Schreibtisch hatte sie mittlerweile alle durchforstet, jetzt zog sie die erste Schublade auf. Stifte, Büroklammern, ein Tesafilmroller, ein Locher ... Schnell war Lona durch das Sortiment durch, schloss die Schublade und öffnete die nächste. Ein Beutel Teelichter, ein paar Schachteln Zündhölzer. Eine Packung Kuverts, ein paar Briefmarken. Und ein Smartphone.

Nachdenklich nahm Lona es in die Hand. Sie erinnerte sich noch gut an dieses Teil; Dirk hatte sich erst vor wenigen Wochen ein neues genehmigt, das alte jedoch, da es an sich noch gut funktionierte, als Reservehandy aufgehoben. Deshalb hatte er sich mit dem neuen Smartphone auch eine neue Telefonnummer zugelegt, um die Sim-Karte in dem alten Handy lassen zu können; Lona erinnerte sich noch gut, wie er deswegen reihenweise SMS-Mitteilungen an seine Freunde verschickt hatte.

Sie versuchte, das Handy einzuschalten. Der Akku war leer, aber zum Glück lag in der Schublade auch das Ladekabel, und die Stromverbindung war schnell hergestellt. Allerdings leuchtete Lona daraufhin auf dem Display auch prompt die Aufforderung entgegen, einen vierstelligen Code einzugeben. Seufzend ließ sie die Hand sinken, in der sie das Smartphone hielt. Mit Codes und Passwörtern war Dirk immer sehr vorsichtig; Lona kannte kein einziges davon.

Probehalber tippte sie Dirks Geburtsjahr ein. *Falsche Codeeingabe.* Sie machte einen zweiten Versuch mit Dirks Geburtsdatum. *Falsche Codeeingabe.*

Resignierend legte sie das Smartphone beiseite. Die Kontaktliste darin wäre wirklich hilfreich gewesen, aber ohne Code kam sie nicht an sie heran.

Sie setzte ihre Suche fort, aber die Hoffnung, einen Hinweis auf Dirks Verbleib zu finden, schwand von Minute zu Minute, und schließlich wusste Lona nicht mehr, wo sie noch nachsehen sollte. Sie steckte den Brief von Claudia und das mittlerweile weitgehend aufgeladene Smartphone samt Kabel in ihre Tasche. Mehr Ausbeute war heute wohl nicht mehr drin.

Auf dem Weg zum Flur streifte ihr Blick ein Taschenbuch auf dem Schlafsofa. »Drachenläufer« von Khaled Hosseini. Sie kannte das Exemplar, es war ihr eigenes; Dirk hatte es sich vor einiger Zeit von ihr ausgeliehen, weil Lona ihm diesen Roman des afghanischen Autors in höchsten Tönen empfohlen hatte. Offenbar hatte er jetzt angefangen, ihn zu lesen. Gedankenverloren nahm Lona das Buch in die Hand und blätterte darin, bis sie auf ein Lesezeichen stieß. Eine Werbepostkarte mit der Aufschrift »Tattoo-Studio Moriarty«.

Lona schnappte nach Luft. Sie nahm die Karte heraus und studierte sie von beiden Seiten. Ein Tattoo-Studio in Meersburg. Sofort griff sie nach ihrem Handy und wählte die angegebene Geschäftsnummer.

»Tattoo-Studio Moriarty, guten Tag?« Eine männliche Stimme, dunkel und leicht schwingend wie Stahl.

»Hallo – mein Name ist Lona Mende. Könnte ich bitte die Claudia sprechen?«

»Claudia?«

»Ja – Claudia Reisacher. Die arbeitet doch bei Ihnen, oder?«

»Ach so, Sie meinen die Bellatrix; einen Moment … *Bella!* Kommst du mal? Ist für dich!«

Bellatrix. Lona schüttelte leicht den Kopf und lehnte sich abwartend an den Schreibtisch.

»Hallo, Bellatrix hier?«

»Hallo …« Lona räusperte sich. »Ich bin Lona, Lona Mende. Ich bin die Freundin von Dirk Reisacher.«

Einen Moment lang war es still am anderen Ende der Leitung.

»*Lona?*« Es klang ausgesprochen erfreut. »Na, das ist ja eine Überraschung; Dirk hat mir von dir erzählt. Schön, dich kennenzulernen!«

»Dann bist du also tatsächlich Dirks Schwester, ja? Claudia?«, fragte Lona, um sich zu vergewissern.

Ein helles Lachen. »Ja, das ist der Name, der in meinem Pass steht. Hier im Studio nennen alle mich nur Bella, deshalb hör ich auf meinen alten Namen schon fast gar nicht mehr. Aber du kannst dir aussuchen, wie du mich nennen willst, mir ist es gleich. Also, Lona, was kann ich für dich tun? Lust auf ein schickes Tattoo?«

Lona verzog das Gesicht. Wenn es etwas gab, das sie sich noch nie hatte vorstellen können, dann, sich irgendwo tätowieren zu lassen.

»Nein, nicht wirklich. Es ist nur so … Dirk ist seit gestern spurlos verschwunden. Hast du eine Ahnung, wo er sein könnte?«

»Was soll das heißen, spurlos verschwunden?«, kam die eindeutig verblüffte Gegenfrage.

»Wir waren gestern Abend verabredet«, antwortete Lona. »Als er nicht gekommen ist und auch nicht auf meine Nachrichten reagiert hat, bin ich in seine Wohnung gefahren. Dort habe ich aber bloß einen Fremden vorgefunden, der behauptet, Dirks Vater zu sein, und …«

»Gregor?«, unterbrach sie die Stimme am anderen Ende. »Aber der ist doch tot!«

»Dachte ich bislang auch«, erwiderte Lona. »Und dann ist der Kerl abgehauen, und Dirk hat nach wie vor nichts von sich hören lassen, und ich mach mir echt Sorgen um ihn.«

»Kann ich verstehen.« Jetzt klang die Stimme sehr nachdenklich. »Hör mal, können wir uns vielleicht treffen? Wohnst du auch in Konstanz?«

»Auf der Reichenau. Aber ich bin gerade in Dirks Wohnung.«

»Kannst du rüber nach Meersburg kommen? Ich hab demnächst Mittagspause, dann könnten wir uns in Ruhe unterhalten. Oder später, nach Feierabend.«

»Nein, ich kann gerne gleich kommen. Mit der Fähre ist es ja nur ein Katzensprung. Und wo? In eurem Studio?«

»Kennst du ›POP den Kaffeeladen‹ in der Altstadt? Ich geh da mittags immer gerne auf einen Smoothie hin.«

»Den Laden kenn ich nicht, aber ich finde ihn. Ich fahr sofort los. Woran erkenne ich dich?«

»Such nach einem Wesen in Schwarz und mit einer Menge Tattoos.« Claudia klang eindeutig amüsiert. »Bis gleich, Lona!«

»Ja, bis gleich!«

Lona beendete das Gespräch, atmete kurz durch und suchte dann im Netz nach dem von Claudia angegebenen Kaffeeladen. Sie notierte sich die Anschrift, steckte das Handy zusammen mit der Werbekarte des Tattoo-Studios in ihre Tasche und verließ Dirks Wohnung.

~

»POP der Kaffeeladen« lag in der malerischen Altstadt Meersburgs und machte, wie Lona auf den ersten Blick feststellte, seinem Namen alle Ehre: An allen Wänden erwarteten Regale die Kundschaft, vollgestellt mit einem bunten Sammelsurium an Kannen und Tassen in verschiedenen Größen, mit Kaffeekochern, Aufbewahrungsdosen und einer Vielfalt an Tee- und Kaffeesorten. An den Tischen saßen bereits mehrere Besucher und unterhielten sich angeregt. Ein »Wesen in Schwarz mit einer Menge Tattoos« konnte Lona nirgends erspähen, dafür entdeckte sie noch einen kleinen Nebenraum – und dort saß auf einem gemütlichen roten Sofa eine junge Frau in schwarzer Rockabilly-Kleidung. Ihr halblanges, glattes Haar war ebenfalls schwarz und über der Stirn zu einem fransigen Pony geschnitten. Auf beiden Armen und dem Dekolleté prangten großflächige, farbenfrohe Tattoos.

Als Lona auf sie zusteuerte, leuchteten ihre stark geschminkten dunkelbraunen Augen auf. »Lona?«

»Richtig«, bestätigte Lona und streckte der jungen Frau die Hand entgegen.

»Prima, dass es gleich geklappt hat.« Claudia schüttelte Lona herzlich die Hand, dann lehnte sie sich wieder zurück und musterte sie prüfend. »Donnerwetter, Dirk hat nicht übertrieben, du bist echt eine scharfe Braut. Tolle Haare – da würden mir auf Anhieb mindestens drei oder vier steile Tattoos einfallen, die voll dazu passen würden.«

Unwillkürlich musste Lona lachen. »Keine Chance, an meine Haut lass ich keine Tattoo-Nadeln ran«, sagte sie, zog sich einen Stuhl heran und setzte sich Claudia Reisacher gegenüber. »Und hat Dirk mich tatsächlich eine ›scharfe Braut‹ genannt?«

»Sinngemäß.« Claudia grinste. »Ausgedrückt hat er sich ein bisschen geschliffener.«

Lona spürte, wie sie sich trotz der beklemmenden Umstände innerlich ein wenig entspannte. Offenbar war mit Dirks Schwester ganz gut auszukommen.

»Leider hat er mir von dir so gut wie gar nichts erzählt, weder geschliffen noch ungeschliffen«, meinte sie. »Bis vor einer Stunde war mein Wissensstand, dass seine Schwester die Familie vor fünf Jahren mit unbekanntem Ziel verlassen hat. Ich hatte keine Ahnung, dass ihr wieder Kontakt habt.«

»Wir reden ja auch erst seit gut einem Monat wieder miteinander.« Claudia verzog das Gesicht zu einer ironischen Grimasse. »Wahrscheinlich war er sich noch nicht sicher, ob er mich dir wirklich präsentieren will.«

»Und wie nennt *er* dich nun – Claudia oder Bella?«

»Claudia.« Ein amüsiertes Glucksen begleitete die Antwort. »Über meinen Künstlernamen hat er nur sehr diplomatisch den Kopf geschüttelt.«

Eine junge Kellnerin trat an ihren Tisch und fragte, ob sie bestellen wollten. Verlegen stellte Lona fest, dass sie noch gar keinen Blick in die Karte geworfen hatte; schnell überflog sie das bunte Angebot an originellen Kaffee- und Chai-Kreationen und entschied sich schließlich für eine spannend klingende Mixtur aus Milchkaffee, gesalzenem Karamellsirup, Sahne und Vanillezucker namens »Leo und Sofia«. Claudia orderte einen Minze-Mango-Smoothie, und die Kellnerin nickte und verschwand.

»Okay«, sagte Claudia. »Und was genau ist jetzt mit Dirk? Er ist spurlos verschwunden, sagst du? Und vor allem, was sollte das mit meinem Erzeuger, der angeblich von den Toten auferstanden ist?«

So kurz und dennoch so ausführlich wie möglich gab Lona die Ereignisse des Vorabends wieder. Claudia hörte ihr aufmerksam zu und unterbrach sie auch dann nicht, als sie die Begegnung mit dem ominösen Fremden schilderte.

Als Lona ihren Bericht beendet hatte, schwieg sie noch eine Weile, dann atmete sie tief durch.

»Wirklich seltsam, das Ganze«, sagte sie. »Also das Wichtigste zuerst: Ich hab auch keine Ahnung, wo Dirk stecken könnte. Ich hab zuletzt vor drei Tagen mit ihm telefoniert, da war er wie immer; nichts hat irgendwie darauf hingedeutet, dass etwas Ungewöhnliches passiert war oder dass er etwas Außerplanmäßiges vorhatte.« Sie schüttelte leicht den Kopf und fuhr fort: »Aber vielleicht können wir wenigstens das mit diesem seltsamen Vater klären. Wie hat der Mann denn ausgesehen? Beschreib ihn mir so gut wie möglich!«

»Da gibt's nicht viel zu beschreiben«, erwiderte Lona gepresst. »Wie gesagt, er trug eine Sonnenbrille ...«

»Egal«, unterbrach Claudia sie. »Größe, Statur, Stimme, Ausdrucksweise ... Ich hab meinen Erzeuger schließlich gekannt, ich kann dir sagen, ob es passt oder nicht.«

»Er war ziemlich kräftig«, begann Lona zögernd, »mittelgroß, und seine Stimme war ...«

»Was heißt ›mittelgroß‹?«, fiel Claudia ihr ins Wort.

»Na ja ... ein bisschen größer als ich«, meinte Lona unsicher.

»Wie viel größer?«, hakte Claudia unerbittlich nach. »Das ist jetzt wichtig, Lona!«

Lona überlegte kurz, dann erhob sie sich, stellte sich an die Wand und markierte neben sich mit der Hand die ungefähre Scheitelhöhe ihres Gegenübers aus Dirks Wohnung.

»Okay, dann ist zumindest dieser Käse gegessen«, kommentierte Claudia trocken. »Mein Erzeuger war fast einen Meter neunzig groß. Wenn er das gestern Abend wirklich war, dann ist er in den vergangenen fünf Jahren ordentlich zusammengeschrumpft. Oder er hat bei seiner Auferstehung ein paar Knochen im Grab vergessen.«

»Du meinst, der Mann war also *nicht* euer Vater?«

»Ganz bestimmt nicht«, versicherte Claudia. »Warum auch immer er das behauptet hat.«

»Tja«, murmelte Lona. »Das wüsste ich auch gerne.«

Die Kellnerin kam mit der Bestellung, servierte Lona ihre Kaffeekreation und stellte einen giftgrünen Smoothie vor Claudia hin. Die sog sofort genüsslich an dem dicken Strohhalm und grinste breit, als sie Lonas zweifelnden Blick bemerkte. »Du magst keine Smoothies, was?«

»Nicht wirklich mein Ding«, gab Lona zu.

»Schade«, sagte Claudia. »Sind total lecker und supergesund. Aber denk dir nichts, Dirk ist genauso wenig dafür zu haben. Auch in punkto Ernährung bin ich eindeutig das schwarze Schaf in der Familie.« Wie zur Bestätigung sog sie noch einmal energisch einen Schluck durch ihren Strohhalm.

Lona zögerte, aber dann beschloss sie, die Frage zu riskieren: »Bist du deshalb seinerzeit ausgebrochen? Weil du das schwarze Schaf warst?«

»Klar.« Claudia stellte ihr Glas auf dem Tisch ab und streckte die Beine aus. »In der Sekunde, wo ich achtzehn geworden bin, hab ich meinen Rucksack gepackt und der Familie Adieu gesagt. Ich hab's in diesem Spießermilieu einfach nicht mehr ausgehalten.«

»Spießer?«, fragte Lona verblüfft. Nach allem, was sie über Dirks gut situierte Familie wusste, hätte sie mit dieser Kategorisierung nicht gerechnet.

Claudia schien ihre Gedanken zu erraten und lächelte. »Okay, drücken wir es etwas genauer aus: Meine Familie war mir einfach zu ... brav. Und zu vornehm. Große Villa in Konstanz, protzige Finca auf Mallorca und Kinder, die fein gekleidet auf Empfängen und bei Gesellschaften vorgezeigt wurden und natürlich immer zu funktionieren hatten. Dirk hatte damit weniger Probleme; er war von Anfang an ein Musterschüler, und es machte ihm nichts aus, gelegentlich auch den Mustersohn zu geben, weil er die damit verbundenen finanziellen Freiheiten zu schätzen wusste. Aber mich hat das alles einfach genervt. Zuletzt hab ich mich sogar mit Dirk verkracht – und dann bin ich eben ausgebrochen. Und ich hab's keine Sekunde lang bereut.«

»Und wo warst du dann?«, erkundigte sich Lona interessiert.

»Zuerst bin ich ziellos durch die Gegend getrampt«, erzählte Claudia. »Dabei hab ich natürlich ziemlich schnell festgestellt, dass das auf die Dauer kein Zustand war – ich wollte doch meine Freiheit *genießen*! Und dann hab ich was völlig Verrücktes gemacht: Ich bin zum Flughafen gefahren – inzwischen war ich immerhin bis nach Stuttgart gekommen – und hab mir ein Ticket für die erste Maschine gekauft, die ich nehmen konnte. So bin ich in Thessaloniki gelandet.«

»Das ist echt verrückt«, kommentierte Lona zustimmend und nicht ohne einen Hauch von Anerkennung. »Und dann?«

»Ich hab mich eine Weile in Griechenland umgesehen, dann aber beschlossen, dass ich zwischendurch auch mal

Kohle verdienen muss. Die wenigen Ersparnisse, auf die ich Zugriff hatte und die ich mir sichern konnte, bevor meine Eltern mir da womöglich den Hahn zugedreht hätten, würden ja nicht ewig reichen. Also hab ich mich umgesehen, zuerst in einem Tattoo-Studio gearbeitet und schließlich einen Job als Kellnerin in einem Urlaubslokal am Meer ergattert. Insgesamt bin ich über drei Jahre lang da unten geblieben. War eine schöne Zeit.«

»Und wie hat es dich dann wieder hierher an den Bodensee verschlagen?«

»Durch die Eurokrise«, sagte Claudia finster. »Immer mehr Gäste blieben weg, die Einnahmen sind eingebrochen, und es war abzusehen, dass der Laden früher oder später dichtmacht. In der Zeit hab ich Morten kennengelernt; er hat Urlaub in unserer Gegend gemacht und mir von dem Tattoo-Studio erzählt, das er vor etwa einem Jahr in Meersburg eröffnet hatte. Okay, das war jetzt nicht wirklich die Region, wo es mich hingezogen hat – zu nah an meiner Sippschaft, du verstehst. Aber dann hat Morten über einen Bekannten in Konstanz erfahren, dass mein Erzeuger gestorben war. Meine Mutter hatte daraufhin die Villa verkauft und ist nach Mallorca gezogen; offenbar will sie sich dort auf der Finca mit ihrem Anteil einen schönen Lebensabend machen. Soll sie. Ich hab keine Lust, ihr in diesem Leben noch einmal zu begegnen.«

Unwillkürlich kam Lona bei diesen Worten ihre eigene Mutter in den Sinn, und sie erinnerte sich an die wenigen Gelegenheiten, bei denen Dirk mit ihr über seine Eltern gesprochen hatte. Dabei hatte er seine auf Mallorca lebende Mutter gerne als »ein bisschen etepetete« bezeichnet, und sie hatten festgestellt, dass sie nicht nur beide ihren Vater verloren, sondern darüber hinaus auch kein besonderes Glück mit ihren Müttern hatten. Noch etwas, was sie beide verband.

»Kurz und gut«, fuhr Claudia fort, »ich hab die Gelegenheit beim Schopf gepackt und meine Brücken in Griechenland abgebrochen. Jetzt seh ich zu, dass ich ein bisschen Geld anspare, damit ich irgendwann wieder weiterziehen kann. Meersburg ist zwar ganz nett, aber ich hab nicht vor, hier alt zu werden.«

»Und Morten?«, rutschte es Lona heraus.

Claudia lachte hell auf. »Nein, nein, er ist nicht mein Freund, falls du das meinst. Er ist nur mein Chef. Ich hab zwar einen Freund, aber der heißt Fabian. Wohnen tu ich allerdings allein; das heißt, zusammen mit Narcissa. Meiner Ratte.«

»Deiner …« Lona blieb der Mund offen stehen.

»Keine Sorge«, grinste Claudia. »Narcissa ist eine süße kleine Dumbo-Ratte, keine struppige Kanalratte. Und sie ist total zahm.«

Diese Versicherung machte die Sache für Lona nicht wirklich besser, und sie beschloss, schnell das Thema zu wechseln.

»›Narcissa‹«, sagte sie mit einem schrägen Lächeln. »Und ›Bellatrix‹ – ist hier etwa jemand Harry-Potter-Fan?«

»Klar«, gab Claudia mit blitzenden Augen zurück. »Und selbstverständlich Slytherin.« Sie hielt Lona ihren rechten Arm entgegen, auf dem eine lange, in Grün- und Silbertönen tätowierte Schlange prangte. »Wie sich das gehört für das schwarze Schaf in einer Familie voller potenzieller *best Gryffindors ever*.«

»Nur dass die am Schluss tatsächlich die Besseren waren«, entfuhr es Lona. Im gleichen Moment ärgerte sie sich über sich selbst. *Wie arrogant klang das denn!*

»Bah!«, meinte Claudia gleichmütig; sie schien nicht im Geringsten gekränkt zu sein. »Ohne Snape hätte Harry die entscheidende Information für seinen Kampf gegen Voldemort nie bekommen. *Proud to be a Slytherin!*« Sie sog den letzten Rest des Smoothies aus ihrem Glas. »Tja, dann hoffen wir mal, dass unser edler Gryffindor-Ritter Dirk bald wieder auftaucht. Zu dumm, dass er keiner von uns beiden gesagt hat, wohin er sich verkrümelt. Wenn er sich bei mir meldet, dann scheiß ich ihn dafür erst mal ordentlich zusammen, und dann sag ich dir Bescheid – deine Nummer hab ich ja jetzt.«

»Hier.« Lona reichte ihr eine Visitenkarte. »Dann hast du gleich auch noch meine Adresse. Deine ist die hier, ja?« Sie zog Claudias Brief an Dirk hervor und hielt ihr den Absender entgegen.

»Richtig. Hast du einen Stift, dann geb ich dir auch noch meine private Telefonnummer.«

Lona beförderte einen Kugelschreiber aus ihrer Handtasche zutage, und Claudia schrieb zwei Zahlenreihen auf das Kuvert.

»Im Moment geht allerdings nur die Festnetznummer«, erklärte sie. »Mein Handy ist gerade in Reparatur; ich hoffe, ich krieg es bald wieder. Ansonsten erreichst du mich auch im Studio.«

»Danke.« Lona nahm den Umschlag an sich. »Und ich ruf dich auch sofort an, wenn ich etwas von Dirk höre.«

»Darauf bestehe ich.« Claudia winkte der Kellnerin, die sofort zu ihnen kam, und bat um die Rechnung.

»Zusammen«, fügte Lona hinzu und wandte sich an Claudia. »Ich lad dich ein, wenn's dir recht ist.«

Sie reichte der Kellnerin einen Schein und signalisierte, dass sie auf Wechselgeld verzichtete. Die junge

Frau bedankte sich freudig, wünschte noch einen schönen Tag und ging.

»Vielen Dank«, sagte Claudia. »Aber beim nächsten Mal bin dann ich dran, ja?«

»Beim nächsten Mal«, erwiderte Lona leise, »bezahlt hoffentlich Dirk. Für uns beide.«

Claudias Miene wurde ernst; sie biss sich auf die Lippen und nickte zustimmend. »Ja«, sagte sie mit belegter Stimme. »Das wäre natürlich das Beste. Ich hoffe sehr, wir hören bald von ihm.«

»Das hoffe ich auch.«

Sie verließen den Kaffeeladen und wollten sich bereits verabschieden, als Lona noch etwas einfiel.

»Ach, übrigens – ich hab hier das Reservehandy von Dirk. Ich dachte, ich könnte die Leute in seiner Kontaktliste anrufen, ob die vielleicht etwas wissen. Dummerweise kenne ich den Zugangscode nicht. Du hast nicht zufällig eine Ahnung, wie der lauten könnte?«

»Keinen Schimmer«, meinte Claudia bedauernd. »Vielleicht sein Geburtsdatum?«

»Hab ich schon probiert. Und sein Jahrgang ist es auch nicht.«

»Dann weiß ich's auch nicht. Tut mir leid.«

»Macht nichts. Einen Versuch war's wert.«

Sie umarmten einander kurz, dann verabschiedete sich Claudia und verschwand in einer der schmalen Altstadtstraßen.

Lona sah ihr nach. Zumindest wusste sie nun, dass der Fremde in Dirks Wohnung nicht Gregor Reisacher gewesen war … vorausgesetzt, Claudia hatte ihr in Bezug auf seine Körpergröße die Wahrheit gesagt. Schließlich bestand ja auch die Möglichkeit, dass sie mit ihrem Vater gemeinsame Sache machte, dass sie beide unerwartet wieder in Dirks Leben aufgetaucht waren und dass Dirk deshalb jetzt verschwunden war. Eine ziemlich abgedrehte Theorie, zugegeben. Aber noch konnte sie es sich nicht leisten, sie für ausgeschlossen zu halten. Auch wenn Claudia ihr durchaus sympathisch war – das bedeutete noch lange nicht, dass Lona ihr blind vertraute. Noch war es besser, mit allem zu rechnen. Und auf alles gefasst zu sein.

Seufzend wandte Lona sich ab und verließ durch das Obertor die Altstadt von Meersburg.

3

Zwei Stunden später saß Lona zu Hause in ihrem Wohnzimmer und klappte mit einem resignierenden Seufzer Dirks Laptop zu. Natürlich war er durch ein Passwort geschützt. Wieder ein Rückschlag.

Frustriert nahm sie ihre Tasse in die Hand und betrachtete den kalt gewordenen Rest Tee darin. Sie war am Ende ihrer Weisheit. Sie hatte getan, was in ihrer Macht stand. Und Dirk war immer noch fort.

Verdammt noch mal.

Mit einer ruckartigen, heftigen Bewegung schleuderte sie die Tasse gegen die Wand, wo das Gefäß mit einem Knall in Scherben ging. Gleichzeitig schluchzte sie wild auf und begann, laut weinend im Zimmer auf und ab zu gehen, in der verzweifelten Suche nach etwas – oder jemandem –, wo sie sich festhalten konnte, wo sie Hilfe fand gegen die rasende Panik, die sich mehr und mehr in ihr ausbreitete. In einem sinnlosen Versuch presste sie ein Sofakissen an sich, schleuderte es wieder fort und stampfte wütend auf den Boden. Dabei spürte sie unter der Schuhsohle einen harten Gegenstand – es war ein kleines Stück Keramik, und sie begriff sofort, woher es kam. Hektisch klaubte sie die Scherben der Tasse zusammen, brachte sie in die Küche und warf sie in den Mülleimer. Dann kehrte sie mit einem nassen Tuch ins Wohnzimmer zurück und versuchte, die Teeflecken von der Wand zu schrubben. Als sie das Gefühl bekam, alles nur noch schlimmer zu machen statt besser, weinte sie erneut zornig auf und feuerte das Tuch in eine Ecke.

Mit einem plötzlichen Entschluss holte sie den Staubsauger und fuhr damit ausgiebig durch sämtliche Räume ihres Appartements. Der dröhnende Lärm übertönte ihr wildes Schluchzen und tat ihr auf absurde Weise sogar irgendwie gut.

Erst als sie sich völlig ausgelaugt und leer fühlte, schaltete sie den Staubsauger aus und ließ sich erschöpft in ihren Sessel sinken.

Im gleichen Moment klingelte ihr Telefon. Es war Claudia.

»Hallo, Lona! Störe ich? Gibt's irgendwas Neues?«

»Dann hätte ich dir doch sofort Bescheid gegeben«, antwortete Lona müde. »Nein, alles unverändert.«

»Bist du mit dem Handycode weitergekommen?«

»Nein.«

»Ja, weißt du, mir ist da gerade etwas eingefallen«, sagte Claudia. »Früher haben Dirk und ich immer gerne Zahlenspiele gemacht; das heißt, wir haben Worte mit Zahlen statt mit Buchstaben geschrieben. Und zwar in der Reihenfolge des Alphabets, also 1 statt A, 2 statt B und so weiter. Das wurde dann so was wie unser Geheimcode. Vielleicht hat Dirk für sein Handy ja auch einfach ein Wort mit vier Buchstaben genommen und in Zahlen umgesetzt?«

»Möglich.« Mit einem Mal war Lona wieder hellwach. »Aber dann kann er hier ja eigentlich nur die ersten neun Buchstaben des Alphabets genommen haben, bei denen die Ziffern noch einstellig sind.«

»Nicht unbedingt«, versetzte Claudia. »Mit der Zeit haben wir einander immer mehr herausgefordert und bei den Buchstaben ab dem J die Quersumme der Ziffern verwendet. Das hat's natürlich komplizierter gemacht; bei einer Fünf zum Beispiel musste man dann erst mal kombinieren, ob ein E, ein N oder ein W gemeint war. Eine Zeitlang war das richtiggehend unser Hobby: möglichst lange oder verzwickte Wörter oder ganze Sätze auf diese Weise zu schreiben und zwar so, dass der andere ordentlich an dieser Nuss zu knacken hatte.«

»Das ist ja gut und schön«, meinte Lona, »aber angenommen, Dirk hat seinen Handycode tatsächlich mit dieser Methode gebastelt – ist dir klar, wie viele Wörter mit vier Buchstaben es gibt?«

»Ist mir durchaus klar«, gab Claudia zurück. »Aber solange mein Bruderherz weiterhin durch unerklärliche Abwesenheit glänzt, müssen wir nach jedem Strohhalm greifen, der sich uns bietet. Vielleicht hat er ja ›Lona‹ verwendet, wer weiß?«

Das Letzte kam mit einem hörbaren Augenzwinkern.

»Dann schon eher ›Dirk‹.« Überrascht stellte Lona fest, dass auch sie lächelte. »Das Handy hatte er schon, als wir uns kennenlernten. Und ich kann mir nicht vorstellen, dass er meinetwegen nachträglich den Code geändert hat.«

»Versuch's einfach mal«, sagte Claudia. »Meld dich, wenn's geklappt hat.«

»Mach ich.«

Sie beendeten das Gespräch. Eine Weile starrte Lona nachdenklich auf das alte Handy, das auf ihrem Couchtisch lag. Dann holte sie einen Notizblock und einen Stift, schrieb das komplette Alphabet auf und nummerierte die Buchstaben durch. Sie notierte die Namen Dirk und Lona und begann zu kombinieren. 4 für D, 9 für I, 18 für R, 11 für K – mit Claudias Quersummen-Methode würde das für Dirk den Code 4992 ergeben. Bei ihrem eigenen Namen kam sie auf 3651.

Dann schickte sie ein Stoßgebet zum Himmel und tippte 4992 ein. *Falsche Codeeingabe.* Auch 3651 führte zu keinem anderen Ergebnis.

Frustriert stampfte Lona auf. Wie zum Teufel sollte sie unter den Millionen Wörtern mit vier Buchstaben, die auf dieser Welt herumschwirrten, das eine richtige finden? Zumal sie mit Sicherheit nicht mehr allzu viele Versuche frei hatte; nach einer bestimmten Anzahl an fehlerhaften Codeeingaben würde das Handy wohl gesperrt werden.

Fieberhaft dachte sie nach. Das Wort konnte etwas mit Dirks Hobbys zu tun haben, also vielleicht Musik oder Bücher seines Lieblingsautors Stephen King oder …

King!

Wie elektrisiert beugte Lona sich über ihre Buchstaben- und Zahlenreihen. Im Nu hatte sie die Zahl 2957 zusammengestellt – doch einmal mehr blinkte das Handy ihr ein gnadenloses *Falsche Codeeingabe* entgegen.

Sie gab auf. Wahrscheinlich brauchte es einen gewieften Hacker, um in das Innere von Dirks Handy vorzudringen. Oder einen Nanoscientisten. Was immer man in diesem seltsamen Fach lernte – vielleicht gehörte so etwas ja dazu.

Sie ging in die Küche, um sich noch eine Tasse Tee zu machen. Gerade wollte sie den Hahn über dem Wasserkocher aufdrehen, als ein Gedanke ihr durch den Kopf fuhr und sie jäh innehielt. Hastig stellte sie das Gerät beiseite, stürzte zurück in das Wohnzimmer und warf atemlos die Zahlenfolge 14–1–14–15 auf das Papier. Dann holte sie tief Luft und gab den Code 5156 ein.

Wenige Sekunden später gab das alte Handy bereitwillig das Display für Lona frei.

Ungläubig starrte Lona auf die Reihen bunter App-Logos, die ihr einladend entgegenlachten, und segnete zum ersten Mal die Tatsache, dass Dirk *Nano*science studierte.

Sie zögerte kurz, dann öffnete sie die Nachrichten-App.

Es war längst dunkel geworden, als Lona sich durch sämtliche SMS-Nachrichten, Mails und WhatsApp-Chats auf Dirks altem Handy durchgelesen hatte und resignierend feststellte, dass ihr Eindringen in die Privatsphäre ihres Freundes ganz offensichtlich vergebliche Liebesmüh gewesen war. Sie hatte zwar eine Menge Hinweise auf Termine und Verabredungen gefunden, aber keine an ihrem Geburtstag. Jetzt blieb ihr nur noch die Kontaktliste.

Als Erstes suchte sie unter »Reisacher« und fand tatsächlich einen Eintrag »Elvira Reisacher«, in dem zwei Nummern mit spanischer Vorwahl verzeichnet waren. Das musste Dirks Mutter sein. Lona hatte noch nie mit ihr gesprochen; zu dem Zeitpunkt, als sie Dirk kennenlernte, war seine Mutter bereits ganz nach Mallorca gezogen, und zudem war sie ausgesprochen reisefreudig, so dass sie und Dirk überwiegend online miteinander kommunizierten. Deshalb fühlte Lona sich nun tatsächlich ein wenig nervös, als sie eine der beiden Nummern wählte.

»*Holá?*«

Die Stimme am anderen Ende der Leitung klang trocken und ein wenig rau.

»Ja, hallo, mein Name ist Lona Mende. Ich bin Dirks Freundin. Sind Sie … seine Mutter?«

»Wer will das wissen?«

Lona seufzte unterdrückt. *Das ging ja schon gut los.*

»Wie gesagt, ich bin die Freundin von Dirk. Haben Sie einen Moment Zeit für mich, Frau Reisacher?«

»Es ist gerade etwas ungünstig. Ich habe ein Taxi zum Flughafen bestellt, es kann jeden Moment da sein.«

»Nur ganz kurz«, bat Lona hastig. »Ich brauche Ihre Hilfe. Dirk ist spurlos verschwunden.«

»Bei mir ist er nicht.«

So prompt wie eindeutig, dachte Lona. Aber gut, dann wusste sie schon mal das.

»Sie haben auch keine Ahnung, wo er sein könnte?«, hakte sie nach. »Ich mach mir nämlich wirklich Sorgen um ihn.«

»Wie lange ist er denn schon fort?«

»Seit gestern.«

Ein kurzes, amüsiertes Auflachen am anderen Ende der Leitung. »Seit gestern? Schätzchen, und da machst du so einen Aufstand? Er wird irgendwo unterwegs gewesen sein, der taucht schon wieder auf.«

»Er war mit *mir* verabredet«, fiel Lona ihr ins Wort. »Er hätte mich nie versetzt. Und dann war da noch ein Mann in seiner Wohnung, der behauptet hat, er sei Dirks Vater und …«

Jetzt lachte Elvira Reisacher laut und ausgiebig. »Liebelein, was hast *du* denn heute schon geraucht? Glaubst du, wir Reisachers rennen nach unserem Tod als Zombies durch die Gegend, oder was?«

»Ich sage doch nur, dass *er* es von sich gesagt hat …«

»Jetzt hör mal gut zu, Schätzchen«, unterbrach Elvira Reisacher und nun klang sie hörbar verärgert. »Meinen Mann habe ich vor drei Jahren mit allen Schikanen zu Grabe getragen. Wer immer jetzt vorgibt, mein Gregor zu sein, der ist entweder nicht ganz klar im Kopf oder er lügt.«

»Ganz sicher?«

»Ja, natürlich!« Der Tonfall wurde immer schärfer. »Was soll diese Nachfragerei? Ich habe Gregor damals höchstpersönlich die Augen zugedrückt. Wenn jemand weiß, dass er tot ist, dann ich. Und jetzt habe ich wirklich Besseres zu tun, als mir weiterhin vorwerfen zu lassen, ich würde Unwahrheiten über den Tod meines Mannes verbreiten. Außerdem kommt gerade mein Taxi. *Adiós.*«

»Aber …«

Zu spät. Elvira Reisacher hatte die Verbindung bereits unterbrochen.

Lona konnte es ihr nicht einmal verübeln. Wer weiß, wie sie selbst reagiert hätte, wenn eine wildfremde Frau sie angerufen und ihr verkündet hätte, sie sei am Vorabend einem quicklebendigen Anton Mende begegnet.

Aber wenigstens hatte sie jetzt eine weitere Bestätigung aus dem engsten Familienkreis bekommen, dass Gregor Reisacher tatsächlich tot war.

Sie scrollte zurück an den Anfang der Kontaktliste. Viele Namen waren ihr unbekannt; im oberen Teil der Liste konnte sie lediglich Thomas Beck und Carsten Dahlhaus sicher Dirks Kommilitonenkreis zuordnen. Beide jedoch versicherten ihr, als sie sie über ihre Mobilfunknummern erreichte, lediglich bedauernd, dass es schon ein paar Tage her sei, seit sie Dirk zuletzt an der Uni getroffen hatten, und sie hätten leider nicht die geringste Ahnung über seinen derzeitigen Verbleib.

Als Nächstes stieß sie auf den Namen Brynjar Egillsson. Diesen jungen Mann kannte sie sogar persönlich; er war einer von Dirks besten Freunden in Konstanz. Er stammte aus Island, sprach jedoch dank seiner deutschstämmigen Mutter fließend Deutsch und studierte ebenfalls Nanoscience. Lona erinnerte sich daran, dass er ihr und Dirk dabei geholfen hatte, ihr Wochenende in Reykjavík zu buchen; er hatte sie in punkto Unterkunft beraten und ihnen ein paar Sightseeing-Tipps zusammengestellt. Sie hatte ihn durchaus sympathisch gefunden.

Zwei Telefonnummern waren unter Brynjars Namen vermerkt, eine Handynummer in Deutschland und eine Nummer mit der Vorwahl 00354, vermutlich ein Anschluss auf Island. Bei der Handynummer meldete sich niemand, nicht einmal eine Mailbox, woraufhin Lona nach kurzem Zögern die andere Nummer wählte. Eine männliche Anrufbeantworter-Stimme drang an ihr Ohr, fremd und offensichtlich auf Isländisch, denn Lona verstand kein Wort. Sie wollte schon auflegen, besann sich jedoch im letzten Moment, schilderte auf Englisch ihre Situation und hinterließ ihre Telefonnummer zusammen mit der dringenden Bitte, Brynjar möge sie zurückrufen, sobald er diese Nachricht abhörte.

Mit einem Seufzer setzte sie ihre Telefonaktion fort. Als schließlich auch Erwin Zöllner ihr nicht weiterhelfen konnte, war es schon fast Mitternacht.

Und sie war keinen Schritt weitergekommen.

~

Am nächsten Tag ging Lona mit Dirks Laptop zur Polizei. Zum Glück hatte Rolf Hörmann Dienst, der freundliche Polizeibeamte, der sie zwei Tage zuvor vernommen hatte. Er bedauerte sehr, ihr nichts Positives vermelden zu können; weder die Befragung von Dirks Nachbarn noch das Phantombild des Fremden hatten bislang zu einem brauchbaren Resultat geführt. Da mittlerweile durchaus davon auszugehen war, dass Gefahr für Leib und Leben des Verschwundenen bestand, nahm Rolf Hörmann den Laptop entgegen und versprach, ihn sofort an ein Expertenteam zur Auswertung weiterzuleiten.

Auf der Heimfahrt machte Lona noch einmal bei Dirks Wohnung Zwischenstation und packte dort alles zusammen, was sie in der Küchenecke und im Kühlschrank an leicht verderblichen Frischwaren vorfand. Mit einer großen Tüte voller Milch, Wurst und Obst kehrte sie auf die Reichenau zurück und verstaute die Lebensmittel in ihrer Küche.

Später am Nachmittag fuhr sie zur Universität, wo sie jedoch sehr schnell feststellte, dass sie sich auf nichts konzentrieren konnte. Ihr war übel, und ihre Gedanken kreisten ununterbrochen um Dirk. Schließlich stürzte sie mit einer hastig gemurmelten Entschuldigung mitten in der Vorlesung aus dem Seminarsaal und zu den Toiletten, wo sie es gerade noch schaffte, sich in einer der Kabinen einzuschließen, bevor sie sich übergab.

Sie kehrte nicht zu der Vorlesung zurück. Es hatte überhaupt keinen Sinn.

Sie verließ die Universität.

Zwei Tage später saß sie abends zu Hause und starrte düster vor sich hin, als ihr Handy klingelte. Auf dem Display wurde keine Nummer angezeigt, und Lona seufzte leise, als sie das Gespräch annahm.

»Hier Lona Mende.«

»Hallo, mein Name ist Arnar Egillsson. Ich habe auf meinem Anrufbeantworter eine Nachricht von dir vorgefunden; kann das stimmen?«

Bei diesen Worten richtete Lona sich kerzengerade auf. Das war eindeutig die Stimme von dem Anrufbeantworter auf Island – tief, kernig und mit einem kleinen Lächeln im Mundwinkel. Und diesmal mit einem ebenso perfekten und fast akzentfreien Deutsch, wie sie es bei Brynjar gehört hatte.

»Ja … aber ich war auf der Suche nach *Brynjar* Egillsson«, antwortete Lona vorsichtig.

»Ich weiß. Brynjar ist mein Bruder. Allerdings lebt er nicht hier in Reykjavík. Wieso dachtest du, dass du ihn unter dieser Nummer erreichst?«

»Weil sie in der Kontaktliste meines Freundes unter Brynjars Namen verzeichnet ist.«

»Verstehe«, sagte Arnar Egillsson. »Wahrscheinlich hat Brynjar meine Nummer als seine Kontaktnummer auf Island angegeben. Wenn er in den Semesterferien nach Hause kommt, wohnt er üblicherweise entweder bei mir oder in Ísafjörður bei unserem Vater.«

»Semesterferien … Das heißt, im Moment ist er nicht bei Ihnen? Ich meine, bei dir?«

Ihr fiel ein, dass Brynjar ihr erzählt hatte, dass das Duzen auf Island üblich war, auch bei Fremden – was wohl erklärte, warum auch sein Bruder sie gerade ganz selbstverständlich mit du anredete, obwohl sie einander noch nie begegnet waren.

»Nein, und ich hatte zuletzt auch schon eine ganze Weile nichts mehr von ihm gehört«, antwortete Arnar. »Was nichts Ungewöhnliches ist; wir funken einander üblicherweise nur an, wenn es einen speziellen Anlass dafür gibt. Deshalb habe ich auch nicht sofort auf deine Nachricht reagiert, und danach hatte ich sie ehrlich gesagt wieder verdrängt. Jetzt habe ich aber eine SMS von Brynjar bekommen – und bei der bist du mir wieder eingefallen.«

»Und worum ging's in dieser SMS?« Lona hielt den Atem an.

»Ja, das war irgendwie seltsam«, erwiderte Arnar. »Brynjar schrieb etwas von wegen ein Freund von ihm stecke in finanziellen Schwierigkeiten und ob ich ihm Geld überweisen könne, denn er sei blank.«

»Damit kann er aber nicht Dirk gemeint haben«, sagte Lona sofort. »Dirk hatte keine finanziellen Probleme, das weiß ich.«

»Bist du sicher?«, entgegnete Arnar. »Denn als ich ihm zurückgeschrieben hab mit der Frage, um was genau es denn geht – immerhin hat er mich um eine ziemlich hohe Summe gebeten –, da kam als Antwort lediglich: ›Dirk braucht Hilfe.‹«

Mit einem Mal wurde es Lona eiskalt. »Wofür? Wofür braucht Dirk Hilfe?«

»Keine Ahnung«, sagte Arnar. »Das war die letzte Nachricht, die ich von meinem Bruder bekommen habe; seitdem meldet er sich nicht mehr. Ehrlich gesagt hatte ich jetzt gehofft, *du* wüsstest, was er damit meint.«

»Ich hab keinen Schimmer«, erwiderte Lona ratlos. »Dirk hat nie etwas von irgendwelchen Problemen erwähnt. Um was für eine Summe ging es denn?«

»Neunhundert Euro«, antwortete Arnar. »Und die schneid ich mir ganz bestimmt nicht mal eben so aus den Rippen. Einen Hunderter hätte ich ihm vielleicht noch ohne irgendwelche Rückfragen überwiesen – aber neunhundert? Nein.«

»Ich versteh das nicht«, versetzte Lona, immer noch fassungslos. »Dirk stammt aus einer vermögenden Familie; neunhundert Euro hätte er normalerweise jederzeit lockermachen können. Und wie gesagt, er hat nie etwas von Schwierigkeiten angedeutet. Und jetzt ist er schon seit Tagen verschwunden … Gott, was kann ihm bloß passiert sein?«

»Ich wünschte, ich könnte es dir sagen.« Arnars Stimme klang ausgesprochen mitfühlend. »Ich mach mir inzwischen genauso Sorgen um meinen Bruder – ich meine, er könnte mir doch wenigstens auf meine letzte SMS antworten, noch dazu wenn die Sache wirklich so dringend ist, wie er vorgibt. Am Ende sind womöglich *beide* in eine prekäre Situation geraten.«

»Kannst du seine SMS-Nachrichten an mich weiterleiten?«, bat Lona. »Wegen Dirk ist die Polizei hier schon informiert, dann würde ich ihnen das zeigen – vielleicht hilft ihnen das ja irgendwie weiter. Ich hab Brynjar mal getroffen, ich kann ihn auf jeden Fall beschreiben. Und wenn sich etwas ergibt, sag ich dir sofort Bescheid.«

»Ja, bitte, tu das«, sagte Arnar. »Und ich funk dich an, sobald Brynjar sich das nächste Mal bei mir meldet. Ich sag auch unserem Vater Bescheid, dass er Laut gibt, falls Brynjar sich an ihn wenden sollte.«

»Gute Idee«, nickte Lona. »Danke für deinen Anruf, Arnar.«

»Keine Ursache«, erwiderte Arnar. »Ich will ja auch wissen, was mit meinem Bruder los ist. Wir bleiben in Kontakt, Lona, ja?«

»Unbedingt. Auf Wiederhören!«

»*Bless*. Wiederhören, Lona.«

Es knackte in der Leitung; das Gespräch wurde beendet. Lona ließ ihr Smartphone sinken und starrte ins Leere.

Dirk braucht Hilfe. Neunhundert Euro.

Sie begriff überhaupt nichts mehr.

Der unerwartete Anruf von Arnar Egillsson aus Island hatte Lona nicht nur vor ein neues Rätsel im Fall Dirk gestellt, auf das weder sie noch die Polizei eine Antwort fanden – er hatte ihr auch die geplante Reykjavík-Reise in Erinnerung gerufen, die sie seit Dirks Verschwinden überhaupt nicht mehr auf dem Radar gehabt hatte. Ihr erster spontaner Impuls war gewesen, die Tour umgehend zu stornieren. Aber dann kam ihr dieser Gedanke fast wie Verrat vor. Was, wenn Dirk doch wieder auftauchte und sah, wie schnell sie ihn quasi aufgegeben hatte? Nein. Lieber würde sie die Reise verfallen lassen.

»Verfallen?«, fragte Andrea kopfschüttelnd, als sie drei Tage später bei einer Tasse Tee mit Lona zusammensaß und Lona ihr diesen Entschluss mitteilte.

»Ja – wenn Dirk nicht rechtzeitig zum Abflug zurück ist«, antwortete Lona. »Oder denkst du, ich fliege alleine los, ohne zu wissen, was mit ihm ist?«

»Einerseits versteh ich dich ja«, meinte Andrea und ließ einen Zuckerwürfel in ihre Teetasse gleiten. »Aber andererseits hat Dirk diese Reise doch vor allem für dich gebucht – weil du unbedingt mal Reykjavík sehen wolltest. Ist doch so, oder?«

Wortlos nickte Lona und nippte vorsichtig an ihrem noch heißen Tee. Draußen prasselten Regentropfen gegen die Fenster; das zuletzt so angenehme Frühlingswetter war heftigem Mairegen gewichen.

»Denkst du nicht«, fuhr Andrea behutsam fort, »dass Dirk sich dann freuen würde, wenn du dorthin fliegst – selbst wenn es ohne ihn ist? Ändern kannst du hier ohnehin nichts, und es täte dir gut, wenn du hier mal rauskommst. *Verdammt* gut. Seit Tagen igelst du dich ein und gehst nur noch aus dem Haus, wenn es sein muss. Glaubst du, dass Dirk sich das für dich wünschen würde?«

»Sicher nicht«, gab Lona zu. »Aber entschuldige – wie sieht das denn aus, wenn ich auf eine Vergnügungsreise gehe und mich amüsiere, solange wir nicht wissen, ob Dirk … ob er überhaupt noch …« Sie brach ab, biss sich auf die Lippen und schaute in ihre Teetasse hinein.

Andrea beugte sich vor und legte eine Hand auf Lonas Unterarm.

»Unsinn«, sagte sie weich. »Jeder, der dich einigermaßen kennt, weiß genau, wie wichtig Dirk dir ist und dass du derzeit ganz bestimmt nicht auf eine Art Ballermann am Polarkreis aus bist. Ich jedenfalls würde das eher als ein Zeichen von dir sehen, dass dir bewusst ist, wie sehr Dirk dir mit diesem Wochenende eine Freude machen wollte – und dass du diese Freude annimmst. Für ihn.«

»Ich glaube nicht, dass ich mich da oben über irgendetwas freuen könnte«, erwiderte Lona leise. »Im Moment … gibt es so etwas wie Freude für mich nicht mehr.«

Andrea musterte sie prüfend, dann trank sie einen Schluck Tee.

»Wie gesagt, ich versteh dich«, sagte sie und stellte ihre Tasse ab. »Und du hast ja noch ein paar Tage Zeit, es dir zu überlegen. Falls sich nicht sowieso das ganze Dirk-Mysterium bis dahin aufklärt und ihr, wenn es so weit ist, fröhlich gemeinsam in den Flieger steigt.«

»Ja«, nickte Lona. »Das wäre das Beste. Und jetzt lass uns von etwas anderem reden, ja?«

»In Ordnung.«

Damit war das Thema erledigt und wurde danach auch nicht wieder angeschnitten. Dennoch ertappte Lona sich, je näher der geplante Tag der Abreise rückte, immer häufiger bei dem Gedanken, wie es wohl gewesen wäre, demnächst den Laugarvegur entlangzuspazieren, sich in der großen Hallgrimskirche umzusehen, in einem der kleinen Hafenrestaurants frischen Fisch zu essen und in der Harpa den Klängen von Schuberts »Unvollendeter« zu lauschen. Und dass sie, trotz aller Sorge um Dirk, am liebsten Andrea recht geben würde … mit jedem Tag ein bisschen mehr.

Einen Tag vor dem Abflugtermin traf sie ihre Entscheidung und beschloss, es darauf ankommen zu lassen. Sie steckte die Reiseunterlagen in ihre Tasche und fuhr zu dem Hofladen der Familie Strobl. Andrea bediente gerade Kundschaft, und Lona wartete geduldig, bis auch die letzte Kundin zufrieden mit einem Korb voller Äpfel und Gemüse abzog und Andrea sich ihr mit einem heiteren Lächeln zuwandte.

»Hallo, Lona – was darf's denn sein? Elstar oder Braeburn?«

»Weder noch«, erwiderte Lona und platzierte die Unterlagen auf dem Ladentisch. »Ich brauche eine Reisebegleitung. Ich habe hier eine Wochenend-Städtereise für zwei, die ich entweder zu zweit antreten werde oder gar nicht. Lust auf einen Abstecher nach Island, Juniorchefin?«

Verblüfft starrte Andrea auf die Papiere vor ihrer Nase. »Das ist … du willst jetzt also doch fliegen?«

»Nur, wenn du mitkommst«, sagte Lona. »Wie gesagt, allein mach ich das nicht – ich bin immer noch nicht ganz sicher, ob ich es wirklich packe. Aber dieses Warten auf eine Nachricht von Dirk macht mich noch wahnsinnig, und du sagst ja selbst: Vielleicht ist es gut, wenn ich für eine Weile etwas abgelenkt bin. Also was ist, kommst du mit? Wenn ja, dann solltest du dir schleunigst bei deinen Eltern Urlaub nehmen und packen gehen.«

»Wieso?«, fragte Andrea verwirrt. »Wann soll's denn losgehen?«

Lona deutete auf die zuoberst liegende Flugbuchung. »Morgen.«

4

»Wenn euch das Wetter auf Island nicht gefällt, dann wartet zehn Minuten«, hatte Brynjar Egillsson mit einem leichten Augenzwinkern gesagt, als er Lona und Dirk im Hinblick auf ihre geplante Reise nach Reykjavík beraten hatte. Lona war noch keine vierundzwanzig Stunden auf der Insel mitten im Nordatlantik, aber schon jetzt verstand sie, was er damit gemeint hatte.

Als sie und Andrea am Abend zuvor das Flughafengebäude in Keflavík verlassen hatten, um den Bus zu suchen, der sie in das knapp fünfzig Kilometer entfernte Reykjavík bringen sollte, hatte ihnen ein starker Wind derart heftigen Regen ins Gesicht gepeitscht, dass sie am liebsten auf der Stelle in das Terminal zurückgeflüchtet wären. Während der Busfahrt über die ausgedehnten Lavafelder der Halbinsel Reykjanesskagi waren dann Sonnenstrahlen durch mehrere Risse in der Wolkendecke gedrungen, doch als sie wenig später in ihrem Hotel eincheckten, war der Himmel bereits wieder vollständig bedeckt.

Und auch jetzt, am Vormittag darauf, hielt der beständige Wetterwechsel an. Es war bewölkt, die Sonne schien; steife, kalte Windböen durchkreuzten immer wieder die eigentlich überraschend angenehm warme Frühlingsluft, und ab und zu gingen wie aus dem Nichts mehr oder weniger ergiebige Regenschauer über der Stadt nieder. Anfangs hatte das Lona und Andrea, die sich nach dem Frühstück zu einem Stadtbummel auf den Weg gemacht hatten, noch irritiert; inzwischen hatten sie sich mit den Launen des isländischen Wetters arrangiert und suchten, sobald der Himmel mal wieder für ein paar Minuten seine

Schleusen aufdrehte, kurzerhand Zuflucht in einem der vielen hübschen Geschäfte oder Cafés auf ihrem Weg – immer in der tröstlichen Hoffnung, dass der Regen auch diesmal nicht in alle Ewigkeit anhalten würde.

Beim dritten Regenschauer landeten sie in einem der zahlreichen Läden mit Strickwaren aus Islandwolle, wo Andrea in aller Ruhe und mit wachsendem Entzücken sämtliche gemusterten Pullover und Jacken begutachtete, mehrere davon anprobierte und sich schließlich für eine Strickjacke in satten Blautönen entschied. Auch Lona war von dem reichhaltigen Angebot angetan; zielsicher griff sie nach einem schönen grauen Islandpullover, dessen Muster in Schwarz und dunklen Grautönen gestrickt war.

Auf dem Weg zur Kasse blieb sie mit einem Mal stehen, als ein Gedanke ihr durch den Kopf schoss. Dann ging sie zurück zu den Regalen mit den Herrengrößen und fand tatsächlich den gleichen Pullover, den sie für sich ausgewählt hatte, noch einmal in einer Größe, die Dirk passen würde. Da war sie sich absolut sicher.

Ich bringe ihn dir mit, Dirk, dachte Lona. *Wenn wir unsere Pullover schon nicht gemeinsam kaufen können, dann werden wir sie wenigstens gemeinsam tragen. Daran glaube ich ganz fest. Und ich hoffe, du bist mir nicht böse, dass ich ohne dich hierhergekommen bin.*

Unwillkürlich schaute sie zu Andrea hinüber, die sich mit leuchtenden Augen nun auch noch eine gestrickte und mit warmem Fleece gefütterte Mütze aufsetzte. Ein winziges Lächeln spielte in Lonas Mundwinkel. Zu sehen, wie ihre Freundin diesen unverhofften Ausflug in vollen Zügen genoss, tat ihr gut und bewies ihr, dass es eine gute Idee gewesen war, sie mitzunehmen. *Ich bin sicher, du würdest es ihr gönnen, Dirk. Und unseren gemeinsamen Trip hierher holen wir eben irgendwann mal nach.*

Sie setzten ihren Bummel auf dem Laugarvegur, der Haupteinkaufsstraße in der Innenstadt von Reykjavík fort und machten zwischendurch einen Abstecher hinauf zur Hallgrímskirkja, die sich majestätisch über der Stadt erhob. An ihrer Front wuchs aus schmalen und immer höher werdenden Betonpfeilern (»sie sollen an Basaltsäulen erinnern, die sind typisch für die Vulkanlandschaft Islands«, hatte Brynjar erklärt) der mächtige Kirchturm empor. Auch der Innenraum beeindruckte Lona sehr: eine große Basilika mit einem hohen, schlanken Kreuzrippengewölbe, die auf Farbe und Ausschmückungen weitgehend verzichtete und dadurch hell, luftig und freundlich wirkte. *Wie eine lichtdurchflutete schöne Halle in einem Gletscher*, dachte sie.

Zusammen mit Andrea fuhr sie mit dem Lift zu der Aussichtsplattform des Kirchturms hinauf. Die Wolkendecke war mittlerweile an vielen Stellen aufgerissen, und warme Sonnenstrahlen ließen die kleinen Häuser Reykjavíks aufleuchten wie eine heitere, von Meer und Bergen umgebene farbenfrohe Spielzeugwelt. Tief atmete Lona die frische, klare Luft ein und ließ die Blicke in alle Richtungen schweifen. Es war genauso schön hier, wie sie es sich vorgestellt hatte.

Mit einem Mal ertappte sie sich bei dem Gedanken, dass sich irgendwo in dem Häusermeer rund um den mächtigen Hallgrimskirchturm vermutlich gerade Arnar Egillsson befand. Er hatte sich seit ihrem Telefonat nicht wieder bei ihr gemeldet. Offenbar wusste er also ebenso wenig Neues über Brynjar zu berichten wie Lona über Dirk. Dennoch fragte Lona sich nun ernsthaft, warum sie, nachdem sie sich für die Islandreise entschieden hatte, nicht einen Moment auf die Idee gekommen war, Arnar zu kontaktieren – wenn sie schon mal vor Ort war, dann konnte man sich ja vielleicht auf einen Kaffee treffen.

Spontan zückte sie ihr Smartphone und wählte Arnars Nummer, landete jedoch nur auf der Mailbox und brach die Verbindung ab, ohne eine Nachricht zu hinterlassen. Sie würde es später noch einmal versuchen.

»Lona? Gibt's was Neues von Dirk?«

Sie fuhr herum. Hinter ihr stand Andrea, die die Aussicht von dem Turm in alle Richtungen fotografiert hatte, und warf einen fragenden Blick auf das Telefon in Lonas Hand.

»Nein … Ich wollte jemanden anrufen, hab ihn aber nicht erreicht«, antwortete Lona und verstaute das Gerät in ihrer Tasche. »Bist du fertig mit deiner Fotorunde, wollen wir wieder runterfahren?«

»Können wir machen«, sagte Andrea. »Und was mich betrifft, ich würde dann gern allmählich ins Hotel zurückgehen und mich noch ein bisschen hinlegen und ausruhen, bevor wir heute Abend in das Konzert gehen. Nicht dass ich nachher mitten in der ›Unvollendeten‹ einschlafe.«

»Das ist gar keine schlechte Idee«, gab Lona zu. »Wir sind ja jetzt doch schon ein paar Stunden unterwegs.«

»Aber es hat sich gelohnt!« Andreas Augen leuchteten. »Es ist wunderschön hier. Vielen Dank, dass ich dabei sein darf!«

»Gern geschehen, Süße.« Lona lächelte. »Also, gehen wir!«

Sie fuhren mit dem Lift nach unten. Als die Tür sich öffnete, ertönten aus der Kirche die machtvollen Klänge der großen Orgel. Unwillkürlich blieben die beiden Freundinnen stehen und lauschten der festlichen Musik. Lona schloss die Augen, verschränkte ihre Hände ineinander und sprach in ihrem Inneren ein kleines Gebet für ihren Freund und für ihren Vater.

Erst als der Organist sein Stück beendete und die letzten Töne in dem weiten, hellen Raum verhallten, verließen Lona und Andrea die Kirche.

In ihrem Hotelzimmer angekommen ließ Andrea ohne viel Federlesens die Tüten mit ihren Einkäufen fallen, streifte sich die Schuhe von den Füßen und sank mit einem erleichterten Seufzer der Länge nach auf ihr Bett. Auf ihre Seite des Doppelbetts, um exakt zu sein – ein Umstand, der bei ihnen beiden nach dem Einchecken zunächst eine gewisse Beklommenheit hervorgerufen hatte. Andrea hatte sogar ganz offen gefragt, ob sie sich nicht besser an der Rezeption nach einem zusätzlichen Zimmer erkundigen sollten, sie würde es auch bezahlen, aber Lona hatte sie davon abgehalten. Wenn sie es ertragen konnte, dass statt Dirk Andrea während des Fluges neben ihr und beim Essen mit ihr am Tisch saß, dann würde es sie auch nicht umbringen, wenn nachts statt ihres Freundes ihre Jugendfreundin neben ihr im Bett lag.

Und die erste Nacht hatte sie sogar überraschend gut überstanden, auch wenn sie kurz vor Sonnenaufgang einmal mehr durch Bilder einer Autofahrt auf regennasser Fahrbahn und das furchtbar bekannte Geräusch von quietschenden Reifen, krachendem Blech und splitterndem Glas geweckt worden war.

Sie betrachtete Andrea, die mittlerweile die Augen geschlossen hatte und offensichtlich eingeschlafen war. Dann trat sie an das Fenster und sah hinüber zu der Harpa, die sich auf der anderen Seite der Straße direkt am alten Hafen erhob. Brynjar hatte ihr und Dirk erzählt, dass dieses Konzerthaus erst vor wenigen Jahren eröffnet worden war und dank seiner faszinierenden Architektur schon jetzt als neues Wahrzeichen der Stadt galt. Er war es auch gewesen, der ihnen dieses Hotel empfohlen hatte. »Es ist ideal für euch«, hatte er gesagt, »da habt ihr die Harpa und den Atlantik direkt vor der Haustür, den alten Hafen mit seinen Fischrestaurants ebenfalls, und in die Innenstadt braucht ihr zu Fuß auch nur ein paar Minuten.«

Dass das Hotel ausgerechnet »Arnarhvoll« hieß, war vermutlich purer Zufall, aber jetzt kam es Lona fast wie ein Zeichen vor. Sie wandte sich ab, ließ sich an dem Schreibtisch nieder und wählte die Nummer von Arnar Egillsson.

Diesmal meldete er sich bereits nach dem zweiten Klingelton.

»Hallo, Arnar – hier spricht Lona.«

»Lona!« Er klang erfreut und wie elektrisiert zugleich. »Hallo – gibt's was Neues von Brynjar oder von Dirk?«

Lona biss sich auf die Lippen. *Klar. Was für einen anderen Grund für ihren Anruf sollte er sonst vermuten.*

»Leider nein«, antwortete sie verlegen. »Ich rufe eigentlich nur deshalb an, weil … also, ich bin gerade in Reykjavík.«

»Was? Du bist hier?«

»Ja. Übers Wochenende. Dirk und ich haben den Trip vor einiger Zeit gebucht, und … na ja, ich wollte ihn nicht verfallen lassen. Eine Freundin von mir hat mich begleitet.«

»Na so was … ja, dann erst mal: willkommen auf Island!« Arnar hatte sich hörbar noch nicht von seiner Überraschung erholt.

»Danke«, erwiderte Lona. »Ich hab heute schon einmal versucht, dich zu erreichen, da war ich gerade auf dem Turm der Hallgrimskirche.«

»Wann war das?«

»Vor gut einer Stunde.«

»Ah – sorry, da saß ich gerade in einem Meeting. Und danach habe ich meine Anrufliste noch nicht gecheckt, sonst hätte ich dich sicher zurückgerufen. *Mea culpa.* Aber Meeting ist ein gutes Stichwort – wollen wir uns treffen? Vielleicht heute Abend?«

»Das geht leider nicht«, entgegnete Lona. »Heute Abend sind wir in der Harpa; wir haben Karten für das Ashkenazy-Konzert.«

»Ihr Glücklichen.« Lona glaubte ehrlichen Neid in seiner Stimme zu hören. »Und wie sieht's morgen aus?«

»Da haben wir einen Tagesausflug gebucht«, erklärte Lona. »Zum sogenannten ›Golden Circle‹.«

»Also Þingvellir, Gullfoss und die Geysire.« Jetzt klang er fast ein wenig amüsiert. »Das Standard-Programm der Island-Debütanten. Viel Vergnügen, der Abstecher lohnt sich unbedingt. Dann wird's jetzt allerdings eng, dann morgen Abend muss ich zu einem wichtigen Arbeitsessen, das ich schlecht absagen kann. Übermorgen?«

»Da fliegen wir schon wieder zurück«, meinte Lona bedauernd. »Schade. Aber … ich könnte natürlich auf diesen Tagesausflug verzichten. Dann fährt Andrea eben alleine, und wir können uns verabreden, wenn du tagsüber zwischendurch Zeit hast.«

»Aber das kannst du doch nicht machen!«, protestierte Arnar. »Das sind drei der schönsten und interessantesten Sehenswürdigkeiten Islands; willst du die dir wirklich entgehen lassen?«

»Nur für dieses Mal«, erwiderte Lona, und sie war überrascht über die Sicherheit, mit der sie diese Worte aussprach. »Ich komme ganz bestimmt noch einmal hierher – mit Dirk. Und dann schaue ich mir die Geysire und Konsorten zusammen mit ihm an. Das wird dann noch viel schöner.«

Für ein paar Sekunden herrschte Schweigen am anderen Ende der Leitung.

»Also gut«, sagte Arnar dann. »Wenn dir so viel daran liegt … Wann wollen wir uns dann morgen treffen? Vormittags oder nachmittags?«

»Gerne schon vormittags«, antwortete Lona. »Ich werde ja doch früh aufstehen und zusammen mit Andrea frühstücken; die Tour geht um neun Uhr los.«

»Dann schlage ich vor, wir treffen uns um halb elf Uhr auf einen Kaffee, und wenn du möchtest, können wir danach auch noch zusammen zu Mittag essen.«

»Klingt gut. Und wo?«

»Ich überlege gerade … Du warst heute in der Hallgrimskirche? Dann würde ich sagen, wir nehmen das Café Loki – das findest du problemlos, das ist direkt gegenüber von dem Kirchturm.«

»Café Loki. Alles klar. Und wie erkenne ich dich?«

Arnar gab ein amüsiertes Glucksen von sich. »Das wird schwierig – ich bin ein absoluter Durchschnittsisländer ohne besondere Kennzeichen. Wahrscheinlich erkennst du mich vor allem daran, dass ich der einzige allein an einem Tisch sitzende Mann bin, dessen Gesicht *nicht* hinter einem aufgeklappten Laptop verschwindet.«

Jetzt war es Lona, die sich ein leises Prusten nicht verkneifen konnte. Das war ihr an diesem Tag tatsächlich aufgefallen, als sie mit Andrea durch die Stadt gezogen war und sie dabei zweimal in einem der vielen hübschen Cafés eingekehrt waren, um sich eine Erfrischung zu genehmigen: Überall an den kleinen Tischen saßen meist junge Menschen vor ihren Laptops und schienen das öffentliche, ungezwungene Ambiente als perfekten Büro- oder Arbeitszimmerersatz zu betrachten.

»Dann machen wir es umgekehrt«, beschloss sie. »Halte nach einer Frau mit langen roten Haaren Ausschau, das bin dann aller Wahrscheinlichkeit nach ich. Wir werden uns schon finden.«

»Das denke ich auch«, entgegnete Arnar. »Zumal das Café auch nicht sehr groß ist. Also dann – bis morgen um halb elf. Ich freu mich.«

»Ich auch«, sagte Lona. »Wiedersehen, Arnar.«

»*Bless.*«

Sie beendete das Gespräch, legte das Smartphone auf den Schreibtisch und wandte sich um zu Andrea. Diese hatte sich von dem Telefonat in ihrem Nickerchen offenbar nicht im Geringsten stören lassen. Was würde sie wohl dazu sagen, dass Lona sie morgen allein in die isländische Wildnis zu schicken gedachte?

»Das kommt ja überhaupt nicht in Frage!«, sagte Andrea sehr entschieden, als sie eine halbe Stunde später aufwachte und von Lonas geänderten Plänen für den nächsten Tag erfuhr. »Ich fahr doch nicht ohne dich hier durch die Gegend – das ist *dein* Urlaub, du hast dich doch so darauf gefreut!«

»Aber der ›Golden Circle‹ läuft mir doch nicht weg«, erwiderte Lona ruhig. »Der wird auch noch da sein, wenn ich das nächste Mal nach Island komme. Und wenn ich jetzt schon mal die Gelegenheit habe … Ich meine, dieser Arnar ist der Bruder von Brynjar, und der steckt häufig mit Dirk zusammen. Vielleicht hat er über ihn mal irgendetwas mitbekommen, wovon ich nichts weiß und was mir weiterhelfen könnte. Ich muss ihn einfach treffen und mit ihm reden.«

Andrea betrachtete sie forschend. »Dir liegt viel an dieser Verabredung, ja?«

Lona nickte.

»Ja. Irgendwie hab ich das Gefühl, dass es für mich wichtig ist, mit Arnar zu sprechen. Ich könnte dir nicht mal sagen, warum.«

»Musst du auch nicht«, sagte Andrea. »Wenn's uns weiterhilft, Dirk wiederzufinden, dann soll's mir recht sein. Gut, dann fahr ich morgen eben alleine – aber heute Abend kommst du schon mit, ja? Oder hast du noch mehr kurzfristige Programmänderungen auf Lager?«

»Ganz bestimmt nicht.« Lona lächelte. »Auf dieses Konzert freu ich mich schon viel zu lange. Und deshalb sollten wir uns allmählich auch dafür zurechtmachen. Willst du zuerst unter die Dusche oder soll ich?«

Am nächsten Morgen war das Wetter ähnlich durchwachsen wie am Tag zuvor, aber Andrea war trotzdem bester Laune, als sie sich nach dem Frühstück von Lona verabschiedete. »Die Sonne wird schon zwischendurch mal rausspitzen, wenn vor mir ein Geysir hochschießt oder ich an der Grenzlinie zwischen Europa und Amerika stehe«, sagte sie lachend. »Viel Glück für dein Meeting – und pass auf dich auf, Süße, ja?«

»Klar, mach ich. Viel Spaß!«

Sie umarmten einander, dann verließ Andrea das Hotelzimmer. Lona beschloss, noch ein wenig zu lesen und dazu eine Tasse Tee zu kochen. Während sie den Wasserkocher in Betrieb setzte, fiel ihr Blick durch das Fenster auf die Harpa, dieses große, beeindruckende Konzerthaus aus Stahl und Glas. Farbeffektglas, so hatte sie gelesen, nannte man dieses spezielle Glas, das in wabenartiger Struktur die beiden leicht versetzten Gebäudeteile mit den schrägen Kanten umhüllte und je nach Witterung und Betrachtungswinkel seine Farbe änderte. Auf diese Weise passte die Harpa sich stets dem jeweiligen Tageslicht an, während die Glasfassade nachts dank künstlicher Beleuchtung in den kräftigen, leuchtenden Farbtönen der Polarlichter erstrahlte.

Erinnerungen an den Vorabend zogen durch Lonas Kopf, an die ungezwungene Atmosphäre in der Harpa, an den feuerrot gestalteten Konzertsaal »Eldborg« mit der großartigen Akustik … und an das von der Oboe angestimmte Hauptthema von Schuberts »Unvollendeter«, das sie wie ein leises, trauriges Wehklagen empfunden hatte – oder wie einen flehenden Hilferuf …

Der Klingelton ihres Smartphones durchbrach die Stille in dem Raum und riss Lona jäh aus ihren Gedanken. Ihr Herz schlug schneller, als sie auf dem Display die Nummer von Rolf Hörmann erkannte.

»Hallo, hier Lona Mende.«

»Guten Tag, Frau Mende, hier spricht Rolf Hörmann vom Polizeipräsidium Konstanz. Ich rufe Sie an in der

Vermisstensache Dirk Reisacher. Haben Sie einen Moment Zeit?«

»Ja, natürlich!«

»Gut. Es geht um Folgendes. Sie haben uns da ja den Laptop des Vermissten zur Verfügung gestellt. Unsere Experten haben inzwischen die Passwort-Sperre überwunden. Die Auswertung des Maileingangs hat uns bislang noch nicht sonderlich weitergeholfen, aber uns ist etwas anderes aufgefallen. Wussten Sie, dass Herr Reisacher zuletzt häufig im Internet nach Informationen über Crystal Meth gesucht hat?«

»Crystal Meth?«, fragte Lona verwirrt, um sicherzugehen, dass sie sich nicht verhört hatte. »Sie meinen diese Droge?«

»Ja«, antwortete Rolf Hörmann. »Wissen Sie, warum er sich so dafür interessiert? Ist er eventuell selbst süchtig? Fassen Sie diese Frage jetzt bitte nicht falsch auf.«

»Nein, ich verstehe schon.« Lona ließ sich auf einen Stuhl sinken. »Also, Dirk ist ganz bestimmt nicht süchtig. Das hätte ich gemerkt.«

»Sind Sie sicher?«, fragte Rolf Hörmann. »Ohne Ihnen zu nahe treten zu wollen, aber gerade bei Crystal merkt man es den Betroffenen anfangs nicht zwingend an. Und er könnte es ja auch vor Ihnen geheim gehalten haben.«

»Könnte er«, gab Lona zurück. »Aber … nein, Dirk ist auch einfach nicht der Typ dafür. Es geht ihm gut, er hat keine Probleme. Nein, ich glaub das nicht.«

»Gut«, sagte Rolf Hörmann. »Lassen wir das mal so stehen. Gibt es sonst vielleicht einen Grund, warum er sich über diese Droge informiert haben könnte? Jemanden aus seiner Familie oder aus seinem Bekanntenkreis zum Beispiel, der Crystal nimmt?«

»Da bin ich ehrlich gesagt überfragt«, gestand Lona. »Ich kenne weiß Gott nicht alle Menschen in seinem Umfeld. Vielleicht einer seiner Kommilitonen … aber ich kann Ihnen da wirklich nicht mehr sagen. Es tut mir leid.«

»Nicht so schlimm«, versicherte Rolf Hörmann. »Sie haben uns bereits weitergeholfen mit der Auskunft, dass Herr Reisacher selbst Ihrer Ansicht nach nichts mit Drogen zu tun hat. Wir werden also sein Umfeld noch einmal unter diesen geänderten Vorzeichen abklopfen. Diese Internet-Suche *muss* zwar nichts mit seinem Verschwinden zu tun haben – aber wir gehen jedem Hinweis nach.«

»Dafür bin ich Ihnen dankbar«, sagte Lona mit einem Kloß im Hals. »Sagen Sie mir Bescheid, wenn Sie auf neue Hinweise stoßen?«

»Wie versprochen«, antwortete Rolf Hörmann. »Wiederhören, Frau Mende!«

»Wiederhören!«

Sie legte das Smartphone neben sich auf den kleinen Tisch und versuchte, ihre Gedanken zu sortieren. Dirk hatte im Internet nach Crystal Meth gegoogelt. War er womöglich doch damit in Berührung gekommen und suchte nun nach Hinweisen, wie man davon loskam? Bei Crystal Meth wurde man schon beim ersten Mal sofort süchtig, hatte sie vor einiger Zeit in einer TV-Dokumentation über diese sogenannte Mode-Droge gehört. War es denkbar, dass bei einer Studentenparty oder an einem unbeschwerten gemeinsamen Abend eine Art »Probierpackung« die Runde gemacht und Dirk in einem Anfall von bodenlosem Leichtsinn zugegriffen hatte? Oder war einer seiner Kommilitonen dieser Droge verfallen, und Dirk versuchte, ihm oder ihr zu helfen? Oder war es am Ende sogar Claudia, die seine Hilfe brauchte? Claudia, seine Schwester, die sich jahrelang nicht mehr bei ihrer Familie gemeldet hatte und nun plötzlich wieder den Kontakt zu ihrem Bruder suchte – angeblich weil er ihr ganz einfach fehlte?

Eins stand für Lona fest: Sobald sie wieder zurück in Deutschland war, würde sie Claudia aufsuchen und sie auf dieses Thema ansprechen. Und auf jeden Fall würde sie nachher auch Arnar dazu befragen.

Die Straßen und Häuser von Reykjavík glänzten regennass in der Sonne, als Lona einige Zeit später den ihr nun schon vertrauten Weg hinauf zur Hallgrimskirche zurücklegte. Ohne Mühe fand sie das Café Loki und schaffte es gerade noch, durch den von zwei kleinen Islandflaggen flankierten Eingang zu schlüpfen, bevor einmal mehr geradezu aus heiterem Himmel ein Regenguss über der Stadt niederging.

Das Café im ersten Stock war in der Tat, wie von Arnar angedeutet, klein; ein heller Raum, über dessen gesamte rechte Längsseite sich ein großes, farbenprächtiges Wandgemälde entlangzog. Fasziniert betrachtete Lona das Bild: Links spannte sich ein doppelter Regenbogen über Wiesen, Felsen und eine Stadt, während rechts zwei Menschen und eine Schlange in einer dunklen, brennenden und qualmenden Trümmerlandschaft zu sehen waren.

»Das sind Bilder aus der nordischen Mythologie«, hörte sie neben sich eine weibliche Stimme auf Englisch; sie wandte sich um und sah eine junge Frau, die sie freundlich anlächelte. »Woher kommst du?«

»Aus Deutschland«, antwortete Lona völlig überrumpelt, woraufhin die junge Frau zu dem Tresen auf der anderen Seite des Raumes ging und gleich darauf mit einem länglichen Blatt Papier wiederkam: »Hier, da steht das Wichtigste auf Deutsch drauf. Das Bild ist 2014 gemalt worden und schildert Stationen aus dem Leben von Loki. Nein, das kostet nichts, das kannst du behalten.« Sie lächelte erneut und ging dann zu einem der Tische, wo zwei Frauen nach ihr winkten; offensichtlich arbeitete sie hier als Bedienung.

Lona warf einen Blick auf das Blatt mit dem Wandbild auf der einen und den Erklärungen auf der anderen Seite. Dann sah sie sich in dem Raum um. Etwa die Hälfte der Tische war besetzt: die beiden Frauen, ein Paar mittleren Alters, ein Jüngling, der an einem Laptop saß – unwillkürlich schmunzelte Lona in sich hinein –, eine Touristengruppe, die jetzt lautstark auf Englisch mit der Bedienung debattierte, und noch ein paar Gäste mehr, darunter jedoch kein einzelner Mann, der auf sie zu warten schien. Offenbar war sie als Erste angekommen.

Sie ließ sich an einem freien Tisch am Fenster nieder, der einen perfekten Blick auf den Hallgrimskirchturm bot. Um sich die Wartezeit zu vertreiben, wandte sie ihre Aufmerksamkeit wieder dem Wandbild zu. Einiges von dem, was sie durch das Informationsblatt erfuhr, kannte sie ähnlich aus Wagners Opernzyklus »Der Ring des Nibelungen«; Loki, halb Gott und halb Riese, entsprach offensichtlich Wagners Opernfigur Loge, und die brennende, düstere Landschaft rechts erzählte vom Ende der Welt, dem Ragnarök. Der Götterdämmerung.

»Entschuldigung – Lona?«

Sie blickte auf. Vor ihr stand ein großer, schlanker Mann in Jeans und einer blauen Regenjacke und sah sie fragend an.

»Ja, das bin ich. Arnar?«

Sie streckte ihm die Hand entgegen, und er schüttelte sie.

»Ja. Schön, dich kennenzulernen.« Er zog seine Regenjacke aus und hängte sie über den Stuhl auf der anderen Seite des Tisches. »Entschuldige, hab ich dich lange warten lassen?«

»Kein Problem. Ich bin auch erst seit ein paar Minuten da.«

Er nickte und ließ sich auf dem Stuhl nieder. Lona stellte fest, dass er seinem Bruder verblüffend ähnlich sah; er war ebenso aschblond wie Brynjar und hatte die gleichen auffallend klarblauen Augen. Allerdings wirkte er älter und reifer; Lona schätzte ihn auf etwa Ende zwanzig.

Die Bedienung kam an ihren Tisch und nahm mit einem fröhlichen Lächeln ihre Bestellung auf zwei Tassen Kaffee entgegen.

»Ja«, meinte Arnar schließlich, als die junge Frau zu dem Tresen ging, um das Gewünschte zu holen. »Normalerweise würde ich dich jetzt als Erstes fragen, wie es dir hier in Reykjavík gefällt, was du schon alles gesehen hast oder wie das Konzert gestern Abend war. Aber irgendwie kommt mir das in unserem Fall … fehl am Platze vor.« Er musterte Lona fragend. »Oder soll ich?«

Lona sah auf die Tischplatte hinunter, dann hob sie entschlossen den Kopf.

»Später vielleicht«, antwortete sie. »Aber fürs Erste würde ich tatsächlich lieber über Brynjar mit dir reden. Das ist mir wichtiger. Ich bin, was Dirk betrifft, am Ende meiner Weisheit … und Brynjar ist einer seiner besten Freunde, soweit ich weiß. Vielleicht erfahre ich von dir etwas, das mir weiterhilft.«

»Das kann ich mir kaum vorstellen«, sagte Arnar nachdenklich. »Brynjar hat deinen Dirk hin und wieder mal in einem Nebensatz erwähnt, aber was die beiden in Konstanz gemeinsam getrieben haben, davon hab ich überhaupt keine Ahnung. Mein Bruder ist mir da ja auch keine Rechenschaft schuldig.«

»Erzähl mir von ihm«, bat Lona. »Ich hab ihn nur dieses eine Mal getroffen, als er uns Tipps für unseren Aufenthalt hier gegeben hat. Ich weiß so gut wie nichts über ihn, außer dass eure Mutter Deutsche ist und ihr beide deshalb so gut Deutsch sprecht.«

»Ja, wir sind zweisprachig aufgewachsen«, erwiderte Arnar. »Allerdings ist Mutter nicht mehr am Leben, sie ist vor zwei Jahren gestorben.«

»Das tut mir leid«, sagte Lona leise.

Arnar nickte wortlos. Im gleichen Moment kam die Bedienung zurück und stellte zwei dampfende Tassen auf den Tisch. Während Lona stumm etwas Milch in ihren Kaffee rührte, beobachtete sie, dass Arnar sofort einen ersten Schluck nahm, ohne sich an Milch oder Zucker zu bedienen.

»Ja, das war ein ziemlicher Schlag«, fuhr Arnar fort. »Vor allem für Vater, der nun ganz allein in unserem kleinen Haus oben in Ísafjörður lebt. Aber er beklagt sich nicht, im Gegenteil, er hat uns ganz klar gesagt, dass wir jetzt bloß nicht seinetwegen unser Leben über den Haufen werfen und zurückkommen sollen; er hätte seinen Job und käme blendend zurecht. Tut er auch, soweit ich das mitbekomme. Trotzdem haben Brynjar und ich anfangs mit dem Gedanken gespielt, ob nicht doch wenigstens einer von uns wieder zu ihm ziehen sollte.«

»Aber ihr habt euch dagegen entschieden?«

Arnars Gesicht verzog sich zu einer Grimasse. »Wenn überhaupt, dann hätte *ich* es tun müssen. Weißt du, ich hab auch mal in Konstanz studiert, Informatik. Aber ich hab mein Studium nach zwei Jahren abgebrochen, und ich befürchte nach wie vor, dass ich Vater damit sehr enttäuscht habe – er war so stolz darauf, dass seine beiden Söhne in Deutschland auf die Uni gehen. Deshalb hoffe ich sehr, dass wenigstens Brynjar seinen Abschluss macht.«

»Und warum hast du aufgehört?«, fragte Lona neugierig.

Ein leichter Schatten glitt über Arnars Gesicht.

»Es war nicht mein Ding«, antwortete er. »Ich hab mich in dem Studiengang und in dem ganzen Universitätsbetrieb nicht wirklich wohlgefühlt. Und ich wollte zurück nach Island. Also hab ich der Uni in Konstanz *bless* gesagt und meine Ausbildung hier in Reykjavík abgeschlossen. Inzwischen hab ich einen Job bei ›Advania‹ und bin damit ausgesprochen zufrieden. Brynjar dagegen absolviert sein Studium bislang mit Glanz und Gloria, er ist einer der Besten in seinem Jahrgang. Es wäre ein Jammer, wenn er das hinschmeißen würde – aus welchem Grund auch immer.«

Lona trank einen Schluck von ihrem Kaffee und ließ den Rest nachdenklich in der Tasse kreisen. Dann stellte sie die Tasse ab und sah Arnar in die Augen.

»Drogen zum Beispiel?«

Arnar, der gerade ebenfalls seine Tasse zum Mund geführt hatte, hielt mitten in der Bewegung inne und schaute Lona mit einem Gesichtsausdruck an, der ehrlich überrascht wirkte – und erschrocken zugleich.

»Drogen? Was meinst du damit?«

»Ich frag mich, ob die Möglichkeit besteht, dass dein Bruder Drogen nimmt.« Sie fixierte ihn scharf. »Genauer gesagt frage ich das *dich.*«

Arnar erwiderte ihren Blick, ohne etwas zu sagen. Dann nippte er endlich an seiner Kaffeetasse und stellte sie mit einem nachdrücklichen kleinen Knall auf den Tisch.

»Ich nehme an, du hast einen guten Grund für diese Frage«, sagte er.

»Ich habe heute früh erfahren, dass Dirk sich im Internet ausgiebig über Crystal Meth informiert hat«, versetzte Lona. »Und ich bin mir hundertprozentig sicher, dass er diese Infos nicht für sich selbst gesucht hat.«

»Aha.« Arnars Stimme wurde mit einem Mal kühl. »Und deshalb erklärst du jetzt kurzerhand meinen Bruder zum Junkie, oder was?«

»Ich erkläre gar nichts!«, gab Lona heftig zurück. »Ich versuche nur, herauszufinden, was los ist! Dirk hat mit Sicherheit *keine* Drogen genommen; trotzdem hat er nach Crystal Meth gegoogelt, und das waren ganz bestimmt keine Recherchen für sein Studium, denn mit Nanoscience hat das ja wohl nicht wirklich was zu tun. Und jetzt ist er verschwunden, und kein Mensch kann mir sagen, wo er ist und ob er … ob er überhaupt noch *lebt*, verdammt noch mal! Begreifst du nicht, dass ich wissen will, warum und für wen er sich da informiert hat? Vielleicht hängt das ja alles irgendwie zusammen!«

»Vielleicht«, erwiderte Arnar verbissen. »Aber auch wenn ich von uns beiden der ›big brother‹ bin, so lasse ich meinen Bruder trotzdem nicht rund um die Uhr mit Kameras überwachen. Wie soll ich also wissen, ob er sich gelegentlich etwas einwirft und wenn ja, was?«

»Klar kannst du das nicht wissen«, gab Lona beschwichtigend zu, um Arnar nicht noch mehr zu reizen. »Aber vielleicht hast du mal etwas beobachtet … oder mitgekriegt … ich frage doch nur! Wenn du Nein sagst, dann war's eben *nicht* für Brynjar und ich muss anderweitig weiterforschen, aber dann weiß ich das wenigstens!«

Ihre Stimme brach, und sie schluchzte auf. Verlegen schlug sie sich die Hände vors Gesicht – dass sie hier in aller Öffentlichkeit und vor Arnar die Fassung verlor, war ihr unangenehm, aber sie konnte nichts gegen die Tränen tun, die ihr mit Macht in die Augen stiegen und überliefen.

Nach einer Weile spürte sie, wie eine Hand sich auf ihre Schulter legte, und hob den Kopf: Arnar war aufgestanden und hatte sich neben sie gestellt, um sie so gut es ging vor den Blicken der anderen Cafégäste abzuschirmen. Mitfühlend sah er sie an und hielt ihr ein zusammengefaltetes Taschentuch hin, das sie dankbar entgegennahm. Er wartete wortlos und geduldig, bis sie sich wieder einigermaßen gefasst hatte, dann setzte er sich zurück auf seinen Stuhl und richtete den Blick durch das Fenster auf die Hallgrimskirche.

»Mit vierzehn hat Brynjar mal gekifft«, sagte er plötzlich leise, ohne die Augen von dem Kirchturm zu nehmen. »Ich weiß bis heute nicht, wie er damals an das Zeug gekommen ist. Als ich ihn dabei erwischt habe, hab ich ihn vor die Wahl gestellt: Entweder ich erzähle es den Eltern, und dann erfährt mit Sicherheit auch die Polizei davon – oder wir machen die Sache unter uns aus. Sprich: Er bezieht von mir eine Tracht Prügel und verspricht mir danach feierlich, so einen Blödsinn nie wieder zu veranstalten. Ich weiß nicht, wovor er mehr Angst hatte, vor Vaters Zorn oder vor der Polizei – jedenfalls hat er die zweite Alternative gewählt. Und ich hab ihm eine derartige Abreibung verpasst, dass er es sich danach mit Sicherheit jedes Mal doppelt und dreifach überlegt hat, wenn ihm jemand auch nur eine Spaßzigarette unter die Nase gehalten hat. Nein … ich glaub's nicht. Ich *will's* einfach nicht glauben, dass er jetzt doch wieder …« Er brach ab und biss sich auf die Lippen.

Lona hatte ihm betroffen zugehört; nun neigte sie sich vor und legte ihm eine Hand auf den Unterarm.

»Wenn du's nicht glaubst, dann glaub ich es auch nicht«, sagte sie und betupfte sich noch einmal die feuchten Augen mit dem Taschentuch. »Dann wird es jemand anderes aus seiner Umgebung sein, für den Dirk sich im Netz erkundigt hat. Entschuldige – ich wollte dich nicht verletzen, und auf keinen Fall wollte ich deinem Bruder etwas anhängen.«

Er nickte sachte, dann wandte er sich ihr wieder zu.

»Tut mir leid, dass ich so heftig reagiert habe«, erwiderte er. »Aber wenn's um Drogen geht, da reagiere ich empfindlich. Gerade in Zusammenhang mit Brynjar. Weil … weil ich immer Angst habe, dass er eines Tages … rückfällig wird. Auch wenn's damals ›nur‹ Gras war.«

»Hoffen wir das Beste«, sagte Lona leise. »Für ihn und für Dirk.«

Arnar legte seine Hand über ihre. »Und dass wir sie alle beide wiedersehen. Lebendig und gesund. Dass …« Er deutete mit einem schwachen Lächeln auf das Informationsblatt, das neben Lonas Kaffeetasse lag. »Dass sie nicht im Ragnarök enden, sondern über den Regenbogen zu uns zurückkommen.«

5

Seit drei Tagen war Lona wieder zu Hause auf der Reichenau und stellte fest, dass das Wetter in Deutschland sich von dem auf Island in einem Punkt unterschied: Hier hatte es wenig Sinn, zehn Minuten zu warten – wenn es einmal regnete, dann richtig. Von morgens bis abends trommelte der Regen gegen die Fensterscheiben, und auch das schöne, aus einem großen schwarzen Lavastein gearbeitete Teelicht, das sie sich in Reykjavík gekauft hatte und das nun auf ihrem Couchtisch brannte, änderte nichts an ihrer überwiegend düsteren Stimmung.

Die Reise nach Island hatte für ein paar Tage Licht in ihr Dasein gebracht, das seit Wochen von Dirks Verschwinden so stark überschattet war; umso bedrückender war nun nach ihrer Heimkehr das Gefühl, in jeder Hinsicht auf der Stelle zu treten und immer mehr ins Dunkle und Ungewisse abzudriften. Claudia hatte ihr auf ihre telefonische Anfrage hin hoch und heilig versichert, dass sie mit Crystal Meth nichts am Hut habe. Auch Rolf Hörmann konnte ihr nichts Neues vermelden, und allmählich begann Lona sich ernsthaft zu fragen, ob die Polizei den Fall Dirk inzwischen mehr oder weniger schleifen ließ.

Als an diesem verregneten Nachmittag ihr Handy klingelte und Arnars Name auf dem Display aufleuchtete, war sie so niedergeschlagen, dass sie es kaum wagte, sich irgendwelche Hoffnungen auf gute Nachrichten zu machen.

Sie ließ sich in ihrem Sessel nieder und nahm das Gespräch an.

»Hallo, Lona! Ich bin's, Arnar. Geht's dir gut?«

»Nicht wirklich«, erwiderte Lona wahrheitsgemäß. »Gibt's was Neues?«

»Noch nicht, aber hoffentlich bald«, antwortete Arnar, und erst jetzt fiel Lona auf, wie atemlos er klang. »Wo bist du gerade?«

»Bei mir zu Hause. Wieso?«

»Kannst du nach Konstanz kommen?«

»Warum das denn?«

»Weil ich auch gleich dort bin. Ich bin soeben in Meersburg auf die Fähre geklettert.«

»Du bist *was*?« Lona richtete sich kerzengerade auf.

»Ja, mir ist gestern früh plötzlich eingefallen, dass es vielleicht in Brynjars Studentenbude irgendwelche Hinweise gibt – und zwar solche, mit denen eure Polizei nichts anfangen kann, es sei denn, sie hat wider Erwarten einen Mitarbeiter mit isländischen Sprachkenntnissen in ihren Reihen. Deshalb habe ich mir auf die Schnelle ein paar Tage Urlaub genommen, einen Flug gebucht, und hier bin ich also.«

»Du bist verrückt.« Eine bessere Reaktion fiel Lona nicht ein.

»Nein, nur besorgt«, gab Arnar zurück. »Also, was ist – kommst du, oder soll ich die Bude allein durchwühlen?«

In diesem Moment hatte Lona zum ersten Mal seit langer Zeit das Gefühl, dass es wieder vorwärtsging. Vielleicht gab es ja doch noch Hoffnung.

»Gut. Warte am Hafen in Konstanz auf mich, ich hol dich ab.«

Eine knappe Stunde später lenkte Lona ihren Wagen vom Fährhafen aus in Richtung Universität. Dass neben ihr auf dem Beifahrersitz Arnar Egillsson in seiner blauen Regenjacke saß, erschien ihr noch immer etwas surreal, aber es gab ihr auch irgendwie ein gutes Gefühl.

Sie war nicht mehr allein. Jemand kämpfte ihren Kampf gemeinsam mit ihr.

Arnar lotste sie zu einer Straße mit kleinen Einfamilienhäusern unweit des Universitätsgeländes.

»Hier wohnt Brynjar?«, fragte Lona zweifelnd mit Blick auf die gepflegten Häuser, die nach Wohlstand und geordnetem Familienleben aussahen.

»Ja, in einer WG«, antwortete Arnar. »Der Eigentümer hat das komplette Haus an Studenten vermietet. Da vorne, das hellgraue – das ist es.«

Lona bremste leicht ab, erspähte nur wenige Meter weiter eine Parklücke und steuerte ihren Wagen mit einem gekonnten Schlenker des Lenkrades hinein.

»Ich hoffe nur, dass jemand zu Hause ist«, sagte Arnar, als sie ausstiegen. »Und dass wenigstens noch *einer* von den Leuten hier wohnt, die ich voriges Jahr kennengelernt habe, als ich für ein paar Tage zu Besuch bei Brynjar war. Nicht dass sie uns gar nicht erst reinlassen, weil wir für sie zwei völlig Fremde sind.«

»Notfalls musst du ihnen eben deinen Pass zeigen«, entgegnete Lona. »Dann glauben sie hoffentlich, dass du der Bruder ihres Mitbewohners bist.«

»Oder sie kennen Dirk und haben zumindest mal von dir gehört«, versetzte Arnar. »Gut, dann schauen wir mal.«

Sie hatten das Gartentor erreicht und studierten die Namensschilder neben den Klingeln.

»Ullmann – El Kaddouri – Egillsson«, murmelte Arnar. »El Kaddouri, das dürfte Farid sein. Den kenn ich schon mal auf jeden Fall.«

Er klingelte, das Tor ging mit einem Summton auf, und gleich darauf erschien ein hochgewachsener, schlanker Mann in einer bodenlangen weißen Kurta in der Haustür. Schwarze Haare umrahmten ein ebenmäßiges, mattbraunes Gesicht mit großen dunklen Augen, die nun, als sie Arnar erblickten, freudig aufleuchteten.

»Arnar! Salaam aleikum – was für eine Überraschung!«

»Ja, ich bin zu einem Spontanbesuch nach Konstanz gekommen«, sagte Arnar. »Salaam, Farid. Das hier ist Lona, eine gemeinsame Freundin von Brynjar und mir.«

»Salaam, Lona.« Farid grüßte sie respektvoll. »Kommt herein – aber ich sag's dir gleich, Arnar: Brynjar ist nicht da.«

»Das hab ich befürchtet«, erwiderte Arnar. »Weißt du, wo er ist?«

Farid schüttelte den Kopf. »Er hat sich schon seit drei Wochen nicht mehr blicken lassen«, sagte er. »Aber lasst uns drinnen weiterreden.«

Er führte die beiden in eine kleine, ziemlich vollgestellte und chaotische Küche und räumte schnell ein paar Kartons und Tüten beiseite, damit sie an dem Tisch in der Ecke Platz nehmen konnten. Gleichzeitig tauchte in der Küchentür eine junge Frau in Jeans und Sweatshirt auf; ihre hellblonden Haare waren zu einem kurzen, wippenden Pferdeschwanz zusammengebunden.

»Oh, wir haben Besuch?«

»Hallo, Daniela!« Arnar hob grüßend die Hand. »Kennst du mich noch? Ich bin Arnar.«

Die blauen Augen hinter der dunklen Nerdbrille musterten ihn prüfend.

»Ach!« Ihre Stimme klang spitz. »Arnar! Bist du gekommen, um die Mietschulden deines Bruders zu bezahlen?«

»Jetzt lass ihn doch erst mal richtig reinkommen, Daniela«, mischte sich Farid gutmütig ein. Er hielt einen gefüllten Wasserkocher hoch. »Minztee? Oder wollt ihr lieber Kaffee?«

»Nein, gerne deinen Minztee, wenn er noch genauso gut ist wie voriges Mal«, antwortete Arnar.

Farid neigte lächelnd den Kopf. »Und du, Lona?«

Lona, die sich zunehmend vorkam wie in einem falschen Film, brachte lediglich ein wortloses Nicken zustande, woraufhin Farid den Kocher einschaltete und sich an mehreren Vorratsbüchsen und -gläsern zu schaffen machte.

»Lona?«, kam es fragend von Daniela, die sich inzwischen ebenfalls einen Platz an dem Tisch freigeschaufelt hatte und Lona nun neugierig betrachtete.

»Sie ist die Freundin von Dirk Reisacher«, erklärte Arnar. »Ein Kommilitone von Brynjar. Ich weiß nicht, ob er mal hier war.«

Die Augenbrauen über dem dunklen Nerdbrillenrand zogen sich nachdenklich zusammen.

»Ah ja!«, sagte Daniela schließlich. »Ich meine mich zu erinnern. Groß, gut gebaut, blond, ja? Und ein ähnliches Faible für klassische Musik wie Brynjar?«

»Ja, das wird er gewesen sein.« Unwillkürlich richtete Lona sich auf. »Wann hast du ihn zum letzten Mal gesehen?«

»Ach du liebe Zeit, über so was führ ich doch nicht Buch!«, erwiderte Daniela mit gelangweiltem Unterton und lehnte sich zurück. »Ist auf jeden Fall schon ein paar Wochen her.«

»Brynjar hatte nur selten Besuch hier«, warf Farid ein, während er kochendes Wasser in eine große, gusseiserne

Teekanne goss. »Wenn er sich mit Freunden getroffen hat, dann entweder bei denen oder irgendwo in der Stadt.«

»Aber hier war er jetzt auch schon drei Wochen nicht mehr, hast du gesagt?«, fragte Arnar.

Farid stellte vier kleine, bunte Gläser mit goldenen orientalischen Ornamenten auf den Tisch.

»Ja«, sagte er. »Er hat sich hier ein paar Klamotten geholt und mir gesagt, dass er sich in der nächsten Zeit etwas rar machen wird, weil ein Kommilitone von ihm sehr krank ist und seine Hilfe braucht. Seitdem haben wir von ihm nichts mehr gehört und gesehen.«

»Vor allem nicht seine Miete«, kam es kühl von Daniela. »Um exakt zu sein, hat er die schon seit drei Monaten nicht mehr bezahlt. Am Anfang haben Farid und ich ihm noch ausgeholfen und ihm die Kohle vorgestreckt – und glaub bloß nicht, dass uns das leichtgefallen ist; so dicke haben wir es auch nicht. Aber wenn er jetzt auch noch auf Nimmerwiedersehen verschwindet – so leid es mir tut, Arnar, dann ist irgendwann Stopp und Feierabend. Nächsten Monat stellen wir sein Zeug runter in den Keller und suchen uns einen neuen, *solventen* Mitbewohner.«

»Aber … ich versteh das nicht«, meinte Arnar betroffen. »Unser Vater hat dafür gesorgt, dass regelmäßig genug Geld für die Miete und die notwendigen Lebenshaltungskosten auf Brynjars Konto fließt. Warum zum Teufel hat er dann die Miete nicht bezahlt?«

»Weil er das Geld für Drogen ausgegeben hat, ist doch klar«, erwiderte Daniela trocken und streckte die Beine aus.

»Daniela!« Farid trat mit der großen Teekanne an den Tisch; seine dunklen Augen blickten sehr ernst. »Das darfst du so nicht sagen. Das ist eine reine Vermutung von dir, das kannst du nicht sicher wissen.«

Er begann, Tee in die kleinen Gläser einzuschenken, und warf Arnar, dem alle Farbe aus dem Gesicht gewichen war, einen Blick zu, der um Entschuldigung bat.

»Also sei mir nicht böse, Farid«, entgegnete Daniela schroff, »aber für mich ist das so was von offensichtlich, und wenn es das für dich *nicht* ist, dann wohl nur, weil du so ein Gutmensch vor dem Herrn bist – entschuldige, vor Allah natürlich.« Sie trank einen Schluck, dann erhob sie sich. »Sorry, Leute – ich hab viel zu tun; ich muss an meinem verflixten Referat weiterarbeiten. Danke für den Tee, Farid!«

Ohne ein weiteres Wort verließ sie mit ihrem Teeglas die Küche. Lona starrte ihr sprachlos nach, dann fuhr sie mit einem Mal hoch und folgte ihr mit hastigen Schritten hinaus auf den Flur.

»Daniela – Daniela, einen Moment noch!«

Die junge Studentin, die eben ihre Zimmertür hinter sich schließen wollte, hielt in der Bewegung inne und sah Lona an. »Was denn?«

»Wieso bist du so sicher, dass Brynjar Drogen genommen hat?«, erkundigte sich Lona. »Bitte, Daniela – das ist echt wichtig für mich!«

Daniela betrachtete sie kühl. »Ich kann zwei und zwei zusammenzählen«, antwortete sie. »Wenn ein Typ, der anfangs nett und ausgeglichen ist, plötzlich nervös und unzuverlässig wird, kaum noch schläft, chronisch pleite ist und dazu Pickel kriegt, die bei ihm ganz bestimmt noch keine Altersakne sind, dann wette ich zehn zu eins, dass er sich was einwirft.«

»Crystal Meth?«, fragte Lona leise.

»Durchaus möglich«, erwiderte Daniela. »Und jetzt – tut mir leid, Lona, wirklich, aber ich muss mich jetzt hinter meine Arbeit klemmen.«

Sie schloss die Tür. Einen Augenblick lang blieb Lona unschlüssig davor stehen. War das womöglich der Fingerzeig, den sie suchte? War es tatsächlich Brynjar, für den Dirk sich im Internet über diese Droge informiert hatte?

Nachdenklich kehrte sie zurück in die Küche. Arnar war noch immer bleich, wirkte aber gefasst, und Farid schenkte ihm gerade Tee nach. Beide hoben den Kopf, als sie eintrat.

»Es war wirklich nur eine Vermutung von ihr«, beantwortete Lona Arnars unausgesprochene Frage.

Auch wenn sie geneigt war, Danielas Theorie zu teilen, so tat es ihr doch leid, wie sehr der erneute Verdacht, sein Bruder könnte süchtig sein, Arnar getroffen hatte, und sie wollte diesen Schlag nicht noch schlimmer machen.

»Hoffen wir's«, murmelte Arnar. »Ich geh jetzt Brynjars Sachen durchsuchen.«

»Soll ich mitkommen?«, fragte Lona.

»Muss nicht sein.« Arnars Lippen verzogen sich zu einem bemühten Lächeln. »Trink deinen Tee; der ist wirklich großartig, und du hast ihn noch gar nicht probiert. Ich meld mich, wenn ich Fragen habe.«

Ohne ein weiteres Wort ging er hinaus. Lona sah ihm nach und wurde das Gefühl nicht los, dass er sie deshalb nicht dabeihaben wollte, weil er befürchtete, einen eindeutigen Hinweis auf Drogenkonsum in Brynjars Zimmer zu finden. Einen Moment lang war sie versucht, ihm gerade deshalb doch zu folgen, aber dann verzichtete sie darauf, ließ sich mit einem kleinen Seufzer wieder an dem Tisch nieder und griff nach ihrem

Teeglas. Ein aromatischer, kräftiger Minzduft stieg ihr in die Nase, und sie nahm einen Schluck von dem stark gesüßten Getränk.

»Hmmm.« Sie stellte das Glas ab und suchte Farids Blick. »Toll. So einen Minztee habe ich bislang nur einmal getrunken – in einem marokkanischen Restaurant hier in Konstanz. Aber deiner ist noch besser.«

»Vielen Dank.« Farid verneigte sich leicht. »Ich habe es von meiner Mutter gelernt; sie macht den besten Minztee in unserer ganzen Familie.«

»Darf ich fragen, woher du kommst?«

»Aus Marokko.«

»Ah, ich verstehe – dort ist Minztee doch so was wie ein Nationalgetränk, oder?«

»So könnte man es sagen.« Farid lachte leise. »Aber er wird wirklich überall und bei jeder Gelegenheit getrunken. Er erfrischt und macht munter. Ohne Minztee würde mir auch hier etwas fehlen.«

»Wie lange bist du denn schon hier?«

»Seit drei Jahren.« Farid schenkte ihr etwas Tee nach. »Mein Vater hat in Deutschland studiert und mich schon früh ermutigt, es ihm gleichzutun.«

»Ach, deshalb sprichst du so gut Deutsch?«, fragte Lona interessiert; Farid sprach zwar mit deutlichem Akzent, aber grammatikalisch nahezu fehlerfrei.

»Tue ich das?« Farid lächelte. »Danke sehr. Ja, ich habe von Anfang an viel geübt, bis ich es schließlich an die Universität geschafft habe. Jetzt studiere ich Mathematik.«

»Und du fühlst dich wohl hier?«

»Aber ja!«, versicherte Farid. »Das Studium ist interessant, der Bodensee ist schön, und ich kann hier in Konstanz sogar eine Moschee besuchen. *Alhamdulillah.*«

Lona nickte. Sie kannte die Mevlana Moschee, zumindest von außen; schließlich fuhr sie jedes Mal an ihr vorbei, wenn der Weg nach und durch Konstanz sie über die Reichenaustraße führte.

»Und Daniela? Studiert sie auch Mathematik?«

»Nein.« Farid schüttelte den Kopf. »Sie studiert Literatur-Kunst-Medien. Sie ist extra wegen dieses Studiengangs nach Konstanz gekommen, weil diese Kombination an der Uni bei ihr zu Hause nicht angeboten wird.«

»Woher kommt sie denn?«

»Aus Freiburg im Breisgau.«

»Verstehe. Also Mathematik, Literatur-Kunst-Medien und Nanoscience«, stellte Lona fest. »Eine ziemlich verrückte WG-Mischung.«

»Fast so verrückt wie die Mischung aus Deutschland, Island und Marokko«, lächelte Farid. »Aber meistens kommen wir sehr gut miteinander klar.«

»Wenn nicht gerade einer die Miete schuldig oder wochenlang verschollen bleibt«, versetzte Lona düster.

Farid musterte sie aufmerksam. »Arnar hat mir gesagt, dass dein Freund Dirk verschwunden ist und dass Brynjars Abwesenheit womöglich etwas damit zu tun hat«, sagte er. »Es tut mir leid, dass ich euch da nicht weiterhelfen kann – mehr als dass Brynjar vor etwa drei Wochen zum letzten Mal hier war, weiß ich auch nicht.«

Drei Wochen! Lona stellte das Glas, das sie gerade leergetrunken hatte, mit einem ruckartigen Knall auf den Tisch. Die ganze Zeit schon, seit sie dieses Haus betreten hatte, war es ihr so vorgekommen, als hätte sie irgendetwas übersehen. Jetzt wusste sie, was. »Er hat sich schon seit drei Wochen nicht mehr blicken lassen«, hatte Farid vorhin draußen vor der Tür gesagt.

»Sag mal, Farid«, begann sie leise und angespannt, »weißt du noch genau, *wann* das war – an welchem Tag?«

Farid überlegte. »Nicht aus dem Stand, aber ... warte mal, ich hatte an dem Tag nachmittags einen Arzttermin; ich weiß noch, dass ich gerade erst nach Hause gekommen war, als Brynjar aufkreuzte und seinen Rucksack gepackt hat.« Er zog ein Handy aus der Tasche seiner Kurta und tippte ein paarmal suchend auf das Display. »Ja, hier: Das war am 11. Mai.«

Eine eiskalte Hand krallte sich um Lonas Herz. »Am 11. Mai? Bist du sicher?«

»Ganz sicher. Warum?«

Lona starrte auf die Tischplatte hinunter. »Am Tag davor ... war mein Geburtstag«, sagte sie mühsam. »Da wollte Dirk abends mit mir ausgehen, aber er kam nicht. Seitdem habe ich ihn nicht mehr gesehen. Und Brynjar hat also einen Tag später hier seine Sachen gepackt – um zu einem kranken Freund zu fahren, der Hilfe brauchte. ›Dirk braucht Hilfe‹ – das hat er in einer SMS an Arnar geschrieben, als er ihn um Geld bat. Und seitdem ... sind beide ...« Sie biss sich auf die Lippen und bemühte sich, das Weinen zu unterdrücken, das ihr in die Kehle stieg.

Dann fühlte sie, wie eine Hand sich sanft auf ihren Unterarm legte.

»Vertrau auf Gott, Lona. *Inshallah* sind beide noch am Leben, und wir werden sie wiedersehen.«

Lona hob den Kopf. Farid sah sie an; sein Blick war ernst und mitfühlend.

»Danke«, flüsterte sie und wischte sich die Augen.

Eine Weile schwiegen beide. Dann näherten sich plötzlich von draußen schnelle Schritte, und im nächsten Moment stand Arnar auf der Schwelle.

»Nichts«, verkündete er finster. »Bis jetzt jedenfalls. Mein Bruder hat eine sehr eigenwillige Interpretation von Ordnung; es ist unglaublich, was bei ihm alles an Zeug rumliegt. Ich brauch dringend zwischendurch was zu trinken; habt ihr noch Tee übrig?«

»Klar«, sagte Farid und schenkte ihm sein Glas voll.

»Danke.« Seufzend ließ Arnar sich auf einen Stuhl sinken. »*Guð minn góður*, was für eine Zettelwirtschaft …«

In diesem Augenblick drang aus Lonas Tasche der Klingelton ihres Smartphones. Als sie es hervorholte und den Namen Claudia auf dem Display las, murmelte sie eine schnelle Entschuldigung in die Richtung der beiden Männer und ging hinaus auf den Flur, um in Ruhe telefonieren zu können.

»Ja, hallo, Claudia, was gibt's?«

»Hallo, Lona – gut, dass ich dich gleich erreiche!« Claudias Stimme klang atemlos und aufgeregt. »Kannst du hierherkommen, ins Studio? Jetzt sofort? Ich hab … ich hab eine Nachricht von Dirk.«

»*Was??*« Lona spürte, wie ihre Knie unter ihr nachgaben, und taumelte gerade noch rechtzeitig gegen die Wand, um sich dort abzustützen.

»Nein, versteh mich richtig – es ist eine alte Nachricht, auf meiner Mailbox; aber die ist … Du musst sie dir unbedingt anhören. Also was ist, kommst du rüber?«

»Mit der nächsten Fähre. Bis gleich.«

Das Tattoo-Studio Moriarty in Meersburg entpuppte sich zu Lonas Überraschung keineswegs als die obskure Höhle in schummrigem Neonlicht, die ihr nach ihrer ersten Begegnung mit der gothic-gestylten »Bellatrix« Claudia vorgeschwebt hatte. Vielmehr betrat sie eine helle, freundlich gestaltete Lokalität mit einem pastellblauen Tresen, Sitzgruppen aus schlichten Freischwinger-Stühlen und kleinen Glastischen sowie weißgestrichenen Wänden, an denen zahlreiche gerahmte Fotos von tätowierten Menschen und Körperteilen hingen. Allerdings nahm sie diese Einzelheiten nur sehr flüchtig wahr; sie hastete, mit Arnar im Schlepptau, direkt auf den Tresen zu, hinter dem ein hochgewachsener Mann von Mitte vierzig mit blauschwarzen Haaren und auffallend stahlblauen Augen ihr erwartungsvoll entgegensah.

»Guten Tag«, stieß Lona keuchend hervor, »wir möchten gern Claudia sprechen … also Bellatrix – ich bin Lona Mende und …«

»Ah, Lona, ich weiß.« Der Mann kam hinter dem Tresen hervor und reichte ihr die Hand. »Bella hat mir gesagt, dass sie dich erwartet. Ich bin Morten Moriarty, der Besitzer dieses Studios; freut mich. Und du bist …?« Er wandte sich fragend an Arnar.

»Arnar Egillsson«, erwiderte dieser. »Ein Bekannter von Lona. Hallo.«

Für einen Moment stiegen Morten Moriartys Augenbrauen in die Höhe; aufmerksam taxierte er das Gesicht seines Besuchers, als schwebten ihm darin gleich mehrere reizvolle Einsatzmöglichkeiten für seine Tattoo-Nadeln vor.

Dann lächelte er und begrüßte auch ihn mit Handschlag.

»Hallo, Arnar. Sehr erfreut. Kommt mit, ihr beiden; Bella wartet in meinem Büro auf euch, da seid ihr ungestört.«

Er führte Lona und Arnar in ein Nebenzimmer mit Schreibtisch und einer Sitzecke, wo Claudia saß, den Blick auf das Display eines Smartphones gerichtet. Als sie Lona sah, sprang sie so heftig auf, dass das Handy ihr entglitt und zu Boden fiel.

»Hoppla«, sagte Morten lächelnd, bückte sich und hob das Smartphone auf. »Nicht doch. Jetzt hast du das Teil gerade erst zurückbekommen; willst du es gleich wieder kaputtmachen?«

Claudia grinste schräg. »Ich glaube, das ist das erste Mal, dass ich den elenden Teppichboden in deinem Büro segne.« Sie nahm ihr Smartphone an sich, tippte kurz auf das Display und atmete erleichtert auf; offenbar war es unversehrt. »Hallo, Lona – gut, dass du gleich gekommen bist. Ich …«

Sie warf einen unsicheren Blick auf Arnar und sah dann zögernd zu Morten hinüber, der die Bürotür zugeschoben hatte und sich nun abwartend dagegenlehnte. Sie biss sich auf die Lippen und schien nach Worten zu suchen. Für ein paar Sekunden durchzog ein nervöses Schweigen den Raum.

»Gut, dann lassen wir euch jetzt alleine«, kam es plötzlich mit ruhiger Stimme von Arnar. »Hast du gerade Kundschaft, Morten? Wenn nicht und wo ich schon mal hier bin – ich spiele schon seit einiger Zeit mit dem Gedanken, mir ein Tattoo zuzulegen; vielleicht hast du ja ein paar Ideen für mich?«

Verblüfft sah Lona ihn an, aber Arnar ignorierte sie völlig und ging mit einem freundlichen Lächeln auf Morten zu. Für den Bruchteil einer Sekunde schienen sich die stahlblauen Augen des Tattoo-Studio-Besitzers zu verdunkeln; dann jedoch nickte er, öffnete die Tür und ließ Arnar höflich den Vortritt, bevor er, nach einem letzten kurzen Blick auf Lona und Claudia, die Tür hinter sich schloss.

»Gott sei Dank!«, hörte Lona Claudias leise Stimme. »Ich dachte schon, er bleibt hier, und ich möchte diese Nachricht fürs Erste nicht mehr Leuten vorspielen als unbedingt notwendig. Wer war denn der Typ, den du da mitgebracht hast?«

»Arnar«, antwortete Lona. »Der Bruder eines Kommilitonen von Dirk, der ebenfalls seit knapp drei Wochen verschwunden ist. Was ist das jetzt für eine Nachricht, von wann ist sie?«

»Vom 9. Mai.«

»Ach! Und wieso hörst du die erst jetzt ab?«, schnappte Lona.

»Ich hab dir doch gesagt, dass mein Handy kaputt und in Reparatur war – damals, als wir uns in dem Kaffeeladen getroffen haben; erinnerst du dich?«, gab Claudia ebenso scharf zurück. »Heute ist es endlich zurückgekommen, und Fabian hat es mir vor einer Stunde hierhergebracht, damit ich nicht länger darauf warten musste als notwendig. Dann hab ich gesehen, dass sich ein paar Nachrichten auf der Mailbox angesammelt haben, hab sie abgehört – und da war die hier dabei. Setz dich am besten hin, es ist ein ziemlicher Hammer.«

Lona gehorchte und ließ sich auf einem der Stühle nieder.

Claudia tippte ein paarmal auf das Display und hielt ihr dann das Gerät entgegen.

»… neue Sprachnachricht«, verkündete eine gelassene weibliche Computerstimme, »empfangen am neunten Mai, zweiundzwanzig Uhr siebenundvierzig.«

Ein kurzer Signalton.

»Hallo – verdammt noch mal, geh ran …«

Lona verkrallte ihre Finger in die Armlehnen des Stuhls. Das war Dirks Stimme.

»Geh ran!!!«

Dirk, gehetzt und in wilder Verzweiflung.

»Hey – hör sofort auf mit dem Scheiß!«

Eine andere, fremde Stimme, drohend und seltsam rau. Dumpfe, näherkommende Schritte, dazwischen Dirks keuchende Atemzüge. Lona schlug sich die Hand vor den Mund, um nicht laut aufzuschreien.

»Die Sonne schmeckt am besten rückwärts!«

Das war wieder Dirk, hastig, grell und panisch – und dann hörte Lona nur noch einen dumpfen Schlag und ein undefinierbares Knacken. Danach war schlagartig alles still.

Langsam ließ sie die Hand sinken und starrte Claudia an. »Was … was war das?«, flüsterte sie.

»Ich weiß es nicht«, antwortete Claudia ebenso leise. »Nur eins steht fest: Spätestens jetzt hab ich auch Angst um Dirk. Aber so was von. Großer Gott, Lona, was ist ihm nur passiert?«

Lona versuchte zu antworten, aber ihre Kehle war wie zugeschnürt.

»Hast du … das schon der Polizei gezeigt?«, brachte sie schließlich mühsam hervor.

Claudia schüttelte den Kopf. »Nein. Ich wollte es zuerst dir vorspielen. Ich dachte, vielleicht hast du eine Idee, was da dahintersteckt.«

»Nicht die leiseste«, erwiderte Lona. »Ich hab auch keine Ahnung, was er an dem Abend vorhatte.«

»Und die Stimme von dem anderen Mann sagt dir auch nichts?«

Lona sah auf ihre Hände hinunter. In ihrem Kopf drehte sich alles, und sie brachte es kaum fertig, einen klaren Gedanken zu fassen.

»Spielst du die Nachricht noch einmal ab?«, bat sie. »Das ging vorhin so schnell ... Ich muss es noch mal hören.«

»Klar.«

Claudia ließ die Nachricht erneut ablaufen. Lona biss sich auf die Lippen, als der ganze verstörende Schrecken des grausamen Vorgangs sie ein zweites Mal mit Macht überfiel, bis das seltsame Knacken die Nachricht beendete – wie eine Erlösung, die keine Erlösung war.

»Und?«, fragte Claudia vorsichtig in die Stille hinein. »Kennst du die andere Stimme?«

»Ich weiß nicht ...«, murmelte Lona.

»Denk nach!«, drängte Claudia. »Das kann entscheidend sein!«

»Verdammt, *Claudia!*«, explodierte Lona plötzlich und schlug mit der Faust auf den Tisch. »Ich hab mir hier gerade anhören dürfen, wie Dirk ... wie er wahrscheinlich um sein Leben gekämpft hat! Warum? Wo und gegen wen? Und er hat noch einen Hilferuf losgelassen – an *dich!* Wieso an dich und nicht an mich? Oder, noch besser, gleich an die Polizei? Ich versteh das alles nicht ... Und was zum Teufel sollte das mit der Sonne und rückwärts und so – war er etwa schon im Delirium? Und wo ist er jetzt? Lebt er noch, oder ist er ... ist er ...«

Ein wildes Schluchzen zerriss ihr die Kehle, und im nächsten Moment ließ sie das Gesicht auf die verschränkten Arme sinken und weinte verzweifelt.

Nur bruchstückhaft hörte sie Claudias Stimme. »Lona ... tut mir leid ... beruhige dich, bitte ...«

Aber erst, als sie eine Hand auf ihrer Schulter spürte und ein ganz klein wenig klarer denken konnte, hob sie den Kopf.

Claudia kniete neben ihrem Stuhl und hielt ihr ein gefaltetes Papiertaschentuch entgegen.

»Besser?«, fragte sie.

Lona wischte sich über die Augen und nahm das Taschentuch entgegen. Erst jetzt sah sie, dass auch Claudias Gesicht nass von Tränen war; vorsichtig streckte sie die Hand aus und tupfte mit dem Tuch behutsam die dünnen schwarzen Rinnsale ab, die Eyeliner und Wimperntusche über Claudias Wangen zeichneten. Dabei kamen sich ihre Köpfe langsam immer näher, bis schließlich ihre Stirnen einander berührten.

»Wir halten zusammen, Lona«, sagte Claudia leise. »Wir schaffen das.«

Lona nickte wortlos, dann richtete sie sich auf und trocknete sich selbst mit dem Tuch die Tränen.

»Ich weiß nicht, warum er ausgerechnet mich angerufen hat und nicht dich.« Claudia erhob sich und setzte sich wieder an den Tisch. »Vielleicht wegen der Botschaft … aber dummerweise versteh ich sie nicht wirklich.«

»Welche Botschaft?« Lona zerknüllte das feuchte Papiertaschentuch und ließ es achtlos zu Boden fallen.

»›Die Sonne schmeckt am besten rückwärts‹«, antwortete Claudia. »Das war auch so ein Spiel zwischen uns, als wir noch jung waren, ähnlich wie das mit den Buchstaben und Zahlen. Zuerst haben wir einfach nur schräge Sätze erfunden wie ›Züge fahren nachts schneller als draußen‹ oder … oder ›Himbeeren schraubt man seitlich ins Wasser‹. Irgendwann haben wir dann angefangen, Codes in solche Sätze einzubauen. Es war wie eine Geheimsprache zwischen uns. Als zum Beispiel unsere Tante Emma zu Besuch war, die wir beide nicht ausstehen konnten, da hat Dirk plötzlich zu mir gesagt: ›Die Amme spuckt von hinten in das Teelicht.‹ ›Amme‹ und ›von hinten‹, also ›Emma‹ – verstehst du? Danach konnten wir uns nach Herzenslust einen ablästern, niemand wusste, dass wir über unsere Tante redeten. Wir durften uns sogar noch Lobeshymnen anhören, was für eine blühende Phantasie die Kinderchen doch hätten.« Sie verzog ihr Gesicht zu einem schrägen Grinsen. »Mein Lieblingssatz von ihm war: ›Das lahme Eck tanzt den Boogie rückwärts‹ – auf diese Weise hat er mir gesteckt, dass es mein Mitschüler Kemal war, der mir gerade auf dem Schulhof von hinten eine Tomate an den Kopf geworfen hatte. Mann, hab ich den Kerl danach verdroschen … Wahrscheinlich ahnt der bis heute nicht, woher ich wusste, dass er der Übeltäter war.«

»Und du meinst, das mit dieser Sonne war auch so ein Satz in eurer Geheimsprache?«, meinte Lona zweifelnd.

»Es klingt jedenfalls sehr danach«, beharrte Claudia. »Dummerweise stehe ich allerdings diesmal auf dem Schlauch, denn die Sonne rückwärts ergibt für mich ›Ennos‹ – und ich hab nicht die geringste Ahnung, was er damit gemeint haben könnte.

»Ennos …«, sagte Lona langsam. »Nein, das sagt mir auch nichts. Aber … er wurde doch offensichtlich gerade angegriffen und hatte kaum Zeit, sich in Ruhe einen geeigneten Satz für dich auszudenken. Vielleicht hat er sich in der Hektik einfach vertan.«

»Möglich«, gab Claudia zu. »Trotzdem sollten wir dieses ›Ennos‹ im Hinterkopf behalten, solange wir sonst keine Puzzlesteine haben. Es kann übrigens durchaus auch eine andere Schreibweise sein … ich habe einmal das Wort ›Sirup‹ für den Namen ›Boris‹ verwendet, und Dirk hat es verstanden.«

»Du meinst«, überlegte Lona, »er könnte auch so was wie ›Innos‹ oder ›Ennus‹ gemeint haben?«

»Genau das meine ich.«

»Aber – was wollte er dir damit sagen? Worauf wollte er dich hinweisen?«

»Wenn ich das wüsste, dann wäre mir wohler«, seufzte Claudia. »Vielleicht kann ja die Polizei mit diesen Begriffen etwas anfangen; ich werde sie jedenfalls darauf hinweisen, wenn ich jetzt zu ihnen fahre und ihnen die Sprachnachricht vorspiele.«

»Tu das«, sagte Lona. »Das heißt – darf ich sie noch einmal hören, bitte?«

Ohne ein Wort aktivierte Claudia die Mailbox und legte ihre Hand über die von Lona. Ihre Finger verschränkten sich miteinander, als das kurze Drama sich ein drittes Mal vor ihren Ohren abspielte.

»Diese andere Stimme …«, sagte Lona zögernd. »Irgendwie kommt sie mir tatsächlich bekannt vor. Aber ich weiß nicht, wo ich sie hintun soll.«

»Ich bin sicher, es wird dir noch einfallen«, entgegnete Claudia. »Ganz bestimmt.«

Sie sahen einander an. Claudia lächelte, sichtlich bemüht, Zuversicht auszustrahlen, und Lona war ihr unendlich dankbar dafür.

»Gut«, sagte Lona. »Dann lass uns gehen.«

Sie verließen das Büro und trafen draußen auf Arnar, der auf einem Stuhl saß und in einem Album mit Tattoo-Vorlagen blätterte.

»Und? Hast du dich für eines entschieden?«, fragte Claudia.

»Seh ich so aus?« Arnar schlug das Album mit einem hörbaren Knall zu und stand auf. »Ich hab keineswegs vor, mir irgendwelche Bilder in die Haut ritzen zu lassen. Ich hatte vorhin lediglich das Gefühl, dass du gerne mit Lona allein sein wolltest, deshalb hab ich an den Geschäftsmann in deinem Chef appelliert. Zum Glück kam einige Zeit später ein Kunde, der einen Termin bei ihm hatte. Soll er dem seine Nadeln reinjagen. Wobei ... das eine oder andere Bild da drin hat definitiv Stil.«

»Wenn du's dir anders überlegst, sag mir Bescheid«, entgegnete Claudia. »Dann kriegst du Rabatt – dafür, dass du Morten aus dem Büro gelotst hast. Ich mag ihn ja gern, aber er muss nicht alles wissen. Auch wenn er das meistens gern möchte. Danke.«

»Keine Ursache«, erwiderte Arnar. »Und, habt ihr alles so weit geklärt?«

»Ja und nein«, antwortete Lona. »Ich erzähl's dir unterwegs – oder hast du hier schon eine Unterkunft? Nein? Gut, dann komm mit zu mir, du kannst in meinem Gästezimmer schlafen. Mach's gut, Claudia – und noch mal vielen Dank!«

Sie legte ihre Arme um Dirks Schwester und drückte sie fest an sich. Dann verließ sie zusammen mit Arnar das Tattoo-Studio.

6

Als Lonas silberfarbener Opel Adam eine Stunde später über den mit Pappeln gesäumten Reichenauer Damm rollte, hatte der Regen endlich nachgelassen, und zum ersten Mal an diesem Tag spitzte die Sonne zwischen den Wolken hindurch. Obwohl der Schock über die Szene, die wie ein böser Spuk auf Claudias Smartphone aufgetaucht war, Lona noch immer in den Gliedern saß, war sie geneigt, dies als ein Zeichen der Hoffnung zu sehen – als ein wenig Licht, das endlich in das Dunkel der Ungewissheit um Dirks Verbleib drang. Vielleicht konnte man ja bei der Polizei die Stimme des Angreifers identifizieren – oder jemand konnte sich einen Reim auf das ominöse »Ennos« machen. In diesem Punkt war Lona noch immer genauso ratlos wie Arnar, dem sie während der Fahrt alles über Dirks Hilferuf erzählt hatte. Für einen Moment war dabei in ihr die Idee aufgeblitzt, es könnte sich bei diesem »Ennos« um einen isländischen Begriff handeln, den Dirk von Brynjar gelernt hatte und bei dem Arnar deshalb sofort ein entsprechendes Licht aufgehen musste. Aber das einzige vergleichbare Wort aus seiner Sprache, das Arnar spontan eingefallen war, war »enni«. »Und das bedeutet Stirn«, hatte er bedauernd erklärt. »Ich fürchte, das bringt uns nicht wirklich weiter.«

So schwer es ihr fiel, aber Lona musste ihm recht geben. Deshalb war ihre Stimmung, als sie ihren Wagen schließlich vor der Familienvilla in Mittelzell zum Stehen brachte, ziemlich gedrückt.

Am liebsten hätte sie versucht, Arnar möglichst unauffällig in den ersten Stock zu schleusen, um eine Begegnung mit ihrer Mutter zu vermeiden; je nach Ute Mendes Tageslaune war mit lästigen und neugierigen bis im schlimmsten Fall peinlichen Fragen zu rechnen. Andererseits würde es die Sache nicht besser machen, wenn sie auf andere Weise dahinterkam, dass ihre Tochter einen fremden Mann bei sich wohnen ließ. Besser, sie brachten es gleich hinter sich. Sie hatte Arnar in Bezug auf ihre Mutter vorgewarnt; er versicherte ihr, er sei auf alles gefasst.

Auf Lonas Klopfen an der Wohnungstür ihrer Mutter kam keine Antwort. Vorsichtig drückte sie die Klinke hinunter, und die Tür schwang auf. Warme, parfumgeschwängerte Raumluft schlug ihnen entgegen. Aus dem Wohnzimmer waren laut streitende Stimmen zu hören.

Einen Moment lang hielten beide unwillkürlich inne; Arnar sah Lona fragend an, und sie verdrehte die Augen.

»Fernseher«, flüsterte sie ihm zu. »Irgendeine dieser unsäglichen Nachmittagssoaps. Entweder ist ihr extrem langweilig, oder es geht ihr nicht gut. Hoffentlich Letzteres.«

Sie sah, wie Arnars Augenbrauen überrascht in die Höhe stiegen, und verzog das Gesicht zu einer Grimasse.

»Ja, ich weiß, nicht sehr freundlich von mir«, gab sie zu. »Aber das ist reine Selbstsucht. Wenn sie sich schlecht fühlt, dann haben wir eine reelle Chance, dass sie uns sehr schnell in Ruhe lässt – bei extremer Langeweile haben wir sie für den Rest deines Aufenthalts hier am Hals. Also …«

»Lona?«, ertönte eine langgezogene, schläfrige Stimme aus dem Wohnzimmer. »Bist du das?«

»Klingt, als hätten wir Glück«, raunte Lona; dann rief sie laut zurück: »Ja, ich bin's – ich hab Besuch; wir wollten kurz hallo sagen!«

Sie zog Arnar mit sich in das Wohnzimmer, wo der Streit auf der TV-Mattscheibe mittlerweile in einen handfesten Faustkampf zweier junger Frauen ausartete, die sich weiterhin mit schrillen Stimmen anzickten. Auf dem Sofa lag, wie hingegossen, Ute Mende in einem Kaftan aus violett schimmerndem Pannesamt. Als sie ihre Besucher sah, richtete sie sich auf und unterzog Arnar einer gründlichen, höchst interessierten Musterung von oben bis unten.

»Mutter – das ist Arnar Egillsson, ein Bekannter von mir«, stellte Lona ihn vor. »Er ist nach Konstanz gekommen, um Freunde zu besuchen, und ich habe ihn eingeladen, in meinem Gästezimmer zu übernachten. Arnar – meine Mutter, Ute Mende.«

Arnar begrüßte Ute Mende höflich und schien es zu Lonas Erleichterung nicht für nötig zu halten, ihre nicht ganz wahrheitsgemäße Begründung seiner Anwesenheit richtigzustellen. *Gut so*, dachte sie. Das würde es ihr hoffentlich ersparen, mehr Details vor ihrer Mutter auszubreiten und diese Audienz mehr in die Länge zu ziehen als unbedingt notwendig.

Sie betrachtete ihre Mutter prüfend; sie wusste, dass Ute Mende zuletzt wieder stärker zu Antidepressiva gegriffen hatte. Unwillkürlich glitt ihr Blick zu dem kleinen Beistelltisch neben dem Sofa; dort stand Utes schöne Kristallkaraffe, halb voll mit Wasser, daneben ein Glas, und halb unter einem Magazin versteckt lag eine weiße Tablettenschachtel mit einem gelben Rand. Offenbar eine neue Marke; diese Schachtel kannte Lona noch nicht.

»… ach, Sie kommen aus Island?«, hörte sie in diesem Moment Utes Stimme. »Was für ein Zufall, ich habe erst heute einen Artikel … Wo war das doch gleich …« Sie griff nach dem Magazin und blätterte darin. »Hier, ein Bildbericht über einen Eistunnel in einem Gletscher. Das hat mich total fasziniert. Kennen Sie den?«

»Ich kenne den Langjökull«, antwortete Arnar. »Aber in diesem Eistunnel war ich leider noch nicht.«

»Das muss wahnsinnig spannend sein«, sagte Ute. »Einfach mitten in einen Gletscher hineinzuspazieren. Sogar heiraten kann man da drin. Sind Sie verheiratet?«

Zum zweiten Mal verdrehte Lona die Augen, während Arnars Mundwinkel sich nach oben kräuselten: »Nein. Und wenn es jemals so weit sein sollte, dann werde ich ganz bestimmt eine gut geheizte Kirche vorziehen.«

Ute Mende lachte perlend auf, Arnar grinste, und Lona schmunzelte amüsiert in sich hinein. Dabei streifte ihr Blick noch einmal den Beistelltisch – und dann blieb ihr für eine Sekunde das Herz stehen. Die weiße Tablettenschachtel, eben noch halb unter der Zeitschrift verborgen, lag nun offen vor ihr, und die schwarze Aufschrift stach ihr in die Augen wie ein Kamm mit spitzen, dünnen Zinken.

ENNOS 20 mg Filmtabletten.

Die lachenden Stimmen Arnars und ihrer Mutter schienen auf einmal ebenso ausgeblendet wie der unvermindert fortgesetzte Zickenkrieg im Fernseher. Alles, was Lona noch bewusst wahrnahm, war diese Tablettenschachtel. ENNOS. Großbuchstaben, schwarz auf weiß, das Innere des runden O gelb eingefärbt.

Wie eine Sonne. Rückwärts.

»… könnte mir nicht vorstellen, auf Island zu leben …«

Langsam, wie durch einen Lautstärkeregler aufgedreht, drang Utes Stimme wieder an Lonas Ohr.

»… diese Kälte, und ständig muss man damit rechnen, dass irgendwo ein Vulkan ausbricht und …«

»Mutter«, unterbrach Lona mit zitternder Stimme Utes Redefluss und hielt ihr die Packung entgegen, »was … was sind das für Tabletten?«

»Die hier?« Ute musterte die Schachtel mit leicht zusammengekniffenen Augen. »Ach ja, das sind meine neuen. Aus Österreich. Hat mir mein Arzt empfohlen. Sollen sehr gut sein, jedenfalls besser als meine alten. Ich nehm sie aber erst seit zwei Tagen, da merk ich noch nicht viel.«

Lona warf einen schnellen, vielsagenden Seitenblick auf Arnar, dessen Gesichtszüge mit einem Schlag ernst geworden waren. Offenbar hatte er den Namen des Medikaments entziffern können – und ohne Zweifel dachte er das Gleiche wie sie.

Sie atmete tief durch. »Ja, dann … dann hoffe ich, dass sie dir etwas bringen«, sagte sie und betete, dass ihre Stimme in etwa den harmlosen, ungezwungenen Tonfall hatte, um den sie sich bemühte. »Wollen wir dann jetzt raufgehen, Arnar? Du hast einen langen Flug hinter dir; vielleicht willst du dich ein bisschen ausruhen.«

Arnar nickte – sichtlich erleichtert, wie es Lona vorkam.

»Das würde ich tatsächlich gerne«, sagte er. Dann wandte er sich mit einem freundlichen Lächeln an Lonas Mutter. »Es hat mich sehr gefreut, Frau Mende. Und vielen Dank, dass ich hier wohnen darf.«

»Oh, danken Sie nicht mir.« Mit einem Mal klang Utes Stimme spitz und kühl. »Der erste Stock ist das Hoheitsgebiet meiner Tochter, da habe ich gar nichts zu bestimmen oder zu gestatten.«

Nur mit Mühe hinderte Lona sich selbst daran, die Tablettenschachtel in ihrer Faust zu zerknüllen, und platzierte sie stattdessen kurzerhand wieder auf den Beistelltisch.

»Wir gehen dann«, sagte sie. »Wiedersehen, Mutter.«

Mit schnellen Schritten verließ sie das Wohnzimmer und führte Arnar zurück in die Eingangshalle der Villa. Dort blieben sie einen Moment lang stehen und sahen sich wortlos an, dann hasteten sie, so schnell sie konnten, die Treppe hinauf. Lona nahm sich nicht einmal die Zeit, ihrem Gast erst einmal die Wohnung und sein Zimmer zu zeigen; sie stürzte sich sofort auf ihren Laptop, fuhr ihn hoch und zog einen zusätzlichen Stuhl an den Schreibtisch, so dass Arnar sich neben sie setzen konnte, während sie den Browser öffnete und in das Google-Suchfeld »ennos tabletten« eingab.

»Da«, sagte sie leise. »›Ennos Filmtabletten‹. Ein Antidepressivum. Wird angewendet zur Behandlung von depressiven Erkrankungen, Zwangs- und Panikstörungen, sozialen oder generalisierten Angststörungen und posttraumatischen Belastungsstörungen.«

»Was davon trifft auf deine Mutter zu?«, fragte Arnar.

»Hoffentlich nach wie vor nur das Erste«, antwortete Lona verbissen. »Von irgendwelchen Störungen weiß ich bislang nichts. Die Frage ist im Moment ja auch eher: Ist *das* das ›Ennos‹, von dem Dirk gesprochen hat? Die Buchstaben würden passen … aber warum um alles in der Welt sollte er Claudia in einer versteckten Botschaft auf ein Antidepressivum hinweisen?«

»Vielleicht hat er gesehen, dass sein Gegner es nimmt?«, mutmaßte Arnar. »Vielleicht wusste er seinen Namen nicht, und deshalb war das der einzige Hinweis, den er überhaupt geben konnte?«

»Das würde bedeuten, dass er nicht einmal wusste, wo er war«, versetzte Lona. »Denn diesen Ort in seinem Hilferuf zu nennen wäre dann doch entschieden sinnvoller gewesen.«

»Und wenn es einen Ort gibt, der ›Ennos‹ oder so ähnlich heißt?«, überlegte Arnar. »Vielleicht sollten wir mal in der Richtung weitersuchen.«

»Machen wir«, sagte Lona. »Ich ruf nur vorher schnell Claudia an; ich muss sie etwas fragen.«

Sie ging zu ihrer Tasche, holte ihr Smartphone hervor und wählte Claudias Nummer.

»Hallo, Claudia, ich bin's. Hast du eine Minute Zeit?«

»Klar, was gibt's?«

»Wir haben gerade eine erste Spur in Sachen ›Ennos‹ gefunden«, sagte Lona. »Es gibt Tabletten, die so heißen. Ein Antidepressivum, aus Österreich.«

»Aha.« Es klang ausgesprochen trocken. »Das ist ja gut und schön, aber was soll das bitte mit Dirk zu tun haben?«

»Das ist die Frage«, erwiderte Lona. »Soviel ich weiß, nimmt Dirk keine Antidepressiva; jedenfalls habe ich in den zwei Jahren, die wir uns jetzt kennen, nie etwas Entsprechendes mitgekriegt. Aber vielleicht gibt es irgendeine Verbindung zu diesem Medikament – oder zu einer der Krankheiten, gegen die es eingesetzt wird –, die ich nicht kenne? Aus früheren Zeiten, meine ich. Posttraumatische Belastungsstörungen, Angst-, Zwangs- oder Panikstörungen …«

»Hör auf!«, fiel Claudia ihr ins Wort. »Sonst werd ich selbst noch panisch. Ich versichere dir, Dirk hat nie in seinem Leben etwas geschluckt, was über ein Aspirin nach einer durchzechten Nacht hinausgeht. Und auch wenn ich meine Familie durchaus bisweilen als ›gestört‹ betrachtet habe – ich hab damit ganz bestimmt nicht die Arten von Störung gemeint, bei denen deine Ennos-Tabletten etwas ausgerichtet hätten.«

»Wobei du nicht wissen kannst, was in der Zeit war, nachdem du deine Familie verlassen hattest«, gab Lona zu bedenken. »Bis Dirk mir begegnet ist, klafft da doch immerhin eine Lücke von drei Jahren.«

»Stimmt«, gab Claudia unumwunden zu. »Was in den drei Jahren war, können wir beide nicht sicher wissen. Aber ich kann mir einfach nicht vorstellen, dass Dirk jemals auch nur ansatzweise depressiv gewesen ist.«

»Ich auch nicht«, sagte Lona. »Wahrscheinlich ist es tatsächlich nur eine zufällige Wortgleichheit. Wie schaut's bei dir aus, warst du schon bei der Polizei?«

Ein leises Schnauben. »Oh ja. Lieber Himmel, hat der Junge auf unserem Polizeiposten große Augen gemacht, als ich ihm die Nachricht vorgespielt hab. Wahrscheinlich hat das gemütliche Heile-Welt-Häuschen, in dem die Bullen da untergebracht sind, schon derart auf sie abgefärbt, dass sie sich eine so *böse* Welt da draußen gar nicht mehr vorstellen können. Immerhin, er hat mir versprochen, meine Informationen sofort an die Kollegen in Konstanz weiterzuleiten.«

»Hoffentlich können die etwas damit anfangen«, erwiderte Lona. »Alles klar, Claudia. Mach's gut.«

»Mach's besser.«

Sie beendete das Gespräch und warf einen nachdenklichen Blick aus dem Fenster. Die Regenwolken hatten sich mittlerweile fast völlig verzogen, und die tiefstehende Sonne ließ den Untersee weich aufschimmern.

»*Almáttugur!*«, kam es leise von Arnar, der den Platz vor dem Laptop übernommen hatte. »Die möglichen Nebenwirkungen von diesem ›Ennos‹ sind ganz schön heftig. Schlaflosigkeit, sexuelle Funktionsstörungen ... bis hin zu Suizidgedanken und Suizidversuchen. Du solltest deine Mutter verdammt gut im Auge behalten, solange sie dieses Zeug nimmt.«

Lona biss sich auf die Lippen. Was sollte sie darauf antworten? Dass es ihr herzlich egal war, ob ihre Mutter sexuelle Funktionsstörungen hatte oder nicht? Dass ihr die Vorstellung, ihre Mutter könnte Suizid begehen, nicht wirklich Angst und Schrecken einjagte?

»Ich hol mir mal eben ein Mineralwasser aus der Küche«, sagte sie schroff. »Möchtest du auch eines?«

»Gerne.«

Sie ging in die Küche, holte eine Flasche aus dem Kühlschrank und goss zwei Gläser voll. Als sie ins Wohnzimmer zurückkam, tippte Arnar gerade zielbewusst auf die Enter-Taste des Laptops.

»Ich hab noch was gefunden, Lona«, sagte er, ohne sich umzudrehen. »Schau mal.«

Sie setzte sich neben ihn, stellte eines der Gläser vor ihn hin und warf einen Blick auf den Monitor.

»›ENNOS GmbH‹«, las sie laut. »›Gesellschaft für innovative Energiesysteme.‹« Sie schüttelte energisch den Kopf. »Das ist ja noch abwegiger als diese Tabletten.«

»Warum?« Er sah sie fragend an. »Die befassen sich ganz offensichtlich auch mit Solarenergie. Damit haben wir die Sonne sogar doppelt vertreten – sowohl vorwärts als auch rückwärts.«

»Aber was hat das mit Dirk zu tun?«, gab sie zurück. »Denkst du etwa, jemand hat ihn in den Keller dieser Firma verschleppt, und er wollte auf diese Weise mitteilen, wo er ist?«

»Und warum nicht?«, erwiderte Arnar, und mit einem Mal klang er ungewohnt scharf. »Ganz ehrlich, Lona – bei deiner Situation sollte man eigentlich davon ausgehen, dass du nach jedem Strohhalm greifst, und sei er noch so klein. Stattdessen zerknüllst du ihn, noch bevor du ihn überhaupt richtig angesehen hast. Dirk hat in seinem Hilferuf von einem ›Ennos‹ gesprochen, und hier hast du eines! Willst du es tatsächlich aussortieren, noch ehe du auch nur zwei Minuten darüber nachgedacht hast?«

Lona starrte ihn an. Dann hob sie ihr Glas zum Mund und trank es in einem Zug halb leer.

»Du hast recht«, sagte sie und konzentrierte sich auf den Monitor. »Wo sitzt diese Firma?«

Arnar klickte auf das Impressum. »Freiburg«, sagte er. »Ist das weit von hier?«

Lona sah auf die Postleitzahl. Freiburg im Breisgau.

»Gute 120 Kilometer«, antwortete sie. »Nicht vor der Haustür, aber auch nicht aus der Welt. Trotzdem – wo ist die Verbindung zwischen diesem Unternehmen und Dirk?«

»Vielleicht kennt er jemanden, der da arbeitet«, vermutete Arnar. »Oder er hat sich dort um einen Job beworben. Zumindest das müsste eventuell rauszufinden sein.«

»Du meinst, wir sollen da hinfahren und in der Personalabteilung nachfragen, ob da eine Bewerbung von einem Dirk Reisacher herumliegt?«, fragte sie zweifelnd. »Selbst wenn – da würde uns doch niemand Auskunft geben. Datenschutz, du verstehst?«

Sie trank einen weiteren Schluck und dachte nach.

»Warte mal!«, sagte sie plötzlich. »Diese Daniela aus Brynjars WG … Farid hat mir gesagt, dass sie aus Freiburg im Breisgau stammt. Vielleicht kann sie uns helfen!«

»Die?« Arnar verzog das Gesicht. »Die hat mir nicht gerade den Eindruck gemacht, als hätte sie die Hilfsbereitschaft mit Löffeln gefressen.«

»Mag sein, aber einen Versuch ist es wert«, erwiderte Lona. »Immerhin geht es auch darum, Brynjar wiederzufinden, nicht nur Dirk – und daran sollte ihr gelegen sein, schließlich will sie das Geld wiederhaben, das sie ihm für die Miete vorgestreckt hat. Farid und ich haben vorhin unsere Telefonnummern ausgetauscht; mal sehen …«

Sie griff erneut nach ihrem Smartphone, wählte eine Nummer und wartete, während Arnar ihr gespannt zusah.

»Hallo, Farid! Hier Lona. – Salaam. Sag mal, ist Daniela da? – Könnte ich sie bitte kurz sprechen? – Danke.«

Sie warf Arnar einen Blick zu, nickte leicht und hob den Daumen.

»Hallo, Daniela! Tut mir leid, dass ich störe, aber ich muss dich unbedingt noch einmal etwas fragen. – Es ist wirklich wichtig. Du bist doch aus Freiburg im Breisgau, oder? – Nein, das nicht, aber: Kennst du ein Unternehmen namens ENNOS GmbH, das dort ansässig ist? – Weil … weil ich einen Hinweis gefunden habe, dass Dirks und damit auch Brynjars Verschwinden eventuell etwas mit dieser Firma zu tun haben könnte. Es ist zwar nur eine Vermutung, aber … – Ja, das hab ich auch vor, aber mir gibt doch da mit Sicherheit niemand Auskunft über Firmeninterna. Deshalb wollte ich dich fragen, ob du vielleicht jemanden kennst, der … – Mensch, Daniela, glaubst du, ich würde dich damit behelligen, wenn es nicht unbedingt nötig wäre? Es geht um Leben und Tod, verdammt noch mal!! – Sorry … sorry, tut mir leid. Also … – Im Ernst jetzt? – Echt? Das würdest du tun? – Oh, danke, vielen Dank, ich … – Reisacher, Dirk Reisacher. – Gut, alles klar. Ach, übrigens, schreib mir doch gelegentlich mal zusammen, wie viel Brynjar dir und Farid noch schuldet; ich leg das dann erst mal für ihn aus.« Sie sah, dass Arnar eine abwehrende Handbewegung machte, und winkte energisch ab. »Doch, doch, das ist ja wohl das Mindeste, was ich tun kann für deine Hilfe. – In Ordnung. Noch mal vielen Dank. Und lieben Gruß an Farid, ja? – Wiedersehen.«

»Das kommt ja überhaupt nicht in Frage«, protestierte Arnar im gleichen Moment, als Lona das Gespräch beendete. »Du kannst doch nicht die Schulden meines Bruders übernehmen!«

»Hast *du* eine Ahnung, was ich alles kann«, gab Lona zurück und legte das Smartphone auf den Tisch. »Außerdem hab ich nicht vor, diese Schulden zu *übernehmen* – ich gehe ja hoffnungsvoll davon aus, dass dein Bruder heil und gesund wieder aufkreuzt und mir das Geld zurückzahlt.«

»Und wenn nicht?«, fragte Arnar leise.

»Dann hab ich Pech gehabt«, erwiderte Lona. »Aber selbst dann war es womöglich eine lohnende Ausgabe, wenn Daniela uns tatsächlich hilft. Sie sagt, sie hat eine Tante, die bei ENNOS arbeitet – noch dazu in der Personalabteilung! Und sie wird sie noch heute Abend anrufen und sie bitten, die Personallisten und Bewerbungen nach Dirk Reisacher zu durchforsten … und nach Brynjar Egillsson gleich mit, wenn sie schon mal dabei ist. Sie sagt uns Bescheid, wenn die Tante sich zurückmeldet.«

Sie fuhr sich mit beiden Händen über das Gesicht und atmete tief durch. »Ich brauch jetzt unbedingt frische

Luft. Hast du Lust, einen kleinen Spaziergang mit mir zu machen, bevor es dunkel wird?«

Arnar betrachtete sie aufmerksam, dann nickte er. »Gute Idee. Den kann ich jetzt auch gebrauchen.«

~

Gezielt schlug Lona den Weg über die Mittelzeller Straße in den Norden der Insel ein. Die Ruhe rings um sie herum wirkte wie Balsam auf ihre aufgewühlte Seele, und dass Arnar neben ihr herging, gab ihr zusätzlich ein gutes Gefühl – auch wenn sie den Ort, auf den sie nun zustrebten, üblicherweise lieber allein aufsuchte.

Unterwegs redeten sie kein Wort, und Lona war Arnar dankbar dafür, dass er nicht auf Biegen und Brechen versuchte, ein Gespräch in Gang zu bringen. Erst als von weitem der romanische Bau des Münsters zu sehen war, blieb Lona stehen und sah Arnar an.

»Warst du eigentlich schon mal hier auf der Reichenau?«

»Ja«, antwortete Arnar. »Ich hab ja zwei Jahre in Konstanz studiert und in der Zeit auch ein wenig die Umgebung rund um den Bodensee erkundet. Mainau, Birnau, das Zeppelinmuseum in Friedrichshafen … und natürlich auch Reichenau. Drei alte Kirchen, eine interessanter als die andere … und das da vorne ist das Münster, wenn ich mich richtig erinnere, ja?«

»Du erinnerst dich richtig«, sagte Lona. »Sankt Maria und Markus, die Abteikirche des ehemaligen Benediktiner-Klosters. Für mich ist sie … eine Art Kraftort; ich komme oft hierher, wenn ich Ruhe brauche oder über etwas Wichtiges nachdenken muss. Nirgends kann ich mich so gut konzentrieren wie in diesem alten Gotteshaus.«

»Möchtest du jetzt dorthin gehen?«, fragte Arnar. »Ich stör dich ganz bestimmt nicht, ich warte dann draußen auf dich oder drehe noch eine Runde.«

Überrascht sah Lona ihn an. Auch wenn sie ihn mittlerweile schon ein wenig kennengelernt hatte, mit so viel Einfühlungsvermögen hätte sie nicht gerechnet.

»Nein«, erwiderte sie dann hastig. »Ich will zwar tatsächlich kurz in die Kirche, aber du kannst gerne mitkommen, du störst mich nicht. Und vielleicht … tut es dir ja auch gut.«

Ein leichtes Lächeln glitt über sein Gesicht, und Lona spürte, wie sich auch ihre Mundwinkel ein wenig hoben. Dann setzten sie sich ohne ein weiteres Wort wieder in Bewegung.

Kurz vor der Kirche bog Lona nach rechts ab und führte Arnar auf den hinter dem Münster gelegenen Friedhof.

»Ich möchte nur schnell das Grab meines Vaters besuchen«, meinte sie verlegen. »Dauert nicht lang.«

»Kein Problem.«

Sie gingen über gepflegte Kieswege an den Reihen der blumengeschmückten Gräber vorbei, bis Lona vor einem davon stehenblieb. Bunte, in Form eines runden Ornaments gepflanzte Frühlingsblumen leuchteten, noch nass vom Regen, im Licht der Abendsonne, und am Ende des Grabes erhob sich ein anthrazitfarbener, blankpolierter Grabstein.

»Hier ist es«, sagte sie leise.

»Ein schöner Ort«, erwiderte Arnar ebenso leise. »Wunderbar friedlich und sogar mit Blick auf den See.«

»Das ist der Gnadensee«, erklärte Lona. »Irgendwie empfinde ich bei diesem Gedanken immer eine ganz besondere Art von Frieden.«

Arnar nickte. »Ihr hättet keine schönere Ruhestätte für deinen Vater finden können.«

Er betrachtete nachdenklich die in den Grabstein eingemeißelte Inschrift »Anton Mende 1960–2011«.

»Er war erst einundfünfzig.«

»Ja.« Lona schluckte. »Er ist tödlich verunglückt. Es war ein Autounfall … Ich saß neben ihm. Mir ist fast nichts passiert, aber er war auf der Stelle tot.«

»Gott, wie furchtbar«, murmelte Arnar betroffen. »Das tut mir sehr leid, Lona.«

»Danke.«

Sie spürte, wie er nach ihrer Hand tastete, und ließ es geschehen, dass er sie ergriff. Stumm sandte sie ein kleines Gebet für ihren Vater zum Himmel und erwiderte Arnars Händedruck.

»Komm mit.«

Gut eine halbe Stunde später verließen Lona und Arnar das Münster und machten sich auf den Heimweg. Wie immer, wenn Lona längere Zeit vor dem kleinen Pietà-Altar im nördlichen Seitenschiff verbracht hatte, den Blick abwechselnd auf die Flammen der davor flackernden Kerzen und auf die mittelalterliche Skulptur der Madonna mit ihrem toten Sohn im Schoß gerichtet, fühlte sie sich auf seltsame Art gestärkt und getröstet.

Verstohlen betrachtete sie Arnar, der neben ihr ging; er hatte sein Versprechen gehalten und sich tatsächlich zuerst in aller Ruhe in dem gesamten Kirchenraum umgesehen, bevor er sich erst ganz zuletzt noch für wenige Minuten zu ihr vor die Pietà gesetzt hatte. Er schien ihren

Blick zu bemerken, denn mit einem Mal wandte er sich ihr zu und lächelte.

»Ich kann verstehen, dass diese Kirche eine Art Kraftort für dich ist«, sagte er. »Mich hat sie auch sehr beeindruckt.«

»Du solltest mal hier sein, wenn eines der Augia-Konzerte stattfindet«, erwiderte Lona. »Du magst doch klassische Musik, oder?«

Seine Augenbrauen wanderten in die Höhe. »Wie kommst du darauf?«

»Ganz einfach«, antwortete Lona lächelnd. »›Ihr Glücklichen!‹, hast du gesagt, als ich dir in Reykjavík davon erzählt habe, dass Andrea und ich an dem Abend in das Ashkenazy-Konzert in der Harpa gehen würden – und dein Neid war selbst durchs Telefon hindurch zu spüren! Außerdem weiß ich, dass Brynjar gerne klassische Musik hört … da liegt es doch nahe, dass auch sein großer Bruder einem solchen Genuss zumindest nicht ganz abgeneigt ist.«

»Gut, eins zu null für dich«, schmunzelte Arnar. »Ja, für Klassik bin ich immer zu haben. Ich stamme aus einer sehr musikalischen Familie; meine Eltern haben uns beide, Brynjar und mich, schon früh in die Musikschule von Ísafjörður geschickt. Während unsere Schulkameraden Sport getrieben haben, haben wir Klavier geübt. Daran hat sich auch später nichts geändert; wenn wir Bewegung brauchten, dann sind wir einfach raus in die freie Natur gegangen. In ein Fitnessstudio hätten uns keine zehn Pferde gebracht.« Er schüttelte leicht den Kopf. »Wobei Brynjar in diesem Punkt seine Einstellung geändert zu haben scheint; ich habe auf seinem Schreibtisch die Adresse eines Fitness-Parks in Meersburg gefunden.

Sieht so aus, als hätte er doch noch Gefallen daran gefunden, seine Muskeln zu trainieren.«

»Wer weiß«, versetzte Lona lächelnd. »Vielleicht hat er sich in ein Mädchen verguckt, das auf durchtrainierte Körper steht.«

»Solange er seinen Luxuskörper für sie nicht auch noch über und über tätowieren lassen soll ...«, meinte Arnar mit einem unüberhörbaren Anflug von Sarkasmus. »Ganz ehrlich, bei einigen der Fotos in diesem Tattoo-Studio hab ich das kalte Grausen bekommen.«

Mit einem Mal blieb er stehen, und sein Blick wurde sehr nachdenklich.

»Sag mal – ist mir das eigentlich nur so vorgekommen, oder hat dieser Morten tatsächlich einen Moment lang gestutzt, als ich ihm meinen Namen genannt habe?«

»Mir ist nichts aufgefallen.« Lona betrachtete ihn überrascht. »Bist du sicher?«

»Ich weiß nicht«, sagte Arnar. »Es war nur – wie sagt man, für den Bruchteil einer Sekunde ... als hätte er meinen Namen schon einmal gehört.«

»Vielleicht kennt er ja Brynjar«, meinte Lona.

»Das war auch mein erster Gedanke«, versetzte Arnar. »Nur: Warum hat er dann nicht das Naheliegendste getan und mich darauf angesprochen? Warum hat er nicht gefragt: ›Du, ich kenne einen Brynjar, der heißt auch Egillsson, seid ihr etwa miteinander verwandt?‹ Nein, er schaut mich lediglich einen Moment lang an wie eine Schlange ein Kaninchen und geht dann zur Tagesordnung über. Seltsamer Vogel.«

»Das stimmt.« Unwillkürlich musste Lona lächeln. »Das mit dem seltsamen Vogel, meine ich. Moriarty. Ich wette, der Name ist genauso falsch wie die Bellatrix von Claudia.«

»Oder wie die schwarze Farbe in seinen Haaren«, entgegnete Arnar trocken. »Wenn die echt war, dann fress ich einen Besen.«

»Apropos *fressen*«, versetzte Lona, »wir sollten allmählich zusehen, dass wir nach Hause kommen, damit ich meine Vorräte inspizieren kann. Wenn die nämlich nicht ausreichen, um dir was Anständiges zu essen vorzusetzen, dann muss ich noch mal ganz schnell zum Einkaufen fahren.«

»Mach dir keine Umstände«, sagte Arnar gelassen. »Einen Besen hast du im Notfall doch allemal im Haus, oder?«

Lona gluckste. »Bist du so leicht zufriedenzustellen?«

»Ich stamme aus einem Volk, das fermentierten Grönlandhai, gesäuerte Hammelhoden und abgesengten, gekochten Schafskopf zu seinen traditionellen Spezialitäten zählt«, erwiderte Arnar gleichmütig. »Da sollte auch ein Besen kein Problem darstellen. Aber gut durchgebraten, bitte.«

Er grinste breit, und Lona lachte hell auf.

»Oder kleingehäckselt als Ragout.« Sie gluckste erneut. »Schmackhaft und ballaststoffreich. Na, dann komm, du Gourmet – irgendwie werden wir dich schon sattkriegen.«

7

In dieser Nacht träumte Lona einmal mehr von dem fürchterlichen Unfall, bei dem ihr Vater zu Tode gekommen war.

Sie sah die Scheinwerfer der Autos, die aus dem Dunkel auf sie zukamen und auf der nassen Fahrbahn blendeten. Sie hörte den prasselnden Regen, den Verkehrslärm, die Fetzen des Udo-Jürgens-Songs aus dem Radio … und dazwischen, wie aus dem Nichts, eine verzweifelte Stimme, die immer wieder »Geh ran! *Geh ran!!*« keuchte. Verwirrt sah sie sich um und erblickte plötzlich neben sich auf dem Fahrersitz Arnar, der ihr mit einem breiten Grinsen eine weiße Tablettenpackung entgegenhielt – und im gleichen Moment krachte und splitterte es um sie herum, während das Traumbild in einem gleißend hellen Sonnenball explodierte.

Sie fuhr hoch, schweißnass und zitternd, und flüchtete in Panik aus ihrem Bett. Einen Moment lang hielt sie sich am Türrahmen des Schlafzimmers fest und atmete heftig; dann tastete sie sich mit unsicheren Schritten hinüber in das Wohnzimmer. Ihr Hirn schien träge von einer Seite des Schädels zur anderen zu schwappen; ihr wurde schwindlig, und schließlich blieb sie mit dem Fuß an der Türschwelle hängen. Sie stolperte, schlug der Länge nach hin und riss dabei den großen Deckenfluter mit um. Krachend landete er neben ihr auf dem Parkettboden, klirrend zersplitterte das Glas der Lampe.

Ein Geräusch, das sie kannte, das sie seit fünf Jahren unbarmherzig in ihren Träumen verfolgte. Ein Wagen, der frontal gegen eine Leitplanke donnerte.

Was denn noch? Was denn noch alles, großer Gott?

Von irgendwoher hörte sie einen Schrei und hatte undeutlich das Gefühl, dass sie selbst das war; alles um sie herum drehte sich, sie wurde in einen nachtschwarzen Strudel gesogen, sank tief und immer tiefer … bis zwei starke Hände sie plötzlich an den Schultern packten und sie festhielten.

»Lona! Was ist passiert?«

Ein weiterer Schrei entrang sich ihrer Kehle; instinktiv schlug sie wild um sich und versuchte, sich loszureißen.

»Ganz ruhig, Lona – ich bin es, Arnar! Beruhige dich!«

Allmählich wich die Dunkelheit dem Licht, das aus dem Flur in das Zimmer drang, und sie erkannte die Stimme des Mannes, der neben ihr auf dem Fußboden saß und sie fest in seinen Armen hielt.

»Arnar … oh Gott, *Arnar!*«

Sie klammerte sich an ihm fest und vergrub das Gesicht an seiner Brust. Seine Hand strich weich über ihren Rücken, und dann war es um Lonas Fassung geschehen; sie weinte hemmungslos, weinte, wie sie seit dem Tag nach ihrem Geburtstag nicht mehr geweint hatte. Wortlos drückte Arnar sie an sich, wiegte sie sanft und summte dabei eine kleine, fremdartige Melodie vor sich hin, die sich wie ein heilender Balsam auf Lonas gequälte Seele legte. Und obwohl ihre Tränen allmählich versiegten, weigerte sich irgendetwas in ihr, Arnar loszulassen – als könnte sie mit ihm diesen kleinen, unerwarteten Augenblick der Ruhe festhalten.

Aber dann war er es, der das Schweigen brach.

»Was ist passiert?«, fragte er leise. »Ich hab dich schreien gehört … Hast du dich verletzt?«

Erst jetzt kam ihr wieder zum Bewusstsein, was geschehen war. Sie löste sich von Arnar und warf einen Blick auf den umgekippten Deckenfluter und die Glasscherben ringsherum. Dann unterzog sie sich selbst einer schnellen Musterung; ein paar schmerzende Stellen an den Knien, vermutlich von dem Sturz, aber offenbar war nichts gebrochen, und sie sah auch nirgends Blut.

»Sieht nicht so aus«, antwortete sie langsam und fuhr mit der Hand über ihr tränennasses Gesicht. »Wohl nur ein paar blaue Flecken. Den Deckenfluter hat's scheint's schlimmer erwischt als mich.«

»Warum hast du denn nicht das Licht angemacht?«

Lona schnaubte leise. »An sich kenne ich meine Wohnung im Finstern in- und auswendig. Das heute war ein klassischer Fehltritt.«

Sie biss die Zähne zusammen und stemmte sich in die Höhe; ihre Knie waren noch immer etwas wackelig, aber sie konnte stehen.

»Pass auf, dass du nicht in die Scherben trittst«, sagte sie. »Ich hol schnell was zum Fegen.«

Als sie mit Schaufel und Besen wiederkam, hatte Arnar gerade den Deckenfluter wieder in eine aufrechte Position gestellt.

»Deine Mutter scheint einen gesunden Schlaf zu haben«, bemerkte er. »Oder ist das Haus so solide gebaut, dass man unten nichts hört, wenn du hier nachts die Einrichtung zerlegst?«

»Das auch. Und vergiss nicht die Antidepressiva«, betonte Lona und begann, die Scherben in die Schaufel zu fegen. »Seit sie die nimmt, schläft sie sehr viel besser als früher. Behauptet sie jedenfalls. Und wer weiß, vielleicht wirken diese ›Ennos‹ ja besonders gut.«

Unwillkürlich begann sie wieder zu zittern. *Ennos. Was hatte es mit der verfluchten Sonne rückwärts auf sich? Was war Dirk an dem Tag geschehen? Lebte er noch?*

»Gib her«, hörte sie Arnars ruhige Stimme und spürte, wie er ihr sehr bestimmt Schaufel und Besen aus der Hand nahm. »Ich mach das. Mülleimer in der Küche?«

»Ja.«

Dankbar überließ sie es ihm, die letzten Scherben zusammenzufegen, ließ sich müde in ihren Sessel sinken und schloss die Augen. Gleich darauf drangen wie aus weiter Ferne Geräusche aus der Küche an ihr Ohr – ein gedämpftes Poltern, ein Gurgeln, das Klappern von Geschirr – und dann erschien Arnar in der Tür mit zwei dampfenden Keramikbechern in der Hand.

»Zum Glück hat du noch eine ehrliche altmodische Filterkaffeemaschine und nicht einen dieser Automaten, wo ich keine Ahnung habe, auf welchen Knopf ich drücken muss«, sagte er. »Ich weiß, es ist mitten in der Nacht, aber ich hab das Gefühl, du kannst jetzt einen anständigen Kaffee brauchen. Hier – du trinkst ihn mit Milch, ja?«

»Woher weißt du das?« Lona blinzelte verwirrt und nahm ihren Becher entgegen.

»Hat mir Loki geflüstert«, antwortete Arnar augenzwinkernd und setzte sich auf das Sofa. »Trink, der tut dir jetzt bestimmt gut.«

Verwundert starrte Lona ihn an, aber dann begriff sie. Natürlich – das Café Loki in Reykjavík. Sie hatten damals beide Kaffee getrunken, sie den ihren mit Milch. War das tatsächlich erst wenige Tage her?

»Beobachtest du immer so genau?«, fragte sie.

»Nur wenn mich etwas wirklich interessiert«, gab er zurück und trank in aller Ruhe einen Schluck von seinem schwarzen Kaffee.

Sie hob ihren Becher zum Mund, sog den belebenden Duft ein – und dann hielt sie plötzlich inne, setzte den Becher noch einmal ab und sah Arnar an.

»Arnar«, sagte sie langsam, »du hältst dir aber schon immer vor Augen, dass ich mit *Dirk* zusammen bin, ja? Und das sehr glücklich!«

Er erwiderte ihren Blick, unverändert ruhig. »Keine Sorge. Das vergesse ich keinen Augenblick.«

Damit schien das Thema für ihn beendet zu sein. Er trank erneut, dann griff er nach den Zündhölzern, die noch vom Vorabend auf dem Couchtisch lagen, entzündete das Teelicht in dem schwarzen Lavastein und blickte wortlos in die kleine Flamme.

Lona betrachtete ihn unsicher. Die nächtliche Stille, die sie beide umgab, wurde ihr mit einem Mal unangenehm. Hastig trank sie einen Schluck von ihrem Kaffee; heiß und wohltuend rann er ihr die Kehle hinunter. Sie atmete tief durch und bemühte sich, ihre unguten Gefühle zu verdrängen.

Arnar war hier, um zu helfen. Und er hatte ihr vorhin beigestanden, als sie nach ihrem Albtraum für einen Moment die Nerven verloren hatte. Er war ein Freund. Er würde ihr niemals schaden.

»Übrigens – danke«, sagte sie leise.

Er hob den Kopf; ein kleines, fast unmerkliches Lächeln umspielte seine Lippen. »Ist doch selbstverständlich.«

Keiner von ihnen ging in dieser Nacht noch einmal zurück ins Bett. Lona wusste, dass es keinen Sinn haben würde, erst recht nicht nach dem Kaffee, den Arnar ihr verordnet hatte – und Arnar schien entschlossen, sie nicht mehr aus den Augen zu lassen, um zur Stelle zu sein, falls ihre Nerven ihr noch einmal den Dienst versagten.

Ein wenig schämte sie sich ihrer Schwäche, die sie ihm so offen gezeigt hatte, und mehrfach war sie versucht, ihm von ihren Albträumen zu erzählen, damit er begriff, dass es mehr als nur die Sorge um Dirk war, was an ihrem Nervenkostüm zehrte und ihr schlaflose Nächte bereitete. Aber andererseits – sie kannte diesen Mann noch keine Woche, und irgendwie scheute sie davor zurück, ihm noch mehr von ihren innersten Gefühlen zu offenbaren, als er nach dieser kurzen Zeit ohnehin schon wusste oder zumindest erriet.

Stattdessen legte sie irgendwann eine erste CD in die Stereoanlage ein, zündete noch mehr Kerzen an, und bei leiser Musik entspannte sie sich allmählich immer mehr, bis sie tatsächlich in ihrem Sessel noch einmal ein wenig wegdämmerte … denn als sie die Augen wieder öffnete, ging draußen bereits die Sonne auf, und aus den Lautsprechern erklang das D-Dur-Flötenkonzert von Vivaldi, das sie schon seit Jahren nicht mehr gehört hatte. Die Kerzen waren erloschen, es roch nach frischem Kaffee, und auf dem Sofa saß Arnar, lächelte ihr zu und hob mit einem heiteren »Góðan daginn!« seine Tasse zum Morgengruß.

Gegen neun Uhr – sie hatten gerade ihr Frühstück beendet – rief Daniela an; ihre Tante war sich sicher, die Namen Dirk Reisacher und Brynjar Egillsson noch nie gehört zu haben, und eigentlich durfte sie auch gar keine Auskünfte in Personalfragen geben, aber unter diesen Umständen … kurz und gut, sie würde ihre Praktikantin darauf ansetzen und sie vor allem sämtliche zuletzt eingegangenen Bewerbungen, auch die bereits abgelehnten, nach den beiden durchforsten lassen. Selbstverständlich jedoch nur unter dem Siegel allerstrengster Verschwiegenheit. Lona schwor sofort hoch und heilig, nie in ihrem Leben gehört zu haben, dass Daniela überhaupt eine Tante hatte; damit entlockte sie der jungen Studentin zum ersten Mal ein Glucksen, das ehrlich amüsiert klang. Sie versprach Lona, sich sofort bei ihr zu melden, sobald die nicht existente Tante ihr das Resultat mitteilte – und natürlich auch, falls Brynjar wieder etwas von sich hören lassen sollte.

Arnar murmelte einen Kommentar auf Isländisch vor sich hin, von dem Lona kein Wort verstand, und schlug dann vor, während der Wartezeit noch einmal nach Konstanz zu fahren. Er musste am nächsten Nachmittag bereits wieder nach Reykjavík zurückfliegen und wollte die Gelegenheit gerne nutzen, ein paar Erinnerungen aus der Zeit, in der er hier gelebt hatte, aufzufrischen. Lona war einverstanden, zumal es an diesem Tag ausnahmsweise nicht nach Regen aussah, und so lenkte sie ihren Wagen wenig später nach Konstanz, parkte ihn in der Nähe der Universität, und gemeinsam machten sie sich auf den Weg.

Nach einer Weile begann Arnar nach einem bestimmten Café zu suchen, das er während seiner Studienzeit oft und gerne besucht hatte. Dabei lotste er Lona in ein Viertel, das ihr völlig unbekannt war. Aber auch er gab ziemlich schnell zu, den Weg verloren zu haben und sich hier ebenso fremd zu fühlen wie sie. Auf der Suche nach vertrauteren Gefilden kamen sie an einem Haus vorbei, dessen Fassade gerade renoviert wurde; ein großes Gerüst war an der Hauswand aufgestellt worden, und am Boden wartete ein grüner Leuchtschriftzug »Mani's Bistro« offensichtlich darauf, hochgehievt und montiert zu werden.

»Salaam, ihr zwei!«, hörten sie plötzlich eine bekannte Stimme über ihren Köpfen. »Wenn ihr Hunger habt, seid ihr zu früh gekommen – hier wird erst in einer Woche wiedereröffnet.«

Sie schauten nach oben und erblickten auf dem Gerüst Farid El Kaddouri, diesmal nicht in seiner schlichten weißen Kurta, sondern in einem farbverschmierten Overall; er hielt eine dicke Farbwalze in der Hand und lachte fröhlich zu ihnen hinunter.

»Farid!«, rief Arnar verblüfft. »Was machst du denn da oben?«

»Wonach sieht's denn aus?«, grinste Farid. »Ich verdien mir was dazu, wie es sich für einen armen, mittellosen Studenten gehört. Wartet mal eben – ich komm runter, dann müssen wir nicht so schreien.«

Er versenkte die Walze in einem Farbkübel, wischte sich die Hände an einem Lappen ab und schwang sich elegant wie eine Katze von dem Gerüst herunter.

»Guten Morgen«, sagte er und vollführte vor Lona die respektvolle Geste des muslimischen Grußes. »Was macht ihr so früh am Tag schon hier? Gibt's was Neues über eure beiden Vermissten?«

»Leider bis jetzt nur ein paar Spuren, nichts Konkretes«, erwiderte Arnar.

»Aha.« Farid musterte ihn aufmerksam. »Und eine der Spuren führt nach Freiburg im Breisgau, ja?«

Ein jäher Schock durchfuhr Lona. »Wie kommst du darauf?«

Farid lachte laut auf. »Nach deinem Telefonat gestern hat Daniela mich erst mal ordentlich zur Schnecke gemacht: wie ich denn dazu käme, hinter ihrem Rücken mit einer wildfremden Person über sie zu reden – klar, woher solltest du sonst wissen, dass sie aus Freiburg stammt – und was ich dir außerdem noch alles über sie erzählt hätte. Dem Rest ihres Redeflusses hab ich entnommen, dass du sie um einen Gefallen gebeten hast. Und dann brauchte ich ja nur noch zwei und zwei zusammenzählen, um zu wissen, dass es dabei um etwas ging, das mit Freiburg zu tun hat.«

»Ich hoffe, sie hat dir nicht zu sehr die Hölle heiß gemacht«, meinte Lona verlegen. »Ich hab das Gefühl, diese Daniela kann ein ganz schöner Besen sein.«

»Oh ja, das kann sie«, schmunzelte Farid. »Aber trotzdem lass ich nichts auf sie kommen, insgesamt ist sie nämlich schwer in Ordnung. Ich hab dir doch gestern erzählt, dass sie wegen ihres speziellen Studiengangs nicht in Freiburg studiert. Aber das ist nur die halbe Wahrheit. Sie ist vor allem auch deshalb aus Freiburg weggegangen, weil sie sich von ihrer Familie lösen wollte. Die ist nämlich ausgesprochen konservativ – im negativen Sinne. Mir zum Beispiel würden sie nicht mal die Hand geben.«

»Weil du Muslim bist?«, erkundigte sich Lona betroffen.

»Muslim, Ausländer, dunkelhäutig – such's dir aus«, erwiderte Farid; die Heiterkeit war aus seinen Augen verschwunden. »Deshalb hat Daniela hier auch gezielt nach einer WG mit Ausländern gesucht. Und sie hatte von Anfang an nicht die geringsten Bedenken, mit einem Muslim unter einem Dach zu leben. Muss sie auch nicht; ich respektiere Frauen und mache ihnen ganz bestimmt keine rückwärtsgewandten Vorschriften wie gewisse meiner sogenannten ›Glaubensbrüder‹. Und Brynjar war auch immer ein feiner Kerl. Jedenfalls bis … na ja.« Er biss sich auf die Lippen und wischte sich fahrig über ein paar Farbspritzer auf seinem Unterarm.

Für ein paar Sekunden schwiegen alle drei verlegen.

»Lassen wir das«, meinte Arnar schließlich. »Im Moment können wir nichts tun als abwarten und weiterhin Augen und Ohren offenhalten. Und wir wollen dich auch nicht länger von deiner Arbeit abhalten. Nicht dass du Ärger mit deinem Chef bekommst.«

»Kein Problem«, versicherte Farid, und seine dunklen Augen blitzten wieder lebhaft auf. »Ich hab schon ein ordentliches Stück geschafft, und außerdem ist mein Chef echt nett.«

»Na, das hört man doch gerne«, ertönte neben ihnen eine basstiefe, amüsiert klingende Stimme. Lona wandte den Kopf: In der Eingangstür zu dem Lokal war ein großer, breitschultriger Mann erschienen, etwa Anfang vierzig, in Jeans und einem abgewetzten Sweatshirt und mit einer runden Nickelbrille auf der Nase. Neugierig musterte er Lona und Arnar.

»Guten Tag«, grüßte Arnar höflich. »Wie gesagt, wir wollen Farid nicht aufhalten, wir haben nur …«

»Du lieber Himmel, keine Panik auf der Titanic!«, meinte der Mann gelassen. »Wir liegen mit der Restaurierung bislang absolut gut in der Zeit. Ich bin Marvin Meier, der neue Pächter dieses Lokals. ›Mani's Bistro‹. In einer Woche eröffnen wir – ich hab gerade keine Flyer da, aber ihr kommt doch?«

»Ich nicht«, sagte Arnar bedauernd. »Ich bin nur zu Besuch in Konstanz und muss morgen wieder abreisen.«

»Na ja, dann vielleicht beim nächsten Besuch«, entgegnete Marvin Meier unbeirrt. »Ach, Farid, ich wollte dir nur sagen, Nicole und ich machen jetzt Kaffeepause. Wenn du auch Lust auf Kaffee und ein Stück Kuchen hast, wir sind hinten in der Küche.«

»Alles klar, Chef, vielen Dank.« Farid nickte ihm zu und wandte sich an Lona und Arnar. »Also dann, bis zum nächsten Mal, ihr zwei – und dir eine gute Reise morgen, Arnar.«

»Einen Moment«, mischte Marvin sich ein. »Also wenn du morgen wieder wegmusst und ihr euch vorher noch ein bisschen unterhalten möchtet – wollt ihr beiden nicht einfach mithalten? Kuchen ist genug da, und Nicole kann ja notfalls noch eine zweite Kanne Kaffee machen.«

»Vielen Dank, aber …«

»Kein Aber«, schnitt Marvin Arnar kurzerhand das Wort ab und grinste. »Das ist reiner Eigennutz – in der Hoffnung, dass zumindest die junge Dame wiederkommt und außerdem ein bisschen positive Mundpropaganda für uns dabei rausspringt. Zumindest den Kuchen werdet ihr hinterher loben *müssen*; meine Nicole ist nämlich eine Zaubermaus am Backtisch. Also kommt, rein mit euch – wie gesagt, ich bin Marvin, und ihr?«

Lona und Arnar wechselten einen kurzen Blick, nickten einander zustimmend zu und stellten sich dem Bistrobesitzer vor. Zusammen mit Farid folgten sie ihm in das Lokal. Es war völlig leergeräumt, der Boden war mit Folie zugedeckt. Ein Teil der Wände war frisch gestrichen, vor den anderen zeigten eine Stehleiter und mehrere Farbeimer an, wo als Nächstes weitergearbeitet werden würde. Durch eine Schwingtür ging es in die Küche; hier war alles bereits auf Hochglanz poliert, auf der großen Arbeitsfläche thronte eine riesige Thermoskanne, und ein zierliches Persönchen in einem lilafarbenen Jumpsuit und mit einem locker geflochtenen nussbraunen Zopf war gerade dabei, einen duftenden Butterkuchen auf einem Blech in Stücke zu schneiden.

»Wir haben bereits erste Gäste, Nicolchen!«, verkündete Marvin laut und dröhnend. »Du hast doch sicher noch zwei weitere Tassen in Griffweite, ja?«

Das zierliche Persönchen blickte auf und strahlte, und nur mit Mühe unterdrückte Lona ein leises Prusten: Das zarte »Nicolchen« trug haargenau die gleiche Nickelbrille auf der Nase wie ihr hünenhafter Partner.

»Aber sicher«, sagte Nicole. »Nur immer rein mit euch!«

Sie schüttelte Lona und Arnar herzlich die Hand. Bei Arnar stutzte sie einen Moment, legte den Kopf schräg und betrachtete ihn nachdenklich.

»Was ist?«, fragte Arnar belustigt. »Hat Farid mich heimlich mit Farbe beschmiert, oder ist mir über Nacht ein Pickel gewachsen?«

»Nein, nein«, versicherte Nicole, »nur ... ich weiß nicht, irgendwie kommst du mir bekannt vor. Kann es sein, dass wir uns schon mal gesehen haben?«

»Eher nicht«, meinte Arnar zögernd. »Ich hab zwar mal hier studiert, aber das ist Jahre her. Aber vielleicht kennst du meinen Bruder – Brynjar Egillsson? Der ist noch immer hier an der Uni, und wir sehen uns recht ähnlich.«

»Möglich«, erwiderte Nicole. »Der Name sagt mir zwar nichts, aber kann schon sein, dass er mir mal irgendwo über den Weg gelaufen ist. Ich hab nämlich ein ganz gutes Gedächtnis für Gesichter und für Namen, weißt du? Na ja, vielleicht fällt es mir noch ein. Jetzt gibt's erst mal Kaffee!«

Wenig später hatten Marvin und Farid Sitzgelegenheiten für alle zusammengetragen, und sie ließen sich den Kaffee und den Butterkuchen schmecken, der in der Tat köstlich war und geradezu auf der Zunge zerging. Dabei erzählte Marvin, dass sie früher einmal ein Bistro in einem Randgebiet von Konstanz betrieben hatten; dann aber war ihr Pachtvertrag nicht verlängert worden, weil die Eigentümer das alte Haus abreißen und etwas völlig Neues bauen wollten. Seitdem waren sie auf der Suche nach einer neuen Lokalität gewesen, und vor gut einer Woche war ihnen dieser ehemalige Imbiss angeboten worden. Der Verpächter war ein Bekannter von Marvin und Nicole, der um ihre Not wusste, und hatte sie sofort als Erste verständigt, als er einen neuen Pächter für das Lokal brauchte.

»Und wieso hat der alte Imbiss zugemacht?«, fragte Arnar.

»Der Pächter ist tödlich verunglückt«, antwortete Marvin. »Und er hatte den Laden mehr oder weniger im Alleingang betrieben; außer ihm gab es lediglich eine alte Köchin, und die hat wohl sehr schnell erklärt, dass sie den Imbiss auf keinen Fall weiterführen, sondern stattdessen lieber in den vorgezogenen Ruhestand gehen will. Meinem Bekannten war es nur recht, denn der Enno hatte den Laden zuletzt ziemlich runtergewirtschaftet, und er lief auch nicht mehr sonderlich gut …«

Lona schob sich den Rest ihres Kuchenstücks in den Mund, seufzte innerlich und zerbrach sich den Kopf, wie sie und Arnar sich möglichst zügig aus dieser Runde verabschieden konnten, ohne allzu unhöflich zu wirken. Dieser Marvin und sein Nicolchen mochten ja ganz nett sein, aber ihr war wirklich nicht danach, sich den halben

Vormittag lang Geschichten über Lokale und Pächter anzuhören. Und erst recht nicht über tödlich verunglückte Pächter.

»... insofern ist uns allen dreien geholfen; ein Neustart ist genau das, was dieses Lokal braucht ...«

»Entschuldigung«, unterbrach Lona Marvins Redefluss, »aber kann man hier schon die Toiletten benutzen?«

»Klar«, gab Nicole bereitwillig Auskunft. »Durch die Tür da drüben zurück in den Gastraum, und dann rechts. Sollten noch ein paar Kisten im Weg stehen, einfach zur Seite schieben.«

»Danke.«

Lona erhob sich und ging zu der Schwingtür. Hinter ihr setzte Marvin seine Werberede mit unvermindertem Eifer fort.

»... uns ist natürlich klar, dass wir am Anfang wohl erst mal damit beschäftigt sein werden, gegen den Ruf dieser Lokalität anzukämpfen; wir müssen Werbung ohne Ende machen, damit die Leute begreifen, dass es hier jetzt nicht mehr Ennos Currywurst, Schaschlik und fettige Pommes gibt, sondern Manis feine Bistro-Küche. Aber wir sind zuversichtlich, dass wir ...«

In diesem Moment blieb Lona wie angewurzelt stehen. Ihre Hand, die sie gerade nach der Schwingtür ausgestreckt hatte, begann heftig zu zittern, und sie schlug sie sich vor den Mund. Ihr Herz pochte schnell und heftig. Sie war sich absolut sicher, sich nicht verhört zu haben.

»Lona?«, hörte sie hinter sich Nicoles Stimme. »Alles in Ordnung?«

Sie drehte sich langsam um. Marvin hatte in seinem Sermon innegehalten, alle vier sahen fragend zu ihr hinüber. Ihr Blick blieb an Arnar hängen, und sie sah die Erkenntnis in seinen Augen dämmern. Offenbar dachte er genau das Gleiche wie sie.

»Marvin«, sagte Lona heiser, und zu ihrer Bestürzung stellte sie fest, dass ihre Stimme ebenso zitterte wie sie selbst. »*Wie* hieß dieser Imbiss früher?«

»Das war das ›Enno's‹«, antwortete Marvin verwundert. »Wieso?«

Das war es.

In dieser Sekunde wusste Lona es mit tödlicher Sicherheit. Das war die Sonne, von der Dirk gesprochen hatte. Die Sonne, die rückwärts am besten schmeckte. »Enno's«.

»Mein Gott, du bist ja weiß wie die Wand!« Nicole sprang auf, lief zu Lona und hakte sie unter. »Komm, setz dich wieder hin, ich bring dir gleich ein Glas Wasser.«

Sie führte sie behutsam zurück zu den anderen, drückte sie sanft und zugleich sehr bestimmt auf ihren Stuhl nieder und holte ein Glas aus einem Schrank.

»Kann mir mal einer erklären, was hier los ist?«, fragte Marvin verständnislos.

Arnar neigte sich ein Stück nach vorne zu Lona. »Willst du oder soll ich?«, fragte er leise.

»Mach du«, bat sie ihn. Sie nahm das Wasserglas entgegen, das Nicole ihr reichte, und trank in tiefen Zügen, während Arnar ruhig und bedacht die wichtigsten Details aufzählte: zwei spurlos verschwundene Männer und einen auf einer Mailbox aufgezeichneten Hilferuf, der in verschlüsselter Form auf ein oder einen »Ennos« hinwies.

»Und ihr glaubt, er hat damit diesen Laden gemeint?«, fragte Nicole zweifelnd.

»Oder seinen Besitzer«, antwortete Arnar. »Habt ihr diesen Enno gekannt?«

Marvin schüttelte sehr entschieden den Kopf. »Nein. Nie gesehen. Und ich war auch nie zuvor hier, also als der alte Imbiss noch in Betrieb war. Ich hab dieses Lokal erst kennengelernt, als es mir angeboten wurde.«

»Sein richtiger Name war Eginhard«, warf Nicole ein. »Eginhard Bödecker.«

»Woher weißt du das?«, erkundigte sich Marvin verblüfft.

»Da hing doch dieser gerahmte Artikel hinter dem Tresen«, erklärte Nicole. »Ein großer Bericht aus dem Lokalteil der Tageszeitung, vom vorigen Jahr, als der Laden sein Zehnjähriges gefeiert hat. Ich hab ihn mir durchgelesen ... und du weißt ja, Namen und Gesichter merke ich mir immer. Warte mal, der müsste noch irgendwo rumliegen, ich wollte mir den Rahmen aufheben ...«

Sie verschwand durch die Schwingtür und kehrte gleich darauf zurück; in den Händen hielt sie einen großen, dünnen Kunststoffrahmen.

»Ja, hier ist es«, sagte sie und las laut vor: »›Wenn man ihn auf seinen richtigen Namen Eginhard Bödecker anspricht, lacht Enno nur laut: *Hör bloß auf. Eginhard – das klingt wie ein alter Ostfriesenhäuptling. Ich bin der Enno, Schluss, fertig.*‹« Sie blickte auf. »Sechsundfünfzig war er damals.«

»Ist da auch ein Bild von ihm dabei?«, fragte Arnar interessiert.

»Ja, ein ganz großes Foto sogar«, erwiderte Nicole. »Da steht er mitten im Gastraum und – *da!*« Mit einem Mal riss sie die Augen weit auf. »Ich hab doch gewusst, dass ich dich schon mal gesehen habe. Oder deinen Bruder, wenn er dir tatsächlich so ähnlich sieht. Da, im Hintergrund an dem kleinen Tisch!«

Mit wenigen schnellen Schritten war Arnar bei ihr und nahm ihr den Rahmen aus der Hand.

»Ja, das ist Brynjar, eindeutig«, bekräftigte er. »Und – Lona, schau mal, ist das da neben ihm Dirk?«

Lona stand auf; zugleich erhob sich Farid, wie um sicherzugehen, dass er sie im Notfall stützen konnte, falls ihr das Ganze zu viel wurde. Marvin folgte ihnen zu der Arbeitsfläche, wo Arnar mittlerweile den Rahmen so abgelegt hatte, dass alle den Artikel und das Foto studieren konnten. Es zeigte den ehemaligen Imbissbesitzer, die Arme wie zu einem herzlichen Willkommen ausgebreitet, inmitten seiner Gäste, die ihm gerade – vermutlich auf Anordnung des Fotografen – applaudierten. An einem der kleinen Tische rechts stimmten zwei sichtlich gutgelaunte junge Männer in den Beifall ein, und Lona erkannte sie auf den ersten Blick.

»Ja«, sagte sie tonlos. »Ja, das ist Dirk.«

Kein Zweifel. Dirk kannte das »Enno's« und seinen Besitzer. Das hier musste seine »Sonne« sein.

Ihr Blick glitt hinüber zu dem Jubilar in der Mitte des Fotos. Ein mittelgroßer, kräftiger Mann mit ungewöhnlich großen Augen und kurzen Stoppelhaaren, der eigentlich gar nicht nach Wirt aussah – er trug Jeans, ein T-Shirt mit einem Motorrad-Aufdruck und darüber einen offenen Parka mit mehreren auffallenden Aufnähern. Aber vielleicht war genau das seine Masche gewesen.

Und dann blieb Lona zum zweiten Mal an diesem Tag das Herz stehen. Sie erkannte einen der Aufnäher … dann den nächsten … und schließlich den ganzen abgewetzten

Parka und seinen Träger. Auch wenn der hier keine Sonnenbrille trug.

»Arnar«, flüsterte sie. »Dieser Enno – das ist der angebliche Vater von Dirk.«

Es dauerte eine Weile, bis sie Marvin, Nicole und Farid auch noch erklärt hatten, was es mit dem geheimnisvollen Fremden auf sich hatte, den Lona vor drei Wochen in Dirks Wohnung angetroffen und der sich als Dirks Vater ausgegeben hatte – als Gregor Reisacher, der aber, wie dessen Frau mittlerweile versichert hatte, seit drei Jahren tot und begraben war.

Woraufhin Marvin feststellte, dass er jetzt unbedingt einen Schnaps brauchte. Er holte eine Flasche Himbeergeist aus dem Kühlschrank und hielt sie fragend in die Runde. Farid lehnte höflich ab, und auch Lona schüttelte den Kopf; ihre Ablehnung jedoch ließ Marvin nicht gelten.

»Du brauchst den am allermeisten von uns allen«, entschied er barsch und goss die kristallklare Flüssigkeit in vier kleine Gläser. »Runter damit!«

Arnar und Nicole stürzten mit größter Selbstverständlichkeit den Inhalt ihrer Gläser hinunter. Zögernd tat Lona es ihnen nach. Der Himbeergeist schoss ihr feurig die Kehle hinab und verbreitete in ihrem Magen eine überraschend wohltuende Wärme. Sie atmete tief durch und gab Marvin dankend das Glas zurück.

»Also eines steht jetzt ohne Zweifel fest«, konstatierte Arnar und stellte sein Glas ab. »Sowohl Dirk als auch mein Bruder haben diesen ominösen Enno gekannt. Bleibt die Frage, was die drei miteinander zu tun hatten – waren sie einfach nur Gastwirt und Gäste, oder steckt da mehr dahinter? Und wann genau ist Enno eigentlich gestorben? Als Dirk verschwand, war er ja offensichtlich noch am Leben, sonst hätte er nicht Lona gegenüber diese Gregor-Scharade abziehen können.«

»Das genaue Todesdatum lässt sich sicher herausfinden«, überlegte Nicole. »Mich würde ja vielmehr interessieren, *warum* er diese Show veranstaltet hat. Er musste doch damit rechnen, dass Lona die Angehörigen ihres Freundes kannte und seinen Schwindel deshalb sofort entlarven würde!«

»Vielleicht«, warf Farid ein, der das Gespräch bislang überwiegend schweigend verfolgt hatte, »hat Lonas Anwesenheit ihn derart überrumpelt, dass ihm auf die Schnelle nichts Besseres eingefallen ist, um sein Eindringen in Dirks Wohnung zu rechtfertigen. Oder er hat sich bewusst als Gregor ausgegeben, um sie zu verwirren … oder auf eine falsche Fährte zu locken.«

»Alles denkbar.« Arnar nickte ihm anerkennend zu. »Erfahren werden wir es wohl nie – ich fürchte, die Lösung dieses Rätsels hat der Kerl mit ins Grab genommen.«

»Dafür ist das andere jetzt aktueller denn je«, versetzte Lona. »Wenn dieser Sonnenspruch sich tatsächlich auf Enno oder seinen Laden bezieht, was genau wollte Dirk uns damit sagen? Und was ist mit ihm geschehen? Am Ende …« Sie schluckte. »Am Ende hat dieser Enno alle beide irgendwo eingesperrt – und dann geht er hin und baut einen tödlichen Unfall, und jetzt gehen die beiden gerade elend zugrunde, weil niemand …«

»Ganz ruhig, Lona!« Arnar legte den Arm um sie. »Mach dich nicht verrückt, das nützt keinem, weder ihnen noch dir.«

»Und hier sind sie jedenfalls schon mal nicht«, sagte Marvin. »Wir haben, bevor wir den Pachtvertrag unterschrieben haben, die komplette Location besichtigt, einschließlich des Kellers. Wenn da auch nur eine Katze eingesperrt gewesen wäre, dann hätten wir sie gefunden.«

»Siehst du!« Arnar zog Lona noch fester an sich und tätschelte ihr beruhigend die Schulter. »Kopf hoch, wir geben jetzt ganz bestimmt nicht auf. Ich schlage vor, wir beide gehen jetzt zur Polizei, informieren sie über unsere neueste ›Ennos‹-Vermutung und klären die Sache mit dem angeblichen Gregor. Vielleicht können wir bei der Gelegenheit auch gleich Genaueres über Ennos Unfall herausfinden, und wenn nicht, dann recherchieren wir in den Zeitungsarchiven; zumindest eine Notiz wird sicher irgendwo zu finden sein. Hast du was dagegen, wenn wir den Artikel mitnehmen, Nicole? Dann könnten wir der Polizei gleich das Bild von diesem Enno zeigen.«

»Gute Idee.« Mit ein paar schnellen, geübten Griffen zerlegte Nicole den Bilderrahmen, faltete die Zeitungsseite zusammen und übergab sie Arnar. »Bitte schön. Viel Glück, ich halte euch die Daumen, dass alles gut wird und ihr die beiden findet.«

»Und wenn wir hier noch auf irgendwelche Hinweise stoßen, dann melden wir uns«, versprach Marvin.

»Danke«, sagte Lona leise, kramte eine Visitenkarte aus ihrer Tasche hervor und reichte sie Marvin. »Vielen Dank, ihr beiden – womöglich habt ihr uns echt ein großes Stück weitergeholfen.«

Sie verabschiedete sich von den beiden Bistrobesitzern und von Farid, der wieder an seine Arbeit auf dem Malergerüst zurückkehrte. Dann machte sie sich zusammen mit Arnar auf den Weg zum Polizeipräsidium. Und erst, als der große, palastartige Gebäudekomplex in Sichtweite war, kam es Lona schlagartig zum Bewusstsein, dass sie gleich noch eine weitere Frage würde klären können. Sie wusste jetzt, warum ihr die zweite Stimme in Dirks Sprachnachricht irgendwie bekannt vorgekommen war. Sie hatte sie schon einmal gehört – an ihrem Geburtstag in Dirks Wohnung.

Es war die Stimme des angeblichen Gregor. Alias Eginhard Bödecker. Alias Enno.

8

Als Lona Arnar am nächsten Tag mit dem Wagen zum Flughafen von Friedrichshafen brachte, von wo aus er seinen Heimflug über Frankfurt nach Reykjavík antreten würde, hatte sie ein gutes Gefühl – auch wenn sie sich noch immer matt und ausgelaugt fühlte nach den langen Stunden, die sie und Arnar am Vortag noch auf dem Polizeipräsidium verbracht hatten, um ihre Aussagen zu machen und protokollieren zu lassen.

Aber mehrere Rätsel rund um Dirks geheimnisvolles Verschwinden waren nun gelöst oder zumindest nicht mehr ganz so rätselhaft wie am Anfang. Die Ermittlungen der Polizei würden sich jetzt gezielt auf die offensichtliche Schlüsselfigur Eginhard Bödecker konzentrieren, auch wenn dieser selbst nicht mehr am Leben war.

Einem Zeitungsartikel zufolge, den Arnar am Tag zuvor in einem Online-Archiv noch gefunden hatte, war der Imbissbesitzer exakt an Lonas Geburtstag tödlich verunglückt; vermutlich geschah der Unfall demnach unmittelbar nach seiner Begegnung mit ihr in Dirks Wohnung. »Wäre jedenfalls verständlich«, hatte Arnar trocken kommentiert. »Erst vergreift er sich in irgendeiner kriminellen Form an deinem Freund, dann läuft er unvermutet dir in die Arme, als er sich ein paar Wertsachen seines Opfers aneignen will, und zu allem Überfluss vertreibst du ihn auch noch mit deinem Hilfegeschrei – da kann sich selbst ein abgebrühter Verbrecher wohl nicht mehr hundertprozentig auf den Straßenverkehr konzentrieren.«

Am Abend waren sie noch einmal nach Meersburg gefahren, wo sie sich mit Claudia Reisacher in dem Restaurant trafen, in dem ihr Freund Fabian Scholl, den sie bei dieser Gelegenheit kennenlernten, als Kellner arbeitete. Claudia hatte mit großen Augen zugehört, als Lona und Arnar ihre neuesten Erkenntnisse vor ihr ausbreiteten, und später, als Arnar kurz in Richtung Toilette verschwand, meinte sie mit einem freundschaftlichen Augenzwinkern zu Lona, dass sie sich spätestens jetzt nicht mehr darüber zu grämen brauchte, dass Dirk für seinen Hilferuf nicht ihre, sondern Claudias Nummer gewählt hatte.

»Wie hätte er dir möglichst unauffällig den Namen seines Angreifers mitteilen sollen?«, erläuterte sie. »Der Kerl war ja anwesend, wie wir jetzt wissen, nachdem du seine Stimme erkannt hast. Und wenn er mitbekommen hätte, dass Dirk seinen Namen in die Welt posaunt, dann hätte er ihn womöglich sofort für immer zum Schweigen gebracht. Mir gegenüber konnte Dirk den Namen jedoch verschlüsseln in der Hoffnung, dass ich draufkomme … und jetzt können wir hoffen, dass er noch am Leben ist. Und dass die Polizei ihn im Dunstkreis von diesem Enno ganz schnell findet.«

Lona hatte ihr in allen Punkten recht gegeben und schließlich zum ersten Mal seit langem wieder einen Funken Optimismus verspürt, der seitdem in ihr glühte und kontinuierlich wuchs. Sie würde Dirk wiedersehen. Es konnte nicht mehr lange dauern.

Sie hatten den Bodensee-Airport Friedrichshafen erreicht. Lona manövrierte ihren Wagen auf einen freien Parkplatz und begleitete Arnar in das Terminal. Vor der Sicherheitskontrolle blieb er stehen und sah sie an.

»Tja, das war's«, sagte er. »Noch einmal vielen Dank für deine Gastfreundschaft, Lona. *Takk fyrir.* Und in jedem Fall war mein Kurztrip hierher nicht vergebens.«

»Nein, auf keinen Fall«, stimmte Lona ihm zu. »Danke für deine Hilfe, Arnar.«

»Halt mich auf dem Laufenden, ja?«, bat er. »Vor allem, wenn du etwas von Brynjar erfährst.«

»Selbstverständlich«, versicherte sie. »Wir bleiben in Kontakt.«

»Ja.« Arnar nickte. »Und sollte es dich wieder einmal nach Island ziehen, dann sag mir Bescheid. Damit ich mich für deine Gastfreundschaft revanchieren kann.«

»Auch wenn ich dann zusammen mit Dirk komme?«, fragte Lona mit herausfordernd hochgezogenen Augenbrauen.

Arnar gab ein kleines Schnauben von sich, das auf Lona amüsiert und resignierend zugleich wirkte. »Auch dann. Keine Sorge, ich hab das nicht vergessen.« Er zögerte kurz, dann neigte er sich nach vorne und küsste Lona leicht auf die Wange. »Grüß deinen Dirk von mir, wenn du ihn wiedersiehst. *Bless*, Lona!«

»*Bless!*«

Gleich darauf war Arnar im Sicherheitsbereich verschwunden, und Lona machte sich auf den Weg zurück zum Parkplatz. Sie war Arnar ohne Frage dankbar für den Beistand, den er ihr in den vergangenen Tagen geleistet hatte, und für seine tatkräftige Hilfe. Dennoch verspürte sie eine gewisse Erleichterung, als sie nun in ihren Wagen stieg und ohne ihn nach Hause fuhr. Sie hätte nicht einmal sagen können, warum genau; schließlich hatte Arnar sich ihr gegenüber durchgehend korrekt und ehrenwert verhalten.

Es war nur so ein Gefühl.

Am nächsten Morgen meldete sich Daniela bei ihr, um ihr mitzuteilen, dass die Praktikantin ihrer Tante nicht die kleinste Spur des Duos Reisacher-Egillsson bei der ENNOS GmbH in Freiburg gefunden hatte. Mittlerweile hatte Lona ohnehin mit nichts anderem mehr gerechnet; sie bat Daniela, sich in ihrem Namen zu bedanken, und erinnerte sie noch einmal an ihre Bereitschaft, Brynjars Schulden zu begleichen. Wenig später fand sie in ihrem Posteingang eine E-Mail von Daniela mit genauen Angaben über ausstehende Rückzahlungen sowie Bankverbindungen vor und veranlasste unverzüglich via Online-Banking die Überweisung der Summen auf die Konten von Daniela Ullmann und Farid El Kaddouri.

Danach fuhr sie zur Universität, besuchte eine Vorlesung und ein Seminar und beschloss anschließend spontan, noch einmal bei dem ehemaligen »Enno's« vorbeizuschauen. Sie wollte Marvin und Nicole auf den neuesten Stand der Dinge bringen, was Eginhard Bödeckers Todestag betraf – auch damit sie vorgewarnt waren, falls die Polizei sich im Rahmen ihrer Ermittlungen gegen ihn in dem zukünftigen Bistro umsehen wollte.

Schon von weitem jedoch sah sie, dass sie für eine solche Vorwarnung zu spät kam. Vor dem Gebäude standen zwei Polizeifahrzeuge, und mehrere Passanten waren bereits stehengeblieben und beäugten neugierig das Haus mit dem Gerüst und dem Leuchtschriftzug, der immer noch wie vergessen an der Wand lehnte. Lona zerbiss eine Verwünschung zwischen den Zähnen und beschleunigte ihre Schritte. Im gleichen Moment löste sich ein Mann in einer ziemlich mitgenommenen Malermontur aus der Menge der Zuschauer und kam hastig auf sie zu. Es war Farid.

»Was ist los?«, stieß Lona hervor, als er sie erreichte. »Hat man etwas gefunden?«

»Salaam, Lona.« Selbst in dieser Situation nahm er sich die Zeit für seinen respektvollen Gruß. »Nein, noch nicht, aber die Polizei ist gerade mit einem Spürhund da rein. Offenbar ist gegen diesen Enno schon mal wegen Drogenbesitzes ermittelt worden – oder wegen Drogenhandels, so genau hab ich das nicht mitbekommen. Vielleicht wollen sie jetzt nachschauen, ob es hier noch irgendwo das eine oder andere Versteck für Vorräte gibt, die nicht für die Imbissköchin bestimmt waren.«

»Du meinst – er könnte hier Drogen vertickt haben?«

Farid hob die Schultern. »*Ich* meine gar nichts. Ein Beamter spricht drinnen mit Marvin und Nicole, der kann dir sicher mehr sagen.«

»Danke.«

Sie nickte ihm zu und ging zielbewusst mit langen Schritten zu dem Lokaleingang. Ein Beamter wollte ihr den Zutritt verwehren, aber im gleichen Augenblick erklang von drinnen die kraftvolle tiefe Stimme Marvins: »*Lona!* Hören Sie, junger Mann, das da draußen ist die Dame, die die Sache Enno überhaupt erst ins Rollen gebracht hat. Können Sie sie bitte hereinlassen?«

Offenbar erhielt der Mann in der Tür daraufhin von drinnen einen Wink, denn er trat beiseite und ließ Lona und auch Farid durch. Marvin und Nicole standen am Tresen zusammen mit einem Polizeibeamten, den Lona noch nicht kannte; er war mittelgroß und drahtig, trug das dunkle Haar raspelkurz geschnitten und war ihrer Schätzung nach etwa Mitte, Ende zwanzig.

»Sie sind Lona Mende?«, begrüßte sie der Polizist. »Angenehm, Polizeikommissar Sebastian Mellner. Eginhard Bödecker war ein alter Bekannter von uns, wir haben vor einigen Jahren mal gegen ihn ermittelt wegen Verdacht des Besitzes und Handels mit Betäubungsmitteln. Allerdings konnten wir ihm damals nichts nachweisen, und seitdem war der Mann eher unauffällig geblieben. Als er vor drei Wochen bei diesem Unfall ums Leben gekommen ist, dachten wir schon, wir könnten seine Akte jetzt endgültig schließen. Aber nach dem, was Sie gestern im Präsidium zu Protokoll gegeben haben, müssen wir davon ausgehen, dass er vor seinem Tod in jedem Fall noch ein Kapitalverbrechen begangen hat – wenn nicht noch mehr.«

»Was meinen Sie damit?«, entfuhr es Lona ungewollt scharf. »Dass er Dirk umgebracht hat?«

»Das können wir derzeit leider nicht ausschließen«, antwortete Mellner betont sachlich. »Die Sprachnachricht, auf der laut Ihrer Aussage auch Bödecker zu hören ist, lässt zumindest auf eine massive körperliche Attacke von ihm schließen. Wir suchen jetzt sein gesamtes Umfeld ab – seine Wohnung, die zum Glück noch nicht aufgelöst worden ist, und die Ferienwohnung, die er im Gewerbegebiet von Meersburg angemietet hat. Die Unterlagen und Möbel von dem Imbiss hat der Verpächter vorübergehend einlagern lassen; auch da sind meine Kollegen dran. Und die Räumlichkeiten hier nehmen wir natürlich auch noch einmal gründlich unter die Lupe.« Er musterte Lona mit einem prüfenden Blick. »Als Sie Bödecker damals in der Wohnung Ihres Freundes gegenübergestanden sind – ist Ihnen da irgendetwas an ihm aufgefallen? Blutspritzer an der Kleidung zum Beispiel? Tut mir leid, aber ich muss das fragen. Oder kam er Ihnen so vor, als stünde er unter Drogen?«

Lona biss sich auf die Lippen. *Blutspritzer. Großer Gott.*

»Nein«, erwiderte sie. »Er ... er hat furchtbar nach Zigaretten gerochen. Und er war barsch und ... und hat mich bedroht ... aber ich glaube nicht, dass er irgendetwas geschluckt hatte. Und was das Blut betrifft – tut mir leid, aber auf so was hab ich in dem Moment wirklich nicht geachtet.«

»Schon klar.« Mellners Stimme war unverändert ruhig. »Aber es hätte ja sein können, dass Ihnen etwas ins Auge gefallen ist.«

»Dann hätte ich es damals doch gleich bei der Polizei angegeben!«, entgegnete Lona heftig.

Mellner ließ sich nicht aus dem Konzept bringen. »Manches fällt einem erst viel später wieder ein. Das ist völlig normal und kommt häufiger vor, als Sie ahnen. Es tut mir leid, ich kann mir natürlich vorstellen, dass das jetzt nicht angenehm für Sie ist – aber wenn wir dahinterkommen wollen, was zwischen Bödecker und Ihrem Freund vorgefallen ist, dann *müssen* wir uns auch an diesen für Sie sicherlich unangenehmen Abend erinnern.«

Die unerschütterliche Ruhe und Nüchternheit des Mannes wirkte besänftigend auf Lonas Adrenalinpegel. Er hatte ja recht.

»Er ... er hatte den Wohnungsschlüssel«, begann sie langsam. »Angeblich von Dirk selbst. Und er wollte vor allem den Laptop. Das hat er sogar offen gesagt: dass Dirk ihn gebeten hat, ihm den Laptop zu holen.«

»Womöglich befürchtete er, dass es darauf Hinweise gab, die zu ihm führen könnten«, mutmaßte Mellner. »Offenbar hat er sich diesbezüglich völlig grundlos Sorgen gemacht – in den Ergebnisprotokollen der bisherigen Untersuchungen des Laptops ist der Name Bödecker jedenfalls nicht verzeichnet.«

Diese Bemerkung weckte eine Erinnerung in Lona.

»Aber – Dirk hat im Internet nach Informationen über Crystal Meth gesucht«, sagte sie. »Das hat mir jedenfalls Ihr Kollege Hörmann gesagt. Kann das etwas mit diesem Enno zu tun haben? Sie sagen ja selbst, dass gegen ihn schon einmal wegen Drogen ermittelt worden ist. Und außerdem …« Sie atmete tief durch. »Und außerdem hat Dirk einen Freund, der möglicherweise Drogen nimmt. Jedenfalls vermutet das eine WG-Mitbewohnerin von ihm.«

»Interessant.« Mellner zückte ein kleines Notizbuch. »Wie heißt dieser Freund?«

»Brynjar Egillsson.«

Mellners Augenbrauen stiegen hoch. »Der ebenfalls seit etwa drei Wochen vermisst wird?«

»Ja.«

»Und diese WG-Mitbewohnerin?«

»Daniela Ullmann.«

Mellner machte sich eine Notiz. »Gut. Ich werde die Dame kontaktieren. Und selbstverständlich kann das alles miteinander in Zusammenhang stehen. Wenn Bödecker Crystal Meth in Umlauf gebracht hat und dieser Egillsson einer seiner Kunden war …« Er musterte Lona durchdringend. »… und möglicherweise ebenso Ihr Freund, dann …«

»Dirk nicht!«, fuhr Lona ihm scharf ins Wort. »Dirk hat definitiv keine Drogen genommen. Das können Sie gleich vergessen!«

In die Augen des Polizeikommissars trat ein Ausdruck fast herablassenden Mitgefühls.

»Ich verstehe Sie sehr gut, Frau Mende, aber grundsätzlich dürfen wir zum gegenwärtigen Zeitpunkt keine

Option ausklammern, solange sie nicht eindeutig auszuschließen ist. Und … einen Moment, entschuldigen Sie mich bitte.«

Er wandte sich ab und ging zu einem Kollegen, der gerade aus einem Nebenraum gekommen war und ihm nun leise irgendetwas mitteilte.

»Irgendwie ist das alles hier doch total absurd!«, kam es wie ein resignierender Stoßseufzer von Nicole. »Da will man nichts als ein kleines, gemütliches Bistro einrichten, und dann hat man die Polizei im Haus, noch bevor es richtig losgeht. Wenn die jetzt auch noch etwas *finden*, dann brauchen wir gar nicht erst zu eröffnen; dann kommt eh keiner mehr.«

Bedrücktes Schweigen war die Antwort. Nicht mal dem sonst so redseligen Marvin fiel darauf noch etwas ein.

Mellner war mittlerweile mit seinem Kollegen in dem Nebenraum verschwunden. Es dauerte eine Weile, bis er wieder zurückkam. Sein Gesicht war sehr ernst geworden.

»Der Suchtmittelspürhund hat angeschlagen«, sagte er. »Im Keller. Ganz hinten ist dort parallel zur Außenmauer eine zusätzliche Backsteinwand hochgezogen worden, die auf den ersten Blick wie die eigentliche Außenmauer wirkt, zumal sie auch noch mit Regalen zugestellt worden ist. Nur: Eines der Regale lässt sich bewegen, und dahinter ist der Zugang zu dem Raum, der durch diese Zwischenwand entstanden ist. Raffiniert gemacht; auf den ersten Blick würde niemand auf die Idee kommen, dass sich hinter der Wand mit den Regalen noch ein kleiner Geheimraum befindet.«

Eine furchtbare Ahnung stieg in Lona hoch. *Nein. Bitte nicht.*

»In diesem Geheimraum«, fuhr Mellner fort, »haben die Kollegen einen Panzerschrank gefunden – und darin einen beträchtlichen Vorrat Crystal Meth. Offenbar hat Bödecker tatsächlich gedealt – oder zumindest einen Lagerraum für jemand anderen zur Verfügung gestellt. Das gilt es noch herauszufinden.«

Lonas Herz hämmerte noch schneller. *Nur Drogen. Nur Drogen ...*

»Außerdem« – Mellner räusperte sich leicht und sah sie an – »steht dort neben dem Panzerschrank auch noch eine alte Gefriertruhe. Für die Vorratshaltung des Lokals wurde sie wohl nicht genutzt, denn sie enthält keinerlei Lebensmittel. Stattdessen jedoch ... eine männliche Leiche.«

Für einen Moment war Lonas Kopf völlig leer. Dann wurde ihr bewusst, dass jemand sie von hinten an den Schultern gepackt hatte und dass nur diese Stütze sie noch aufrecht hielt, denn ihr Körper schien jede Kraft verloren zu haben.

»Dirk?«, flüsterte sie.

»Das kann ich jetzt natürlich nicht mit Bestimmtheit sagen«, erwiderte Mellner, »aber ...«

»Ich will ihn sehen.«

»Das halte ich für keine gute Idee ...«

»Ich will ihn sehen!«

»Bitte, Frau Mende, Sie sollten ...«

»*Verdammt noch mal!!*« Plötzlich flutete Energie in Lonas Körper zurück, und sie riss sich aus dem stützenden Griff ihres Helfers los. »Ich will diese Leiche sehen! Wenn es Dirk ist, dann wissen wir es wenigstens gleich! Kann Ihnen doch nur recht sein – spart Ihnen eine Menge Arbeit!«

»Ich begleite sie«, erklang hinter ihr die Stimme Farids; offenbar war er es, der sie festgehalten hatte. »Dann kann ich ihr beistehen – falls es notwendig werden sollte.«

Mellner schien einen Moment zu überlegen, dann nickte er bedächtig. »In Ordnung. Aber Sie sagen sofort Bescheid, wenn es Ihnen zu viel wird oder wenn Sie Hilfe brauchen, ja? Kommen Sie.«

Er ging ihnen voraus in den Nebenraum und von dort aus in einen Flur, wo eine Treppe in den Keller hinabführte. Lona folgte ihm langsam; ihre Knie zitterten noch immer, und sie suchte Halt an dem Geländer, während sie sich vorsichtig Schritt für Schritt die Treppe hinuntertastete. Unten angekommen spürte sie, wie Farid sich bei ihr unterhakte, und drückte ihm dankbar die Hand.

Der Keller war kühl und düster; nur eine nackte Glühbirne, die an einem Kabel von der Decke herunterbaumelte, sorgte für ein wenig Licht. Mellner führte Lona und Farid zu einer mit Regalen vollgestellten Wand und durch eine offenstehende Tür in den dahinter verborgenen kleinen Raum.

Im Licht einer schwachen Deckenleuchte sah Lona einen Mann mit Gummihandschuhen, der gerade den Inhalt eines Panzerschranks inspizierte. Dann fiel ihr Blick auf die alte Gefriertruhe in der Ecke. Sie war geschlossen. Instinktiv streckte sie die Hand nach ihr aus, aber Mellner hielt sie zurück, schüttelte leicht den Kopf und gab dem Mann einen Wink. Der musterte ihn und Lona zwar verblüfft, zuckte dann jedoch gleichmütig die Achseln, öffnete den Truhendeckel und kehrte wieder zurück zu seinem Schrank.

Lona holte tief Luft, umklammerte Farids Arm noch fester und trat näher.

Auf dem Boden der Gefriertruhe lag eine Gestalt, zusammengekrümmt wie ein Embryo und mit einer hauchdünnen Schicht aus Eiskristallen überzogen. Darunter schimmerte es an mehreren Stellen blutrot - auf den Jeans und dem karierten Hemd, an der Kehle und auf der Gesichtshälfte, die zu sehen war. Das Auge war weit aufgerissen wie in unsagbarem Horror. *Ein blaugrünes Auge. Tot und starr.*

Lona öffnete den Mund zu einem stummen Schrei. Dann versank die Welt um sie herum in Finsternis.

~

»Sollen wir irgendwelche Angehörigen verständigen, Frau Mende? Oder unseren Seelsorger? Er kann in wenigen Minuten hier sein, wenn Sie es möchten.«

Wortlos schüttelte Lona den Kopf. Ein Seelsorger? Ihre Mutter? Sie wusste nicht, was sie in diesem Moment weniger wollte.

Sie saß auf einem Stuhl in der Küche des Bistros, eingehüllt in eine mollige Decke. Wie sie hierhergekommen war, wusste sie nicht. In ihrer Erinnerung klaffte ein pechschwarzes Loch - seit dem Augenblick, als sie den steifgefrorenen Körper in der Gefriertruhe im Keller gesehen hatte.

Dirk.

Ein Becher wurde ihr in die Hände gedrückt; Kaffeeduft stieg ihr in die Nase, und wohltuende Wärme flutete durch ihre Finger in ihren Körper. Sie hob den Kopf; vor ihr stand Sebastian Mellner, gegen die Arbeitsfläche gelehnt, und betrachtete sie mit einem Ausdruck von Sorge und Mitgefühl.

»Sie sollten jetzt aber nicht allein sein«, sagte er sanft. »Und Sie brauchen Ruhe.«

Lona schnaubte leise. *»Ruhe.«* Sie starrte ihn an. »Wie stellen Sie sich das vor?« Sie trank einen Schluck von dem Kaffee. Er war sehr stark, fast bitter. Unwillkürlich verzog Lona das Gesicht, stellte den Becher ab und erhob sich. »Ich will hier raus …«

»Noch nicht!« Mellners Hände schossen nach vorne und drückten sie zurück auf ihren Stuhl. »Ein Arzt ist auf dem Weg hierher, den werden Sie auf jeden Fall noch abwarten. Nachdem Sie mir vorhin da drunten so zusammengeklappt sind, lasse ich Sie ganz bestimmt nicht ohne ärztliche Untersuchung nach Hause gehen. Und mir wäre auch wesentlich wohler, wenn ich wüsste, dass jemand bei Ihnen ist.«

»Soll ich dich begleiten, Lona?«, fragte Farid leise und besorgt.

Lona stützte die Ellenbogen auf die Oberschenkel und verbarg das Gesicht in ihren Händen. *Das konnte doch alles nicht wahr sein. Dirk. Warum? Großer Gott, warum?*

»Claudia«, flüsterte sie plötzlich und blickte auf. »Ich muss es Claudia sagen … Wo ist meine Tasche?«

Farid reichte sie ihr; nach kurzer Suche fand sie ihr Smartphone und wählte Claudias Handynummer.

»Hallo, Lona!«, hörte sie Claudias fröhliche Stimme. »Was gibt's?«

Sie versuchte zu antworten, aber ihre Kehle war mit einem Mal wie zugeschnürt. So sehr sie sich auch bemühte, sie brachte keinen Ton hervor.

»Lona? Bist du noch dran?«

Lona schluckte. »Dirk ist tot«, flüsterte sie. »Sie haben ihn umgebracht …«

Ein Schluchzen zerriss ihre Kehle, sie konnte nicht weitersprechen und ließ das Smartphone sinken.

Kurz entschlossen nahm Mellner es ihr aus der Hand.

»Hallo, hier spricht Polizeikommissar Sebastian Mellner. – Ja, es ist leider wahr. Kannten Sie Dirk Reisacher? – Oh … das tut mir leid, meine aufrichtige Anteilnahme. – Das wissen wir noch nicht. Wir haben vorhin bei einer Durchsuchung im Keller des ehemaligen Lokals ›Enno's‹ eine Leiche gefunden, und Frau Mende hat sie eben als die Ihres Bruders identifiziert. – Nein, das hat wenig Sinn, der Leichnam wird demnächst ins gerichtsmedizinische Institut gebracht, die Kollegen sind schon unterwegs. – Nicht gut. Sie ist vorhin zusammengebrochen; wir warten jetzt auf den Arzt, damit er sie untersucht. Können Sie mir sagen, ob sie Angehörige hat, die wir verständigen können? – Verstehe. – Das würden Sie? Sie sind doch selbst betroffen, sind Sie sicher … – Einen Moment.«

Er ließ das Handy sinken und sah Lona an.

»Frau Reisacher fragt, ob Sie zu ihr kommen wollen. Sie ist verständlicherweise auch tief getroffen, und sie hätte Sie gerne bei sich. Es sei denn, Sie möchten lieber zu Ihrer Mutter gebracht werden. Frau Reisacher sagt, Sie wohnen zusammen auf der Reichenau.«

Lona starrte ihn regungslos an.

»Also, was ist Ihnen lieber?«, fragte Mellner. »Ihre Mutter oder Ihre Freundin? Glauben Sie mir, Sie sollten jetzt wirklich nicht allein sein!«

Lona schüttelte verbissen den Kopf. »Nicht … nicht Reichenau«, stieß sie heiser hervor.

Eine steile Falte bildete sich zwischen Mellners Augenbrauen. »Dann also zu Ihrer Freundin, ja?«

Lona öffnete den Mund – und schloss ihn wieder, als ihr klar wurde, dass zu Claudia zu fahren tatsächlich die Alternative war, die sie sich jetzt am ehesten vorstellen konnte. Zumindest war es allemal besser, als in die Familienvilla auf der Reichenau zurückzukehren, wo ihre Mutter ihr Heil in Ennos-Tabletten suchte. Oder weiterhin in diesem Haus herumzusitzen, wo unter ihr im Keller die steifgefrorene Leiche ihres Freundes lag.

Also nickte sie stumm.

Mellner hob das Smartphone wieder an sein Ohr. »Hören Sie? – Frau Mende ist einverstanden. Sagen Sie mir, wo Sie wohnen? – Ach, in Meersburg? Das ist ja zum Glück mit der Fähre kein Problem. Gut, Frau Reisacher, ich warte jetzt noch das Urteil des Arztes ab. Wenn er es verantworten kann, dann bringen wir Frau Mende zu Ihnen. – In Ordnung, und noch einmal mein herzliches Beileid. – Ade.«

Er gab Lona das Smartphone zurück.

»Sollten Sie Hilfe brauchen, können Sie sich natürlich jederzeit an uns wenden«, sagte er ernst. Dann sah er auf. »Und da kommt auch schon unser Arzt. Doktor Bergmeier? Kommen Sie hierher zu uns, bitte?«

~

Claudias Wohnung befand sich in einem mehrstöckigen Wohnkomplex am Rande von Meersburg. Lona sah zu, wie die freundliche Polizeibeamtin, die sie nach Meersburg gefahren hatte, unter den zahlreichen Klingelschildern das mit der Aufschrift »Reisacher« suchte und schließlich auf eine Klingel drückte. Ein Summton erklang, und die Beamtin öffnete die Haustür.

»Also dann«, sagte sie zu Lona. »Soll ich Sie noch mit nach oben begleiten?«

»Nicht nötig, danke«, murmelte Lona.

Sie hatte die Untersuchung durch diesen Doktor Bergmeier mitsamt seiner Beruhigungsspritze über sich ergehen lassen; jetzt wollte sie nur noch eines: zu Claudia und nie wieder in ihrem Leben eine Polizeiuniform sehen.

»Dann ade«, sagte die Beamtin. »Und alles Gute!«

Lona nickte ihr zu, betrat das Haus und stieg drei Treppen hoch, bis sie eine offene Wohnungstür erspähte. Im Türrahmen stand Claudia, kreidebleich und sichtlich verweint; stumm streckte sie die Arme nach ihrer Besucherin aus. Lona lief ihr entgegen – dann blieb sie jäh stehen und stieß einen leisen Schreckensschrei aus.

»Was ist?«, fragte Claudia alarmiert.

Wie hypnotisiert starrte Lona auf Claudias Schulter, wo zwischen ihren schwarzen Haaren eine kleine, spitze Schnauze aufgetaucht war. Jetzt kam ein ganzer Kopf zum Vorschein – hellgraues Fell, zwei dunkle Knopfaugen, zwei hellrosa Ohren …

»Tu das weg!«, stieß Lona hervor. »Dieses Vieh – tu das weg, ja?«

»Ach herrje!«, entfuhr es Claudia. »Du magst keine Ratten? Tut mir leid, ehrlich … *Fabian!* Hier, nimm Narcissa, sei so gut und setz sie in ihren Käfig, ja? So, Lona, jetzt ist sie weg. Komm rein, bitte!«

Sie zog Lona in den Flur, schob die Wohnungstür zu, und dann fielen sich die beiden in die Arme.

»Ich kann es nicht glauben«, stammelte Claudia mit erstickter Stimme, während sie Lona an sich drückte. »Ich war mir so sicher, dass er noch lebt … Wie konnte das nur geschehen?« Sie schob Lona ein kleines Stück von sich und sah sie verzweifelt an. »War es dieser Enno? Hat *er* Dirk umgebracht?«

»Wahrscheinlich«, murmelte Lona. »Und dann hat er ihn … einfach in eine Gefriertruhe gesteckt.«

»Aber warum?« Tränen liefen über Claudias Wangen. »Was hat Dirk ihm getan?«

»Ich weiß es nicht«, sagte Lona tonlos. »Ich weiß es nicht.«

Beide sahen einander ratlos und verzweifelt an.

»So«, erklang plötzlich eine ruhige und zugleich energische männliche Stimme. »Jetzt komm erst mal ganz rein, Lona. Hier geht's ins Wohnzimmer, setz dich. Möchtest du irgendwas trinken? Kaffee, Tee oder etwas Kaltes?«

Lona musterte den jungen, dunkelblonden Mann; sie hatte ihn erst einmal gesehen, vor etwa vierundzwanzig Stunden, aber sie erkannte ihn. Es war Fabian Scholl, Claudias Freund.

»Ein Tee wäre gut«, sagte sie leise.

»Mach ich sofort«, erwiderte Fabian. »Du auch, Bella?«

»Ja, bitte.«

Claudia führte Lona in ein kleines Zimmer, das fast zur Hälfte von einem riesigen Sofa mit grünem Plüschbezug und einem guten Dutzend bunter Kissen ausgefüllt wurde. Ein paar alte hölzerne Weinkisten dienten als Abstelltische und Regale, und in einer Ecke stand eine Zimmerfeige, die beinahe bis zur Decke reichte.

»Stört dich der Rattenkäfig?«, erkundigte sich Claudia. »Sonst stell ich ihn ins Schlafzimmer.«

»Ja, bitte«, meinte Lona verlegen. »Tut mir leid.«

»Schon gut, du musst dich nicht entschuldigen.« Claudia hob den Käfig hoch, in dem die kleine hellgrau und weiß gefleckte Ratte ein kleines Crackerstück zwischen ihren Vorderpfoten hielt und hingebungsvoll daran knabberte. »Mir würd's ähnlich gehen, wenn jemand eine Vogelspinne als Haustier halten würde; da würd dann *ich* die Flucht ergreifen. Komm, Narcissa, wir machen einen Ausflug!«

Sie verschwand mit dem Käfig. Wenig später brachte Fabian ein kleines Tablett mit zwei Tassen, in denen Teebeutel zogen, sowie einem Milchkännchen, einer Zuckerdose und einer halben Zitrone.

»Furchtbar, das mit Dirk«, sagte er und stellte das Tablett vor Lona hin. »Gut, dass du da bist; ich muss demnächst zu meinem Job, und ich hätte Bella jetzt nur ungern allein gelassen. Bleibst du heute Nacht bei ihr?«

»Heute Nacht?«, entgegnete Lona überrumpelt. »Nein, ich … eigentlich wollte ich irgendwann schon nach Hause.«

»Auf die Reichenau? Da wohnst du doch, oder?«

»Ja … in Mittelzell.«

»Kenn ich.« Fabian lächelte. »Meine Mutter ist früher oft dorthin gefahren, um Obst und Gemüse zu kaufen, und hin und wieder hab ich sie begleitet. Sehr schönes Eck, wirklich. Aber jetzt im Ernst, Lona, mir wäre es lieber, wenn Bella heute nicht allein bleibt. Die Nachricht von Dirk – das war schon ein Schock für sie. Dummerweise kann ich meinen Dienst nicht tauschen, bei uns sind gerade zwei Kollegen krank, und es dauert locker bis nach Mitternacht, bis ich Feierabend habe.«

Unschlüssig zog Lona ihren Teebeutel ein paarmal durch das heiße Wasser. Dass es Fabian nicht möglich war, sich in dieser Situation freizunehmen, war natürlich bitter. Mit Sicherheit wäre seine Nähe für Claudia sehr viel besser und tröstlicher als ihre Gesellschaft. Aber wenn der Krankenstand in seinem Restaurant wirklich so hoch war …

»Gut«, erwiderte sie schließlich. »Dann … dann bleib ich hier.«

»Danke!«, sagte Fabian erleichtert. »Ich versprech dir, ich komm nach Hause, so schnell es geht.«

Lona nickte, fischte den Teebeutel aus ihrer Tasse und rührte einen Löffel voll Zucker hinein.

»So, Narcissa ist versorgt«, erklang Claudias Stimme von der Tür her; sie kam herein und ließ sich neben Lona auf dem Sofa nieder. »Die Arme, sie ist sicher ein bisschen irritiert, dass wir sie hier von ihrem angestammten Platz vertrieben haben. Aber da muss sie durch. – Danke für den Tee, Fabi!«

Sie entfernte ebenfalls ihren Teebeutel und goss einen ordentlichen Schuss Milch in ihre Tasse.

»Dirk hätte jetzt mit Sicherheit wieder Zustände bekommen.« Sie versuchte zu lächeln, doch es wirkte ausgesprochen kläglich. »Tee mit Milch war nie seine Sache.«

»Ich weiß«, sagte Lona leise. »Zwei Stück Zucker und ein Spritzer Zitrone.«

Sie sahen einander an; gleichzeitig fanden sich ihre Hände, und ihre Finger verschränkten sich ineinander.

»Und er lag wirklich in … in einer Gefriertruhe?«, fragte Claudia mit belegter Stimme.

Lona nickte stumm.

»Erzähl!«, bat Claudia. »Wenn … wenn's dir nicht zu viel wird, meine ich.«

»Da gibt's nicht viel zu erzählen«, sagte Lona. »Gegen diesen Enno ist schon einmal wegen Drogen ermittelt worden, aber ohne Erfolg. Jetzt, nach der Sprachnachricht auf deinem Handy, haben sie noch einmal sein ganzes Umfeld abgesucht – seine Wohnung, sein ehemaliges Lokal, seine Ferienwohnung hier im Meersburger Gewerbegebiet …«

»Was, in Toren?«, platzte Claudia heraus. »Das ist ja gleich hier um die Ecke! Wozu hat der Mann *hier* eine Ferienwohnung gebraucht?«

»Und dann noch ausgerechnet eine von *denen*«, fügte Fabian kopfschüttelnd hinzu. »Ich frag mich sowieso immer: Wer kommt auf die Idee, sich eine Ferienwohnung am Rand eines Gewerbegebiets zu nehmen? Und ganz ehrlich, besonders einladend ist das Terrain auch nicht.«

»Du kennst es?«, erkundigte sich Lona.

»Von früher«, antwortete Fabian. »Aus der Zeit, als da noch der Fitness-Park drin war. In dem hab ich damals eine Zeitlang gearbeitet, weißt du? Aber dann ist das Studio vor gut einem Jahr Knall auf Fall verkauft worden – und jetzt gibt's da nur noch die Ferienwohnungen.« Er verzog das Gesicht zu einer ironischen Grimasse. »Wie gesagt, wem's genügt – *ich* würd meine kostbaren Ferien ganz bestimmt nicht in einem Gewerbegebiet verbringen wollen.«

»Vielleicht hat dieser Enno ja auch einfach ein Zwischenlager für seine Drogen gebraucht«, meinte Lona düster. »Falls der Panzerschrank in seinem Keller-Geheimversteck nicht mehr ausgereicht hat für sein ganzes verfluchtes Crystal Meth.«

»Crystal Meth?« Claudia riss die Augen auf. »Hat er damit gedealt?«

»Sieht so aus«, erwiderte Lona verbissen.

»Schweinerei«, knurrte Claudia. »Das Zeug ist brandgefährlich. Da musst du nur einmal von weitem dran riechen, dann bist du schon süchtig. Ich hab damals in Griechenland einen Typen gekannt, der war auf Crystal Meth und ist elend daran zugrunde gegangen. Ich hoffe ja nur ...«

»Was?«, fragte Lona scharf. »Dass Dirk nichts damit zu tun hatte?«

»Bis jetzt bin ich davon ausgegangen, dass er Drogen nicht mal mit der Kneifzange angefasst hätte«, entgegnete Claudia. »Aber machen wir uns doch nichts vor: Warum sollte er mit einem Dealer aneinandergeraten, und zwar so heftig, dass er den Drogenkeller nicht mehr lebendig verlässt? Klar, natürlich kann es auch andere Gründe haben – aber das Naheliegendste ist doch, dass es dabei um dieses verfluchte Gift gegangen ist!«

»Und wenn er diesem Enno einfach nur auf die Schliche gekommen ist – und Enno hat es gemerkt und ihn deshalb beseitigt?«, schoss Lona zurück.

»Dann wäre mir das – zugegeben – allemal lieber, als wenn sie sich um den Preis der nächsten Dröhnung gestritten hätten«, lenkte Claudia ein. »Oder wenn Dirk sich bei diesem Dreckskerl wegen dem Meth verschuldet hätte und der ihn deshalb ... Nein, verdammt, ich *will* mir das alles einfach nicht vorstellen!« Sie stampfte mit dem Fuß auf und trank ihren Tee in einem Zug aus.

Lona betrachtete den trüben Rest in ihrer Tasse. Eine Erinnerung blitzte plötzlich in ihr auf. »Dirk braucht Hilfe«, hatte Brynjar geschrieben, als er seinen Bruder um neunhundert Euro bat. War es tatsächlich denkbar, dass Dirk Schulden bei diesem Enno hatte? Aber seit wann hätte eine für ihn solch vergleichsweise niedrige Summe Dirk in ernsthafte Schwierigkeiten gebracht?

Fabians Stimme riss sie aus ihren Gedanken.

»So, ihr Lieben. Ich muss jetzt los, sonst komme ich zu spät zu meinem Job. Macht's gut – bis nachher!«

Er küsste Claudia auf die Wange und nickte Lona zu. Gleich darauf war er verschwunden.

Eine Weile sahen Claudia und Lona einander wortlos an. Es war still in der Wohnung. Bedrückend still.

»Möchtest du noch einen Tee?«, fragte Claudia schließlich. »Oder vielleicht etwas zu essen?«

»Bloß nicht!«, wehrte Lona ab. »Ich würde jetzt keinen Bissen hinunterkriegen. Aber noch ein Tee wäre schön.«

Diesmal servierte Claudia kurzerhand eine ganze Kanne. Den Rest des Abends über vermieden sie sorgfältig die Themen rund um Drogen und das Rätsel um Dirks Tod; stattdessen erzählten sie sich Geschichten aus ihren jeweils gemeinsamen Jahren mit dem Mann, der ihnen beiden so viel bedeutet hatte. Sie hielten einander in den Armen, gaben sich gegenseitig Halt und Trost, und zwischendurch weinten sie zusammen. Später machten sie sich Gedanken über die Beisetzung, Claudia versprach, ihre Mutter Elvira Reisacher auf Mallorca zu verständigen; und als sie erwähnte, sie würde sich in Dirks Wohnung gerne nach dem einen oder anderen Erinnerungsstück umsehen, vertraute Lona ihr, ohne zu zögern, den Schlüssel an.

Gegen halb elf stellte Claudia fest, dass sie Hunger bekam. Lona wollte noch immer nichts essen, ihr war eher nach frischer Luft.

»Mach doch einen kleinen Spaziergang«, schlug Claudia ihr vor. »Einmal um den Block rum, rüber zum Siechenweiher – das sind nur zwei, drei Minuten, und das tut dir bestimmt gut. Ich mach uns inzwischen eine Kleinigkeit zu essen; vielleicht bekommst du ja doch noch Appetit, wenn du dir ein wenig die Beine vertreten hast.«

Lona nickte kurz, zog ihre Jacke an und verließ die Wohnung. Draußen blieb sie eine Weile stehen und sog die kühle Nachtluft ein, gierig wie ein halb verdursteter Mensch einen Trunk frischen Wassers.

Sie schloss die Augen. Wo mochte Dirk jetzt sein? In einem Kühlhaus der Gerichtsmedizin? Vielleicht lag er aber auch gerade auf dem Seziertisch, und ein Mann in weißem Kittel schnippelte an ihm herum … Diese Vorstellung traf Lona wie eine geballte Faust in die Magengrube. Sie fing an zu rennen, vorbei an den wenigen Menschen, die zu dieser Zeit noch in dem Viertel unterwegs waren und ihr verwundert nachblickten. Dann tauchte links von ihr der Siechenweiher auf, den Claudia erwähnt hatte. Ohne ihn zu beachten, rannte sie weiter, immer schneller, immer wütender, als könnte sie mit ihren hämmernden Schritten die grausamen Bilder von Dirk unter den Händen des Gerichtsmediziners aus ihrem Kopf vertreiben.

Irgendwann ging ihr die Kraft aus. Sie blieb stehen, krümmte sich nach vorne, hustete und rang nach Luft. Als sie wieder einigermaßen normal atmen konnte, schaute sie sich um. Weit und breit war niemand zu sehen. Sie wusste nicht, wie lange sie blind durch die Gegend gelaufen war. Sie hatte nicht die leiseste Ahnung, wo sie sich befand. Und sie konnte weder Claudia anrufen noch die Karten-App auf ihrem Smartphone checken – das Smartphone lag in ihrer Tasche, und die stand neben Claudias grünem Plüschsofa.

Etwa fünfzig Meter weiter fiel das Licht einer Straßenlaterne auf eine Kreuzung; nach links zweigte eine Straße ab. Vielleicht war sie ja einmal um diesen Siechenweiher herumgelaufen, und der Weg führte von dort aus zurück in die Wohnsiedlung. Einen Versuch war es wert.

Sie erreichte die Kreuzung und bog nach links in die Straße ein. Dabei fiel ihr Blick auf das Straßenschild.

Torenstraße.

Jäh blieb Lona stehen und starrte das Schild an. *Toren*. Das Gewerbegebiet, wo Dirks Mörder eine Ferienwohnung hatte. Auf dem »nicht besonders einladenden Terrain« eines ehemaligen Fitnessstudios …

Und an diesem Punkt setzte für einige Sekunden ihr Herzschlag aus. »In ein Fitnessstudio hätten uns keine zehn Pferde gebracht. Wobei Brynjar in diesem Punkt seine Einstellung geändert zu haben scheint; ich habe auf seinem Schreibtisch die Adresse eines Fitness-Parks in Meersburg gefunden. Sieht so aus, als hätte er doch noch Gefallen daran gefunden, seine Muskeln zu trainieren.« Arnar hatte das zu ihr gesagt, vor ein paar Tagen, auf dem Nachhauseweg vom Reichenauer Münster.

Damals hatte sie diesen Worten wenig Beachtung geschenkt; jetzt sah sie sie in einem völlig neuen Licht: Brynjar Egillsson besaß, wenn auch »getarnt«, die Adresse von Enno Bödeckers Ferienwohnung. Und die war hier. Irgendwo hier.

Erst jetzt merkte Lona, dass es angefangen hatte zu regnen.

9

Die Torenstraße war leer und düster. Ein paar Straßenlaternen spendeten trübes Licht, in dessen Schein die allmählich immer dichter fallenden Regentropfen ein dünnes, hektisches Streifenmuster zeichneten.

Lona fühlte sich auf fast unheimliche Weise an die Regennacht erinnert, in der sie und ihr Vater vor fünf Jahren verunglückt waren. Damals wie heute war der Tod ihr unsichtbarer Begleiter, der sie unbarmherzig eines geliebten Menschen beraubte und sie einsam im Regen zurückließ.

Sie schauderte zusammen und beschleunigte ihre Schritte. Unwillkürlich hielt sie dabei Ausschau nach einem Hinweis auf Ferienwohnungen. Auch wenn das jetzt eigentlich nicht mehr viel Sinn hatte; Dirk war tot, und Enno Bödecker ebenfalls. Was nutzte es ihr da, zu wissen, wo dieser Drogendealer seine Zweitadresse gehabt hatte und wie es dort aussah?

Andererseits: Dirks Freund Brynjar kannte diese Adresse. Und er war möglicherweise ein Kunde von Enno. Wenn nicht noch mehr. Es konnte durchaus sein, dass er irgendwie in den Mord an Dirk verwickelt war. Immerhin glänzte er seitdem durch Abwesenheit. Am Ende hielt er sich derzeit in dieser ominösen Ferienwohnung versteckt. Direkt vor ihrer Nase.

Der Regen verwandelte ihre lange Mähne in dicke, nasse Strähnen. Lona zog die Jacke dichter um sich zusammen, ging mit entschlossenen Schritten weiter und sah sich dabei nach allen Seiten um.

Und dann entdeckte sie die Einfahrt, über der sich ein dünner, rostroter Torbogen mit der Aufschrift »Fitness-

Park Meersburg« erhob. Überrascht blieb sie stehen. Hatte Fabian nicht gesagt, das Studio sei vor über einem Jahr verkauft worden? Prüfend ließ sie die Blicke schweifen. Hinter dem Torbogen lag ein niedriges Gebäude, das wie eine misslungene Turnhalle aus den siebziger Jahren aussah. Links bildeten ein großer Kieshaufen, mehrere Mülltonnen und ein alter Zigarettenautomat ein trauriges Stillleben. Zumindest in diesem Punkt hatte Fabian recht; einladend sah das alles nicht wirklich aus.

Am liebsten hätte sie auf dem Absatz kehrtgemacht, das Gelände verlassen und möglichst zügig nach dem Weg zurück zu Claudias Wohnblock gesucht. Aber irgendetwas hielt sie fest und zog sie immer näher hin zu dem Gebäude. Mehr und mehr wuchs in ihr das Gefühl, eine Chance zu verpassen, wenn sie jetzt einen Schritt zu früh das Handtuch warf.

Ein Geräusch ließ sie zusammenfahren. Es klang wie eine Wagentür, die zugeschlagen wurde. Vorsichtig tastete sie sich an der Hauswand entlang und spähte um die Ecke. Dort zeichneten sich auf einem Parkplatz die dunklen Umrisse eines Kombis ab. Der trübe Lichtkegel einer Laterne beleuchtete ein Stück des Weges zwischen dem Wagen und dem Haus. Angespannt hielt Lona den Atem an. Irgendwo hörte sie Schritte, die sich entfernten. War jemand nach Hause gekommen und nun in seiner Wohnung verschwunden? Dann musste er aber vorher noch längere Zeit in seinem Wagen herumgesessen haben, denn seit Lona das Gelände betreten hatte, war kein Fahrzeug angekommen – jedenfalls hatte sie keines gesehen oder gehört.

Ihr wurde zunehmend mulmig zumute. Sie sollte jetzt wirklich gehen und lieber bei Tageslicht wiederkommen.

Wenn hier tatsächlich mehr über Enno und Brynjar zu erfahren war, dann ganz bestimmt auch noch morgen.

Doch gerade als sie sich zurückziehen wollte, vernahm sie erneut Geräusche ... eine Tür, dumpfe Schritte, ein leises Keuchen. Neugierig riskierte sie noch einmal einen Blick. Ein hochgewachsener, dunkelhaariger Mann schleppte einen großen und offensichtlich schweren Karton in die Richtung des Kombis. Irgendwie kam die Gestalt Lona bekannt vor ... aber Brynjar war es wohl nicht, es sei denn, er hatte sich seit ihrer letzten Begegnung die aschblonden Haare schwarz färben lassen. So wie Morten Moriarty. Unwillkürlich entfuhr Lona ein leises Glucksen, als sie sich an Arnars trockenen Kommentar »Wenn die schwarze Farbe in seinem Haar echt war, fress ich einen Besen« erinnerte.

Der Mann lud den Karton in den Kombi, schloss die Wagentür und machte sich auf den Weg zurück ins Haus. Dabei fiel für einen Moment der matte Schein der Weglaterne auf sein Gesicht – und Lona glaubte ihren Augen nicht zu trauen: Es war tatsächlich Morten Moriarty.

Blitzartig presste sie sich noch enger in den Schatten der Hauswand, während die schwarzhaarige Gestalt ihrem Blickfeld entschwand. In ihrem Kopf setzte sich ein Gedankenkarussell in Gang, das sich binnen Sekunden schneller und immer schneller drehte. Hatte etwa auch der Besitzer des Tattoo-Studios hier eine Ferienwohnung gemietet, ebenso wie Enno Bödecker? Hatten die beiden sich gekannt oder gar etwas miteinander zu tun? Oder war es purer Zufall, dass sie sich diese Adresse teilten? Wenn ja – konnte es sein, dass Brynjar sich die Anschrift des ehemaligen Fitness-Parks gar nicht wegen des Konstanzer Drogendealers notiert hatte, sondern wegen dieses »seltsamen Vogels«, wie Arnar ihn genannt hatte? Arnar – bei dessen Anblick und Namen Morten Moriarty angeblich für einen Moment gestutzt hatte, jedenfalls war es Arnar so vorgekommen. »Vielleicht kennt er ja Brynjar«, hatte Lona damals spontan gemutmaßt. Hatte sie damit womöglich ins Schwarze getroffen? Und hatte Morten wegen der Namensgleichheit nur deshalb nicht genauer bei Arnar nachgefragt, weil er nicht wollte, dass jemand von dieser Bekanntschaft erfuhr – aus welchem Grund auch immer?

Lona presste die Hände gegen ihre Schläfen und atmete heftig. Hier *gab* es einen Zusammenhang, so viel stand fest. Aber welchen? Enno und Brynjar? Enno und Morten? Morten und Brynjar? Oder alle drei zusammen? Und wie um Himmels willen war Dirk ihnen in die Quere gekommen?

Erschrocken stellte sie fest, dass sie drauf und dran war, vor lauter Anspannung laut zu schreien. Hastig schlug sie sich eine Hand vor den Mund und zwang sich, ruhig zu bleiben – gerade noch rechtzeitig, denn gleich darauf verließ Morten Moriarty erneut das Haus, wieder mit einem großen Karton beladen. Während Lona sich noch fragte, was zum Teufel der Mann da alles fortschaffte, machte sich mit einem Mal ein bedrohliches Kitzeln in ihrer Nase bemerkbar – und ehe sie es verhindern konnte, entfuhr ihr ein lautes und heftiges Niesen.

Der Mann reagierte sofort, stellte den Karton auf dem regennassen Weg ab und sah sich hektisch um. Dann setzte er sich in ihre Richtung in Bewegung. Lona erstarrte. An Flucht war nicht zu denken, er würde sie mühelos einholen. Ihr blieb nur die offene Konfrontation –

bei der sie auf keinen Fall den Eindruck erwecken durfte, dass sie ihn in irgendeiner Form verdächtigte. Das war ihre einzige Chance.

Sie atmete tief durch. *Gott, steh mir bei.*

Dann trat sie aus dem Schatten des Gebäudes hervor.

Die nächsten Augenblicke schienen Lona endlos und wie in Zeitlupe abzulaufen. Alles um sie herum war wie ausgeblendet, der nächtliche Regen, der düstere Hinterhofparkplatz – sie sah nur noch die große, dunkle Gestalt von Morten Moriarty vor sich. Der Blick, mit dem er sie musterte, war eine Mischung aus Überraschung und unverhohlenem Argwohn.

Schließlich gab Lona sich einen Ruck und zwang ihre Lippen zu einem heiteren Lächeln.

»Morten! Na, das ist aber … Wohnst du etwa hier?«

Er blinzelte kurz und beinahe unmerklich, dann entspannten sich seine Züge.

»Nicht mehr – ich hab mich übergangsweise hier einquartiert, weil ich aus meiner alten Wohnung rausmusste und nicht gleich eine neue gefunden habe. Aber jetzt hab ich zum Glück wieder eine Bleibe.«

»Ah, verstehe … das heißt, du ziehst gerade aus, ja?«, erwiderte Lona mit Blick auf den Karton, der traurig und verlassen auf dem Weg stand und inzwischen von dem Regen bereits ziemlich durchweicht worden war.

Erneut blitzte Misstrauen in Mortens stahlblauen Augen auf, und Lona hätte sich ohrfeigen können für diese unbedachte Bemerkung. Nun *musste* er ja davon ausgehen, dass sie ihn beobachtet hatte. *Verflixt.*

»Was machst du eigentlich hier?« Seine Stimme war schlagartig kalt und barsch geworden. »Um diese Uhrzeit und bei dem Wetter?«

»Ich hab Claudia besucht«, antwortete sie und bemühte sich, so unbefangen wie möglich zu klingen. »Die wohnt ja nicht weit von hier. Dann hab ich Kopfschmerzen bekommen und wollte mir ein wenig an der frischen Luft die Beine vertreten. Dabei hat mich der Regen überrascht. Und jetzt wollte ich schauen, ob ich mich hier irgendwo unterstellen kann, bis es nicht mehr ganz so nass von oben runterkommt.«

Er musterte sie abschätzig von oben bis unten. Es war ihm deutlich anzumerken, dass er ihr kein Wort glaubte.

»Bei mir kannst du jedenfalls nicht unterkriechen«, erklärte er kurz angebunden. »Ich hab die Wohnung schon durchgefegt; ich hol nur noch die letzten Kartons, und dann bin ich hier weg.«

»Aber dann kannst du mich doch vielleicht mitnehmen?«, wagte Lona einen kühnen Vorstoß. »Ich helf dir auch, deine Sachen rauszutragen.«

»Das muss nicht sein«, wehrte er sofort ab. »Das kann ich auch alleine.«

»Ach komm, zu zweit geht's doch viel leichter!« Entschlossen ging sie an ihm vorbei auf den nassen Karton zu. »Ich nehm schon mal den hier …«

»Lass das bleiben!«

»Wieso? Ich kann doch …«

Im nächsten Moment spürte sie, wie zwei Hände von hinten grob ihre Oberarme umkrallten, und hörte Mortens Atem dicht neben ihrem Ohr.

»Ich hab gesagt: Lass das bleiben!«, zischte er.

»Au – du tust mir weh!« Vergeblich versuchte Lona, sich seinem Griff zu entwinden. »Was soll das überhaupt, spinnst du?«

»Halt den Mund!«, knurrte er und hielt sie noch fester. »Sonst weckst du hier noch die ganze Nachbarschaft auf!«

»Na und?«, fauchte sie und bäumte sich wütend auf. »Hast du etwa was zu verbergen?«

Sie versetzte ihm einen Tritt gegen das Schienbein. Für einen Moment ließ er sie los, doch bevor sie die Flucht ergreifen konnte, packte er sie von hinten am linken Handgelenk und verdrehte ihr den Arm auf den Rücken, während seine rechte Hand sich fest auf ihren Mund presste.

»Das reicht«, knirschte er. »Los, rein mit dir in den Wagen!«

Er stieß sie grob vorwärts, ohne die Hand von ihrem Mund zu nehmen. Lona bekam kaum noch Luft; sie wehrte sich verzweifelt, schlug und trat wild um sich, aber der Mann schien Muskeln aus Stahl zu haben. Wie ein gestochen scharfes Foto erschien plötzlich vor ihrem inneren Auge das Bild von der eisglitzernden Leiche Dirks, und gleichzeitig zog die surreale Frage durch ihren Kopf, wie wohl *ihre* Leiche demnächst aussehen würde … und wo man sie wohl finden würde … und wann …

Ein heftiger Aufprall riss sie aus diesem morbiden Gedankengang; sie spürte, wie sie frontal gegen kaltes, nasses Blech gedrückt wurde, und hörte das Geräusch einer sich öffnenden Wagentür. Jähe Todesangst schoss in ihr hoch, und als Morten versuchte, sie in den Kombi zu drängen, setzte sie sich noch einmal mit aller Kraft zur Wehr. Es gelang ihr, den Kopf ein wenig zur Seite zu drehen, als er ihr erneut den Mund zuhalten wollte;

blind schnappte sie zu, spürte einen seiner Finger zwischen ihren Zähnen und verbiss sich fest in ihrer Beute. Morten stieß einen kurzen, heftigen Schmerzensschrei aus, für einen Augenblick verlor er die Kontrolle über sie – und Lona nutzte ihre Chance, wirbelte herum und rammte ihm das Knie mit voller Wucht in die Weichteile.

Sie sah noch, wie er sich krümmte, den Mund zu einem stummen Schrei geöffnet, und halb benommen in sich zusammensank. Dann rannte sie los, die Einfahrt entlang durch den rostroten Torbogen auf die Straße und von dort aus den Weg zurück, über den sie gekommen war, an der Kreuzung rechts und dann immer geradeaus. Womöglich wäre es andersherum kürzer gewesen, aber bei diesem Weg wusste sie wenigstens sicher, dass er sie zurück zu Claudia führen würde.

Der Regen peitschte ihr gnadenlos ins Gesicht, während sie in die Richtung des Siechenweihers hetzte. Sie keuchte und rang nach Luft, sie bekam heftiges Seitenstechen, aber sie wagte es nicht, auch nur für eine Sekunde anzuhalten – sie musste in Sicherheit sein, bevor Morten sich von ihrer Attacke erholte und ihre Verfolgung aufnahm.

Und dann hörte sie von weitem das Geräusch eines Fahrzeugs. Hastig blickte sie sich um und sah in der Ferne zwei Scheinwerfer, die auf sie zukamen.

Scheinwerfer in rabenschwarzer Nacht, die sich auf der regennassen Fahrbahn spiegelten und sie blendeten.

Sie presste die Hände auf ihre schmerzende Seite und stolperte weiter.

Noch einmal voll von Träumen sein.

Das Fahrzeug hinter ihr kam immer näher.

Sich aus der Enge hier befrein.

Gleich würde es sie erreicht haben. Und sie war am Ende. Sie konnte nicht mehr.

Ein ohrenbetäubendes Kreischen. Ein Knall. Ein endloses Krachen und Splittern.

Und dann würde es vorbei sein. Einfach vorbei.

Kraftlos und mit schmerzenden Lungen blieb sie stehen, wandte sich um und blickte in die Scheinwerfer, die durch die dichten Regenschleier auf sie zuschossen. Langsam machte sie einen Schritt auf die grellen Lichter zu … noch einen … und dann zerschnitt mit einem Mal das Geräusch von quietschenden Bremsen die Luft, und der Wagen geriet auf dem nassen Asphalt ins Schleudern. Wie gelähmt sah Lona zu, wie er sich einmal um sich selbst drehte und direkt in ihre Richtung schlitterte. Dann sah sie plötzlich gar nichts mehr, hörte von irgendwoher seltsam vertraute Geräusche und ein lautes Aufplatschen – und danach war schlagartig Stille. Eine unwirkliche, betäubende Stille.

Erst nach einer Weile drang wie aus weiter Ferne wieder das Prasseln des Regens an ihr Ohr. Wasser durchtränkte sie von Kopf bis Fuß, und ihr war entsetzlich kalt. Unter ihren Händen spürte sie nasses Gras und Gestrüpp. Ganz allmählich begriff sie, dass sie noch am Leben war.

Sie öffnete die Augen. Vor ihr zeichnete sich in der mattgelben Straßenbeleuchtung die Böschung ab, die die Straße von dem Weiher trennte. Wie immer sie hier gelandet war, offenbar hatten die schmalen Baumstämme verhindert, dass sie in das Wasser gestürzt war, auf das die Regentropfen fielen wie winzige, harte Kieselsteine.

Sie versuchte aufzustehen, sackte jedoch sofort wieder in sich zusammen; sie fühlte sich wie zerschlagen und ihr war schwindelig. Erst als sie sich an einem der Bäume festhielt, gelang es ihr, sich an ihm hochzuziehen.

Sie atmete tief durch. Sie konnte stehen. Offenbar war nichts gebrochen.

Ein Stück weiter vorne klaffte eine breite Lücke in der Straßenböschung. Vorsichtig tastete Lona sich vorwärts, Schritt für Schritt, immer eine Hand an einem der schmalen Bäume, die den Weiher säumten. Dann sah sie einen Kofferraum, ein Dach und einen Autoreifen, von dem der Regen heruntertropfte. Dicht am Ufer ragte das Heck eines Wagens aus dem Wasser.

Es war ein Kombi.

Stumm starrte Lona auf das Wrack.

Er müsse einfach geh'n für alle Zeit. Für alle Zeit.

Um sich herum meinte sie plötzlich Stimmen wahrzunehmen, darunter eine, die mehrfach ihren Namen rief. Doch das war außerhalb ihrer Welt. Es gab nur noch sie, den Kombi in dem Weiher und die Erde, die ihr langsam und wie in Zeitlupe entgegenkam.

»Lona? Verdammt noch mal, wach auf!«

Lona blinzelte. Jemand beugte sich über sie und schlug ihr ein paarmal leicht ins Gesicht.

»Claudia?«

»Wer sonst? Lieber Himmel, Lona, was ist passiert? Hat der Idiot dahinten dich über den Haufen gefahren, bist du verletzt?«

»Ich … ich weiß nicht …«

»Komm, versuch, dich aufzusetzen! Die Polizei ist verständigt, sie muss jeden Moment hier sein … Mein Gott, ich glaub das nicht. Ich hab mir Sorgen gemacht, weil du so lange nicht zurückgekommen bist, also bin ich los, um dich zu suchen, und dann komm ich hier an einer Unfallstelle vorbei, und jemand sagt, da vorn ist eine zusammengeklappt, und ich schau hin, und wen seh ich? Meine Güte, Lona, was machst du für Sachen?«

Inzwischen hatte Lona sich mit Hilfe von Claudia in eine sitzende Stellung aufgerichtet. Ihr Blick hing an dem Heck des Kombis, das noch immer stumm und tot aus dem Wasser herausragte. Ein paar Menschen, wahrscheinlich aus dem nahegelegenen Wohngebiet, umstanden es neugierig.

»Kann … ich dir das alles auch später erzählen?«, fragte sie müde. »Ich will … einfach nur weg hier.«

»Glaub ich dir.« Claudia erhob sich und streckte ihr die Hand entgegen. »Kannst du aufstehen? Dann … Verflixt, da kommen die Bullen!«

Tatsächlich kam in diesem Moment ein Streifenwagen mit Blaulicht und Sirene herangefahren, gefolgt von einem Krankenwagen. Beide hielten nur wenige Meter von ihnen entfernt an, und mehrere Polizisten und Sanitäter sprangen heraus und begannen sofort, die Unfallstelle zu sichern und zu begutachten.

»Bring mich weg von hier!«, bat Lona leise. »Bitte!«

Sie ergriff Claudias Hand, nahm all ihre Kraft zusammen und stemmte sich in die Höhe. Mühsam humpelte sie ein paar Schritte und versuchte dabei verbissen, die brennenden Schmerzen an ihren Armen und Beinen und auch im Gesicht zu ignorieren.

»Hallo, Sie – ist alles in Ordnung mit Ihnen?«

Wie aus dem Boden gewachsen stand plötzlich eine kleine, stämmige Polizeibeamtin vor ihnen und musterte Lona mit einem scharfen, prüfenden Blick.

»Ja, danke … Ich bin bloß hingefallen, es geht schon«, presste Lona hervor.

»Sind Sie sicher?« Die Augenbrauen der Polizeibeamtin zogen sich zusammen. »Offensichtlich sind Sie verletzt. Zumindest haben Sie da eine scheußliche Schramme auf der Stirn, da sollten Sie auf jeden Fall von den Sanitätern einen Blick drauf werfen lassen. Sagen Sie, waren Sie etwa in diesen Unfall verwickelt?«

Am liebsten hätte Lona die Frage vehement verneint. Am liebsten hätte sie laut geschrien. *Ist euch eigentlich klar, was für ein beschissener Tag das heute für mich war? Erst hab ich die Leiche meines Freundes gefunden, und gerade wäre ich um ein Haar selbst umgebracht worden! Ich will nichts mehr hören und sehen, und schon gar nicht will ich jetzt noch stundenlang Fragen beantworten! Lasst mich in Ruhe, verdammt noch mal!!*

Andererseits – sich jetzt aus der Sache herauszuhalten, hieße, Morten davonkommen zu lassen. Und das kam nicht in Frage. Auf gar keinen Fall.

Also nickte sie stumm.

Wenig später saß sie in dem Krankenwagen, wo die Sanitäter ihr behutsam aus der Jacke halfen, Schürfwunden und Kratzer an den Beinen und Unterarmen versorgten und die Schramme in ihrem Gesicht, die ihr jetzt erst bewusst wurde, reinigten und desinfizierten. Die Polizeibeamtin ließ sie während dieser Behandlung dankenswerterweise in Ruhe; erst als einer der Sanitäter ein großes, weiches Wundpflaster auf die Stirnschramme klebte, tauchte sie wieder auf, als hätte sie aus der Entfernung zugesehen und genau auf diesen Augenblick gewartet.

»Wie sieht's aus?«, fragte sie den Sanitäter.

»Offenbar nur äußere, oberflächliche Verletzungen«, antwortete dieser. »Und ein paar Prellungen. Ich denke nicht, dass wir die Patientin in die Klinik fahren müssen.«

Die Polizistin nickte und wandte sich an Lona. »Ihre Freundin hier hat mir bereits Ihre Personalien gegeben, Frau Mende, soweit sie sie wusste. Mein Name ist Anna Schubrich. Können Sie mir zu dem Unfallhergang irgendetwas sagen?«

Lona entdeckte Claudia, die mit besorgtem Blick hinter der Polizistin stand, und biss sich auf die Lippen.

»Der Mann … am Steuer … Ist er tot?«, fragte sie leise.

»Wahrscheinlich«, antwortete Anna Schubrich. »Wir konnten ihn noch nicht bergen, aber der ganze Fahrerbereich ist unter Wasser. Es ist schwer vorstellbar, dass er das überlebt hat.«

Lona atmete tief durch und schloss die Augen. »Gut so«, murmelte sie tonlos. »Er wollte mich umbringen.«

»Wie meinen Sie das?«, fragte Anna Schubrich sofort. »Glauben Sie, dass der Fahrer es ganz gezielt auf Sie abgesehen hatte?«

»Das glaube ich nicht, das weiß ich.« Lona suchte Claudias Blick. »Es war Morten.«

»*Was?*« Claudia wurde weiß wie die Wand.

»Wer ist Morten?«, erkundigte sich Anna Schubrich.

»Morten Moriarty«, antwortete Lona müde. »Der Besitzer des Tattoo-Studios Moriarty. Er hatte eine Ferienwohnung da drüben in Toren, und er war gerade dabei, sie zu räumen, und dann hat er mich überfallen, und ich bin abgehauen, und er ist mir nach … und ich kann jetzt nicht mehr. Bitte … können wir ein andermal weitermachen? Ich … ich will nach Hause.«

»Ich kann verstehen, dass das alles nicht leicht für Sie ist«, versetzte Anna Schubrich, »aber …«

»Bitte!«, bat Lona erschöpft und sah die Polizeibeamtin flehend an.

»Hören Sie«, warf Claudia mit rauer Stimme ein, »sie hat vor ein paar Stunden erfahren, dass ihr Freund ermordet worden ist, und jetzt auch noch *das* … Meinen Sie nicht auch, dass es besser ist, wenn sie Ihre Fragen morgen oder übermorgen beantwortet, wenn sie ein bisschen ausgeruht ist und der … der Schock nicht mehr ganz so tief sitzt?«

Anna Schubrich hatte ihr überrascht und mit steigender Betroffenheit zugehört. Nun wandte sie sich wieder Lona zu; in ihren Augen spiegelte sich ehrliches Mitgefühl.

»Ja, da haben Sie wohl recht«, meinte sie nachdenklich. »Und Sie sind sicher, Frau Mende, dass wir Sie nicht besser doch in eine Klinik …«

»Nein. Ich will einfach nur nach Hause.«

»Ich kümmere mich um sie«, sagte Claudia und hakte Lona unter. »Sie bleibt heute Nacht bei mir; meine Adresse haben Sie ja auch, sie geht Ihnen also auf keinen Fall verloren. Aber ich würde sie jetzt wirklich gern von hier wegbringen.«

»Gut, tun Sie das«, entschied Anna Schubrich. »Wir melden uns morgen im Laufe des Tages bei Ihnen und schauen, wie es ihr bis dahin geht. Dann ade … und es tut mir wirklich sehr leid, Frau Mende. Herzliches Beileid.«

Als sie endlich wieder in der kleinen, gemütlichen Wohnung angekommen waren, bestand Claudia als Erstes rigoros darauf, dass Lona ihre völlig durchnässten Sachen auszog. Sie suchte ihr ein Badetuch und einen schwarzroten asiatischen Kimono heraus – »er wird dir einen Tick zu klein sein, aber das ist jetzt nicht zu ändern« – und schob Lona energisch in das Badezimmer.

»Lass dir Zeit«, sagte sie, bevor sie die Tür schloss. »Ich mach uns inzwischen einen schönen, heißen Tee, und dann sehen wir weiter, ja?«

Lona nickte gehorsam, streifte sich die nassen Kleider vom Leib und unterzog sich einer kritischen Musterung. Die Schürfwunden an den Armen und Beinen hatte sie während der Verarztung schon begutachten können; jetzt löste sie vorsichtig das Wundpflaster von der Stirn, schaute in den Spiegel über dem Waschbecken und biss sich auf die Lippen: Eine breite, dunkelrote Schramme zog sich den gesamten rechten Haaransatz entlang.

Wie war das eigentlich passiert? Hatte der Kombi sie erfasst, als Morten die Kontrolle über ihn verlor? Oder war sie noch rechtzeitig zur Seite gesprungen und dabei gestürzt? Sie hätte es nicht sagen können.

Schon das zweite Loch, das an diesem Tag in ihrer Erinnerung klaffte.

Sie schüttelte sich leicht, wandte sich ab und stellte sich unter die Dusche. Die Schrammen brannten heftig, als sie mit dem warmen Wasserstrahl in Berührung kamen; dennoch fühlte sie sich insgesamt ein wenig besser, als sie schließlich in dem Kimono und mit dem wie einen Turban um ihre nassen Haare gewickelten Handtuch das Bad verließ und ins Wohnzimmer ging.

Hier hatte Claudia schon den Tee bereitgestellt und goss nun zwei große Becher voll. Erleichtert ließ Lona sich auf das Sofa sinken und nahm dankbar ihren Becher entgegen.

Eine Weile saßen sie einander wortlos gegenüber. Claudia beobachtete Lona lange und prüfend, dann räusperte sie sich.

»Also – du kannst dir denken, dass ich jetzt natürlich unbedingt wissen möchte, was passiert ist. Allein der Gedanke, dass Morten …« Sie schüttelte den Kopf, stellte ihren Becher ab und hob abwehrend die Hände. »Aber ich will dich zu nichts drängen. Wenn dir jetzt nicht nach Reden ist – du musst nicht. Ich kann warten. Auch wenn's mir schwerfällt, zugegeben.«

Lona seufzte. »Ich weiß nicht. Am liebsten würd ich alles einfach nur vergessen. Es kommt mir so – so *surreal* vor.«

»Kann ich dir nachfühlen.« Claudia starrte in ihre Teetasse, dann stellte sie sie entschlossen ab. »Ich glaube, ich brauch jetzt was Stärkeres als dieses gefärbte Wasser.«

Sie stand auf, verließ das Zimmer und kam gleich darauf mit einer Wodkaflasche und zwei kleinen Gläsern wieder zurück.

»Willst du auch?«

»Von mir aus«, sagte Lona müde. »Vielleicht hör ich dann ja irgendwann endlich auf zu denken.«

Sie kippte den Wodka hinunter, den Claudia ihr reichte, und ließ sich gleich noch ein zweites Mal einschenken. Dabei erklang plötzlich, leise und gedämpft, ein vertrauter Klingelton aus der Richtung ihrer Handtasche, die noch immer neben dem Sofa stand.

»Ist das dein Handy?«, fragte Claudia.

»Ja«, nickte Lona. »Aber ich geh nicht ran. Für heute hab ich genug.«

Sie machte auch mit dem zweiten Wodka kurzen Prozess und ließ sich zurück in die Sofakissen sinken, als der

Klingelton, der zwischenzeitlich verstummt war, sich erneut vernehmen ließ.

»Da ist aber jemand hartnäckig«, meinte Claudia.

»Mir egal. Ich bin heute nicht mehr erreichbar.«

Diesmal griff Lona selbst nach der Wodkaflasche, um nachzuschenken. Die Vorstellung, sich sinnlos zu betrinken, gefiel ihr von Sekunde zu Sekunde besser.

Auf Dirk. Und zur Hölle mit Morten.

Nach dem dritten Wodka jedoch wurde Lona schlagartig übel, und sie schaffte es gerade noch rechtzeitig zur Toilette, bevor sie sich übergab. Als sie einige Zeit später auf wackeligen Beinen in das Wohnzimmer zurückkehrte, beendete Claudia gerade ein Telefonat; sie ließ das Smartphone sinken, stand auf und sah Lona verlegen an.

»Tut mir leid, Lona«, sagte sie leise, »aber gerade hat dein Handy schon wieder geklingelt und ich dachte, vielleicht ist es ja doch was Wichtiges … Also hab ich's aus deiner Tasche rausgeholt und bin rangegangen. Nicht böse sein, ja?«

»Schon okay.« Lona lehnte sich gegen den Türrahmen. »Und, war's was Wichtiges?«

»Kann man so sagen.«

Sie kam auf Lona zu und legte ihr die Hände auf die Schultern. »Komm – am besten, du setzt dich erst mal hin.«

Verständnislos starrte Lona Claudia an. Erst jetzt fiel ihr auf, dass ihre Freundin leichenblass geworden war.

»Als ob mich heute noch irgendetwas erschüttern könnte.« Ihre Stimme bebte, aber sie rührte sich nicht von der Stelle. »Sag schon – was ist los?«

Claudia atmete tief durch. »Deine Freundin Andrea war am Apparat. In eure Villa auf der Reichenau ist eingebrochen worden. Offenbar haben Nachbarn irgendetwas mitgekriegt und die Polizei verständigt. Die ist dann auch gekommen und hat alles durchsucht. Der oder die Täter waren verschwunden, aber im Erdgeschoss hat die Polizei … deine Mutter gefunden. Mit mehreren Stichverletzungen in der Brust. Lona – deine Mutter ist tot.«

Die Welt wurde kalt und still. Lona stand im Türrahmen, ohne sich selbst oder Claudias Hände auf ihren Schultern zu spüren.

»Nein!«, flüsterte sie. »*Nein* …«

Dann kehrten die Empfindungen schlagartig in ihren Körper zurück. Irgendjemand schrie wie ein zu Tode verwundetes Tier. Es war ein entsetzliches Geräusch, und Lona hätte es am liebsten ausgesperrt. Claudia hielt sie fest, drückte sie an sich und strich ihr wieder und wieder über den Rücken.

Erst jetzt begriff Lona, dass sie selbst es war, die da schrie.

10

Der Frühsommer hatte am Bodensee Einzug gehalten. Nichts erinnerte mehr an die letzten, nasskalten Maitage, an denen ein Regengebiet nach dem anderen über das Schwäbische Meer hinweggezogen war. Jetzt glitzerten die Wellen wieder ruhig und friedlich im Licht einer hellen, warmen Junisonne, und die Obst- und Gemüsebauern der Region atmeten ebenso erleichtert auf wie die Vertreter der Schifffahrts- und Tourismus-Branche.

Für Lona Mende indessen war die Zeit stehengeblieben. Ihre Welt war noch immer so dunkel und kalt wie in jener Nacht, in der das Schicksal ihr bisheriges Leben mit brutaler Gewalt in Trümmer gelegt hatte. Das Gefühl, keinen festen Boden mehr unter den Füßen zu haben und bei jedem Schritt, egal in welche Richtung, in einen Abgrund stürzen zu können, war furchteinflößend und lähmend, und es beraubte sie jeglicher Energie. Seit sie wieder in der Villa auf der Reichenau lebte, hatte Lona ihre Wohnung im ersten Stock nicht mehr verlassen.

Wieder und wieder zogen in dieser Zeit die Bilder jener Nacht des Grauens wie ein Film vor ihrem inneren Auge vorbei – abwechselnd mit denen des darauffolgenden Nachmittags, an dem Lona all ihre noch verbliebene Energie mobilisiert hatte und zusammen mit Claudia zum Polizeiposten in Meersburg gegangen war, um ihre Aussage zu machen. Es war die reinste Tortur gewesen, denn die umsichtige Anna Schubrich war diesmal nur für das Protokoll zuständig gewesen. Die Fragen hatte ein Kollege namens Andreas Meringer gestellt, ein älterer Polizist mit wettergegerbtem Gesicht und eisgrauem Haar, der alles ganz genau wissen wollte.

»Also, wie kam es nun dazu, dass dieser Moriarty seinen Wagen in den Siechenweiher gesteuert hat? Sie waren ja offenbar mehr als nur eine unbeteiligte Augenzeugin; jedenfalls haben Sie gestern angegeben, der Mann hätte es auf Sie persönlich abgesehen gehabt.«

»Hatte er auch.« Lona nippte an dem Kaffee, den Anna Schubrich ihr gegeben hatte, dann atmete sie tief durch. »Sie müssen wissen, gestern hat die Polizei in Konstanz in dem ehemaligen Imbiss ›Enno's‹ die Leiche meines Freundes gefunden. In einer Gefriertruhe im Keller. Ich war dabei.« Sie biss sich einen Moment lang auf die Lippen und fuhr dann fort: »Bei der Gelegenheit hab ich auch erfahren, dass dieser Enno eine Ferienwohnung in Toren gehabt hat. Und als ich danach bei Claudia war, da hat sie mir gesagt, das sei gleich bei ihr um die Ecke. Später am Abend wollte ich noch kurz um den Block gehen, um frische Luft zu schnappen, und da bin ich diesen Weiher entlang, und plötzlich war ich in der Torenstraße, und während ich den Weg zurück zu Claudias Wohnung gesucht habe, stand ich mit einem Mal vor diesem ehemaligen Fitness-Park und dachte … Ich wollte einfach nur schauen, wie es dort aussieht. Dann hab ich Morten gesehen, wie er Kisten aus dem Haus in einen Kombi geschleppt hat. Ich hab ihn angesprochen, und als ich ihm mit seinen Kartons helfen wollte, da ist er ausgerastet und hat mich angefaucht, ich soll das bleiben lassen. Und plötzlich hat er mich gepackt und mir den Mund zugehalten und wollte mich in den Kombi verfrachten, aber ich hab mich losreißen können und ihm das Knie in die Eier gerammt. Und dann bin ich abgehauen, und er ist mir mit dem Kombi nach, und dann hat er kurz vor mir scharf gebremst und ist ins Schleudern geraten … und das Nächste, was ich weiß, ist, dass ich irgendwo im Straßengraben gelandet bin. Und der Kombi im Weiher. Aber wie er da reingeflogen ist, hab ich nicht gesehen.«

»Hat der Wagen Sie erfasst?«, fragte Meringer.

Lona schüttelte den Kopf. »Das weiß ich nicht. Wie gesagt, da fehlt mir ein Stück Erinnerung. Was ist nun eigentlich mit Morten, ist er tot?«

»Ja.« Meringer überflog seine Notizen. »Also gut, noch mal von vorn. Die Kollegen in Konstanz finden die Leiche Ihres Freundes in einer Gefriertruhe. Wie ist er da reingekommen?«

»Woher soll ich das wissen?«, entgegnete Lona scharf. »War ich etwa dabei, als dieser Enno ihn da hineinbefördert hat?«

»Wieso wissen Sie, dass es Enno war? Wer ist das überhaupt?«

»Eginhard Bödecker. Ehemaliger Imbissbesitzer. Und natürlich weiß ich *nicht*, dass er es war. Ich gehe lediglich davon aus.«

»Dann sagen Sie es auch so. In unserem Rechtsstaat gilt die Unschuldsvermutung, solange einem mutmaßlichen Täter die Schuld nicht nachgewiesen worden ist.«

Obwohl der Mann im Grunde recht hatte, empfand Lona seine Antwort wie eine Ohrfeige, zumal sein Tonfall immer herablassender wurde.

»Schön«, knirschte sie. »Dann war es also mutmaßlich Enno, der mutmaßlich Dirk umgebracht hat. Aber eigentlich hat das mit der Attacke von Morten auf mich doch nichts zu tun. Jedenfalls nicht direkt. Können wir also bitte wieder darauf zurückkommen? Ich würde das hier gerne hinter mich bringen.«

»Sie haben damit angefangen, nicht ich. Aber gut – Sie machen also später noch einen Nachtspaziergang, obwohl es in Strömen gießt. Warum das?«

»Als ich losgezogen bin, hat es noch nicht geregnet. Und ich brauchte unbedingt frische Luft.«

»Wie lange waren Sie unterwegs, als der Regen losging?«

»Keine Ahnung. Ich hab nicht auf die Uhr gesehen.«

»Und als es dann zu schütten angefangen hat, da gehen Sie nicht stante pede nach Hause, sondern fangen an, in aller Ruhe auf einem wildfremden Gelände zu schnüffeln?«

»Wird das jetzt hier ein Verhör, oder was?« Lona spürte, wie Zorn in ihr hochstieg. »Ich dachte, Sie wollen hier nur meine Aussage zu Mortens Unfall haben, aber allmählich hab ich das Gefühl, ich sollte einen Anwalt hinzuziehen.«

»Nicht doch.« Meringer lehnte sich genüsslich zurück. »Ich möchte nur verstehen, was Sie da eigentlich genau wollten. Wieso sehen Sie sich mitten in der Nacht auf einem Gelände in einem trostlosen Gewerbegebiet um?«

»Weil ich eben zufällig dort gelandet war? Weil ich sowieso schon nass bis auf die Haut war? Weil's mich einfach interessiert hat?«

»Es besteht kein Grund, die Stimme zu erheben.« Meringer beugte sich nach vorne und durchbohrte sie mit seinem Blick. »Sie finden also einen Fremden vor, der einen Kombi volllädt …«

»Morten ist … war kein Fremder«, unterbrach Lona ihn. »Ich kannte ihn aus seinem Tattoo-Studio.«

»Sie kennen sich also. Und trotzdem wird er Ihnen gegenüber plötzlich ausfallend und gewalttätig. Können Sie sich das erklären?«

»Vermutlich wollte er nicht, dass ich sehe, was er da alles in seinen Kombi lädt. Diese Kisten – wissen Sie, was da drin war?«

»Ja. Aber aus ermittlungstechnischen Gründen geben wir darüber noch nichts bekannt.«

Lona schnaubte. »Von mir aus. Jedenfalls hat mich Morten dann mit seinem Kombi verfolgt …«

»Nachdem Sie ihn in die Kronjuwelen getreten hatten …«

»Sehr richtig. Mit dem Knie, wenn Sie es ganz genau wissen wollen.« Lona verspürte eine steigende Lust, dem Mann auf der anderen Seite des Schreibtisches an die Gurgel zu gehen; lange würden ihre Nerven nicht mehr halten. »Darf ich jetzt endlich gehen?«

»Noch nicht. Erst zeigen Sie mir jetzt auf diesem Plan ganz genau, wo Sie entlanggelaufen sind.«

»Das muss hier gewesen sein.« Sie fuhr mit der Fingerspitze auf dem Stadtplan, der vor sie hingelegt wurde, eine Straße nach, die von Toren aus an dem Siechenweiher vorbei zu dem Wohngebiet führte. »Aber beschwören kann ich's nicht – es war finster, und ich kenne die Gegend nicht.«

»Stimmt schon.« Der Zeigefinger des Mannes bohrte sich in eine Stelle direkt am Weiher. »Hier hat's Sie und den Kombi erwischt. Und Sie bleiben dabei, dass Sie den Unfall selbst nicht live miterlebt haben?«

»Natürlich hab ich das«, erwiderte Lona ungeduldig und wies auf ihre Stirn, wo jetzt wieder ein sauberes Wundpflaster über der Schramme klebte. »Nur erinnern kann ich mich nicht dran. Tut mir leid, mehr kann ich Ihnen dazu beim besten Willen nicht sagen.«

»Sagen Sie das nicht. Also Sie sind hier entlanggelaufen …«

Es hatte noch eine ganze Weile gedauert, bis Andreas Meringer sich endlich mit ihren Aussagen zufriedengegeben hatte. Die unsagbare Erleichterung, als sie Stunden später endlich das von Anna Schubrich verfertigte Protokoll unterzeichnen und den Polizeiposten verlassen konnte, war allerdings schnell tiefer Beklommenheit gewichen, als Claudia sie anschließend nach Hause auf die Reichenau gebracht hatte. Am liebsten wäre sie gar nicht erst zurückgekehrt in die Villa, die so voller Erinnerungen war und zugleich jetzt so leer, so entsetzlich leer und kalt. Mittlerweile jedenfalls, nachdem die Leute von der Spurensicherung ebenso abgezogen waren wie die lokale und überörtliche Presse, die sich wie die Aasgeier auf das schlagzeilenträchtige Verbrechen an der wohlhabenden Steuerberaterwitwe gestürzt hatten.

Claudia war anfangs ebenso bei ihr geblieben wie Andrea; beide hatten sie so gut es ging von den Medienhyänen abgeschirmt und sich abwechselnd um sie gekümmert. Inzwischen war Claudia nach Meersburg zurückgekehrt, und Andrea übernahm nun allein die Aufgabe, regelmäßig Lonas Kühlschrank zu füllen und dafür zu sorgen, dass sie wenigstens einmal am Tag etwas zu sich nahm. So wie sie darauf bestand, dass Lona sich noch einmal von einem Arzt begutachten ließ, der auf ihre Bitte zu ihr in die Villa kam und ihr ein Beruhigungsmittel verschrieb.

Lona war ihren beiden Freundinnen dankbar für ihre Fürsorge – und noch dankbarer war sie dafür, dass sie sich ihr nicht aufdrängten und sie, wann immer ihr danach zumute war, allein ließen. Was fast durchgehend der Fall war. Sobald sie Menschen um sich hatte, spürte sie ihre Betroffenheit und ihr Mitleid, ihren unbedingten Wunsch zu wissen, wie es ihr ging und wie sie sich fühlte, und genau das stach dann jedes Mal erneut wie ein scharfes Messer in die noch frische, blutende Wunde. Nur wenn sie allein war, konnte sie diese Schmerzen einigermaßen betäuben – indem sie ihre Emotionen unterdrückte und die Stunden und Tage stumm und wie versteinert an sich vorbeigleiten ließ.

Nur einmal in dieser Zeit bekam ihr selbstgewählter Panzer einen Riss. Das war, als Claudia sie unangekündigt besuchte und mit verlegenem Blick einen Gegenstand aus ihrer Tasche zog, den sie, wie sie angab, in der Wohnung von Dirk gefunden hatte. Sie hielt ihn Lona auf der offenen Handfläche entgegen. Es war ein buntes Päckchen mit einer Schleife und einem Anhänger.

Lona blinzelte. Die Aufschrift »Für Lona« verschwamm vor ihren Augen.

Es war ihr Geburtstagsgeschenk von Dirk. Das sie nur von ihm hatte entgegennehmen wollen, egal wie lange sie dafür warten musste.

Nun war es seine Schwester, die es ihr übergab – weil er selbst es nicht mehr tun konnte.

Sie hob den Kopf, hilflos und unsicher. Claudias Augen standen voller Tränen, aber ein liebevolles Lächeln umspielte ihre Lippen, und sie nickte ihr auffordernd zu. Mit bebenden Händen griff Lona nach dem Päckchen, wickelte es aus und fand ihre Ahnung von damals bestätigt: In einem samtüberzogenen Schächtelchen saß der wunderschöne Rubinring, den sie und Dirk gemeinsam in dem Schaufenster eines Juweliers bewundert hatten. Nur wenige Wochen vor seinem unzeitigen Tod.

Vorsichtig hob sie den Ring aus seinem Samtbett. Ihre Hände zitterten heftig, als sie ihn sich über ihren rechten Ringfinger schob. Der dunkelrote Rubin glänzte im Schein der Deckenlampe wie ein warmer, lebendiger Blutstropfen. So sehr Lona bis dahin versucht hatte, die Tränen zu unterdrücken – in diesem Augenblick brach ihre Selbstbeherrschung zusammen. Zum ersten Mal seit dem Tag, an dem sie erst Dirk und dann ihre Mutter verloren hatte, konnte sie wieder weinen, und zusammen mit Claudia ließ sie dem gesamten Schmerz, der Verzweiflung und der Trauer, die sich in ihr angestaut hatten, freien Lauf.

Danach zog sie den Ring behutsam wieder vom Finger und steckte ihn zurück in die Samtschachtel. Sie würde ihn nie wieder tragen. *Nie wieder.*

Am Tag darauf wagte Lona sich nach einem erneuten Besuch ihres Arztes erstmals seit ihrer Heimkehr wieder ins Freie. Bisher hatte sie davor zurückgescheut, aus Angst vor den neugierigen oder mitleidigen Blicken der Menschen, die sie kannten – und das waren auf dieser kleinen Insel nicht wenige –, und vor den Fragen, mit denen man sie womöglich bedrängen würde und die sie dann unweigerlich dazu zwangen, ihre furchtbaren Erlebnisse wieder und wieder zu rekapitulieren.

Der emotionale Zusammenbruch am Vortag hatte allerdings gewissermaßen einen Knoten in ihr gelöst. Sich in ihren vier Wänden zu vergraben mochte anfangs gutgetan haben, war jedoch auf Dauer keine Option.

Das Leben ging weiter, und irgendwie musste auch sie weiterleben. Auch wenn sie noch nicht wirklich wusste, wie – aber den altvertrauten Weg zum Münster zu gehen würde in jedem Fall ein erster und hoffentlich hilfreicher Schritt sein.

Auf dem Weg dorthin sog sie immer wieder überrascht und erfreut die unerwartet milde, warme Frühsommerluft ein. Sanft streichelten die Sonnenstrahlen ihre Haut, auf der die Schürfwunden und Schrammen langsam heilten. Wenigstens ihre äußeren Wunden würden voraussichtlich keine Narben zurücklassen. Wie es mit denen auf ihrer Seele aussah, stand auf einem ganz anderen Blatt.

Sie nahm sich viel Zeit am Grab ihres Vaters, betrachtete stumm den blankpolierten dunklen Grabstein, auf dem nun bald unter dem Namen Anton Mendes auch der seiner Frau stehen würde. Dabei fiel ihr ein, dass sie sich bislang auch vor dem Gang zu einem Bestattungsunternehmer gedrückt hatte, und sie beschloss, das nun möglichst bald in Angriff zu nehmen, so wie Claudia es für ihren Bruder bereits getan hatte – damit sie beide vorbereitet waren, sobald die Polizei die Leichen von Ute Mende und Dirk Reisacher zur Beerdigung freigab.

Lona faltete die Hände. *Gib mir Kraft, Papa. Ich wünschte, du wärst bei mir.*

Auch im Münster betete sie lange und intensiv. Glücklicherweise waren außer ihr nur ein paar Touristen anwesend, die von ihr keine Notiz nahmen. Als sie eine Stunde später wieder nach Hause ging und die Villa vor ihr auftauchte, atmete sie erleichtert auf; insgesamt hatten sie auf dem Weg nur drei Bekannte angesprochen und sie erfreulich schnell wieder in Ruhe gelassen, als sie ihnen höflich, aber bestimmt zu verstehen gab, dass ihr nicht nach Reden zumute war.

Als sie die Villa erreichte, hielt sie überrascht inne. Vor der Haustür stand ein Mann, den sie nie zuvor gesehen hatte. Er war etwa Mitte dreißig, groß und sehr schlank; seine Hautfarbe war von einem ähnlichen matten Bronzeton wie die von Farid, die Augen in dem glattrasierten Gesicht ebenso schwarzbraun wie die kurzgeschnittenen Haare. Die auffallend langen Beine steckten in Jeans, dazu trug er ein lässiges weißes Shirt. Ruhig und erwartungsvoll sah er Lona entgegen.

»Lona Mende? Guten Tag. Mein Name ist Surendra Sinha, ich bin Kriminalkommissar bei der Kriminalinspektion 1 Friedrichshafen. Komme ich ungelegen?«

»Nein«, antwortete Lona verunsichert, »nein, ich … ich …«

»Ich habe versucht, Sie telefonisch zu erreichen.« Er lächelte freundlich. »Leider ohne Erfolg. Ich war auch schon einmal persönlich da, aber da habe ich hier vor dem Haus Ihren Arzt angetroffen, der mir gesagt hat, dass man vorerst besser noch jede Aufregung von Ihnen fernhalten sollte. Natürlich haben wir das respektiert. Aber nun habe ich erfahren, dass es Ihnen bessergeht, und ich dachte, ich schau mal vorbei, um mich Ihnen vorzustellen. Ich bearbeite derzeit mehrere Fälle, von denen Sie betroffen sind; wir werden daher möglicherweise noch öfter miteinander zu tun bekommen.«

»Ich verstehe.« Lona senkte verlegen den Blick. »Das mit dem Anruf tut mir leid. Ich hab mein Telefon in den vergangenen Tagen auf lautlos geschaltet und auch keine Sprachnachrichten abgehört. Da hab ich Sie dann wohl verpasst.«

»Halb so schlimm, jetzt habe ich Sie ja erwischt.« Das Lächeln vertiefte sich. »Und dabei wollte ich gerade wieder gehen, weil ich dachte, es ist niemand zu Hause.«

»War ich ja auch nicht.« Lona hob den Kopf und sah ihn an. »Und außer mir wohnt jetzt ja bekanntlich niemand mehr hier.«

»Ich weiß.« Seine Miene wurde schlagartig ernst. »Meine aufrichtige Anteilnahme zu Ihrem Verlust, Frau Mende – beziehungsweise zu Ihren *beiden* Verlusten.«

Lona betrachtete ihn; ihre Augen wurden schmal. »Wie war Ihr Name?«

»Sinha.« Er zog einen Ausweis hervor und hielt ihn ihr entgegen. »Surendra Sinha. Ich bin indischer Abstammung, falls Sie sich fragen, wo dieser Name herkommt; aber ich bin in Deutschland aufgewachsen, habe die deutsche Staatsangehörigkeit und spreche auch entschieden besser Deutsch als Hindi.«

Er zwinkerte ihr leicht zu, und Lona entspannte sich ein wenig.

»Also gut, Herr Sinha. Kommen Sie, reden wir drinnen weiter.«

Sie schloss die Haustür auf und führte den Kommissar nach oben in ihre Wohnung. Auf ihre Frage, ob sie ihm etwas anbieten könne, bat er um einen Kaffee. Wenig später saßen sie einander im Wohnzimmer gegenüber, jeder vor einer großen, dampfenden Keramiktasse.

»Ich gebe zu, dies ist auch für mich eine ungewohnte Situation«, begann Surendra Sinha. »Dass wir drei verschiedene Fälle gleichzeitig reinbekommen, ist zwar nichts Neues; aber dass jemand in alle drei Fälle auf einmal verwickelt und trotzdem eindeutig unverdächtig ist, passiert eher selten.«

»Das beruhigt mich ja ungemein«, gab Lona trocken zurück. »Dass ich eindeutig unverdächtig bin, meine ich.«

»Nun, an der Tötung Ihres Freundes waren Sie nach Lage der Dinge wohl kaum beteiligt, für den Einbruch in Ihrer Villa haben Sie ein hundertprozentiges Alibi, und bei der Attacke mit dem Kombi waren Sie definitiv das Opfer.«

Er warf einen prüfenden Blick auf ihre Stirn, wo die große Schramme inzwischen nicht mehr unter einem Wundpflaster verborgen war.

»Verheilt denn alles gut? Soweit ich weiß, haben Sie ja großes Glück gehabt. Oder sind inzwischen außer den Schrammen noch weitere Verletzungen festgestellt worden?«

»Nein. Und ja, es wird schon besser. Danke der Nachfrage.«

Er nickte und trank einen Schluck Kaffee.

»Ja, also wie gesagt: Sie stehen nicht unter Verdacht, und deshalb ist das hier auch kein Verhör. Ich wollte Sie einfach gerne kennenlernen. Immerhin haben Sie uns mit Ihrer nächtlichen Aktion auf die Spur eines potenziellen Hehlers geführt, wenn nicht sogar einer ganzen Bande. In dieser Ferienwohnung in Meersburg waren haufenweise Gegenstände gelagert, bei denen es sich größtenteils um Diebesgut handelt. Vermutlich wurde die Wohnung als Zwischenlager verwendet, oder als Basis für ausgiebige Hehlerei.«

»Diebesgut?«, entfuhr es Lona überrascht.

»Ja«, sagte Sinha. »Ein Teil konnte bereits verschiedenen Einbruchsdelikten zugeordnet werden. Kein Wunder, dass der Mann nicht scharf darauf war, dass Sie ihm beim Tragen helfen – womöglich wäre es Ihnen aufgefallen, dass er mehr als nur einen Flachbildschirm-Fernseher aus seiner Wohnung herausgeschafft hat. Sieht so aus, als wollte er sein Lager räumen, und ich kann mir gut vorstellen, warum.«

»Warum?« Lonas Hände schlossen sich noch fester um ihren Kaffeebecher.

Sinha sah sie ernst an. »Weil die Wohnung mit dem Diebesgut genau die Ferienwohnung war, die Eginhard Bödecker angemietet hatte – beziehungsweise Enno, wie Sie ihn nennen. Ich nehme an, Sie wussten bislang noch nicht, dass Bödecker und Morten Moriarty Halbbrüder waren?«

»Nein«, antwortete Lona verblüfft. »Nein, davon hatte ich keine Ahnung.«

»Mortens richtiger Nachname war schlicht und ergreifend Müller«, erläuterte Sinha mit dem Anflug eines amüsierten Lächelns. »Was natürlich bei weitem nicht spannend genug klang für den Besitzer eines Tattoo-Studios, deshalb hat er sich den Künstlernamen Moriarty zugelegt. Aber über seine bürgerliche Identität sind wir auf die familiäre Verbindung zu Bödecker gestoßen. Inwieweit die beiden gemeinsame Sache gemacht haben, wissen wir allerdings noch nicht; es kann ja durchaus sein, dass dieser Enno sich auf seine Geschäfte in Konstanz konzentriert und keine Ahnung gehabt hat, was sein Halbbruder in der Ferienwohnung getrieben hat, für die er den Mietvertrag unterschrieben hatte.«

»Aber es kann ebenso gut sein, dass Enno die Wohnung gezielt angemietet hat, damit er und Morten sie gemeinsam als Lagerraum für Diebesgut nutzen konnten – und wer weiß für was sonst noch«, hakte Lona nach.

»Natürlich. In jedem Fall ist es diesem Moriarty dort offenbar zu heiß geworden, nachdem sein Halbbruder gestorben war und man noch dazu eine Leiche in dessen Keller gefunden hatte.« Sinha warf ihr einen verlegenen Blick zu. »Tut mir leid, Frau Mende.«

»Schon gut.« Lona legte den Kopf schräg. »Sagen Sie, dürfen Sie mir das alles eigentlich einfach so erzählen?«

»Vielleicht nicht alles«, gab Sinha zu. »Aber nach allem, was Ihnen widerfahren ist, finde ich, Sie haben ein Recht auf die eine oder andere Information, und ich hoffe, dass ich Sie richtig einschätze und Sie das, worüber wir hier reden, nicht sofort auf der ganzen Reichenau weitererzählen oder direkt in die nächste Zeitungsredaktion tragen.«

»Versprochen.« Lona fabrizierte ein Lächeln, das, wie sie fürchtete, ziemlich wässerig ausfiel.

»Danke.« Sinha lächelte zurück und nahm erneut sein Notizbuch zur Hand. »Was nun besagte Leiche im Keller betrifft – ich könnte Ihnen auch dazu ein paar aktuelle Erkenntnisse liefern. Oder möchten Sie darüber lieber nichts hören?«

»Doch«, sagte Lona leise, aber bestimmt. »Unbedingt.«

»Dachte ich mir.« Sinha betrachtete sie mit einem Blick, in dem Anerkennung und Respekt lagen. »Also, wir gehen davon aus, dass es sich um eine Affekttat gehandelt hat. Wäre die Tötung von Dirk Reisacher geplant gewesen, dann hätten der oder die Täter sicher auch schon im Vorfeld überlegt, wie sie sich hinterher der Leiche entledigen würden – oder das Verbrechen gleich an einem anderen Ort begangen. Die Gefriertruhe sieht eher nach einer Notlösung aus; wahrscheinlich wollte Enno Bödecker die Leiche zu einem späteren Zeitpunkt fortschaffen, aber dazu kam es ja nicht mehr, da er selbst kurz darauf tödlich verunglückt ist. Was auch vermuten lässt, dass es außer ihm keine weiteren Täter gegeben hat, die von der

Leiche wussten, sonst wäre sie drei Wochen später wohl kaum noch immer dort gewesen, wo sie – verzeihen Sie mir den Ausdruck – provisorisch zwischengeparkt worden war.«

»Sie sagen, *Enno Bödecker* wollte die Leiche fortschaffen«, warf Lona ein. »Das heißt also definitiv, *er* hat Dirk umgebracht, ja?«

»Nicht *definitiv*«, korrigierte Sinha. »Aber mit ziemlicher Sicherheit. Die Sprachnachricht auf dem Handy der Schwester des Opfers war ja schon ein recht deutliches Indiz; außerdem wurden DNA-Spuren an der Leiche gefunden, die eindeutig Bödecker zugeordnet werden konnten – seine Daten befinden sich im DNA-Register, seit seinerzeit gegen ihn wegen Drogen ermittelt worden ist. Ansonsten sieht es mit Spuren eher schwierig aus; der Keller mitsamt dem Flur ist nach der Tat offenbar gründlich gereinigt worden. Wenn Bödecker selbst das gemacht hat, dann wäre das eine weitere Erklärung dafür, warum er sich nicht sofort um das Beseitigen der Leiche kümmern konnte – er wollte zuerst sämtliche Spuren verwischen, im wahrsten Sinne des Wortes.«

»Deshalb ist Marvin und Nicole auch nichts aufgefallen«, sagte Lona tonlos. »Als sie den Keller besichtigt haben, meine ich. Und den Raum mit der Gefriertruhe haben sie nicht gesehen, weil die ganzen Regale davorgestanden sind.«

»Was eine perfekte Tarnung war«, nickte Sinha. »Nicht einmal dem Verpächter ist aufgefallen, dass jemand da eine Zwischenwand hochgezogen hatte. Andererseits hat er sehr glaubwürdig versichert, dass er sich in dem Keller so gut wie nie aufgehalten hat. Er ist zwar der Eigentümer des Hauses, hat aber selbst nie darin gelebt.«

»Dann werden wir es also nie mit hundertprozentiger Sicherheit wissen«, murmelte Lona und starrte auf den Kaffeerest in ihrer Tasse. »Wie und warum Dirk gestorben ist – und durch wen.«

Surendra Sinha antwortete nicht sofort. Als Lona nach einer Weile aufblickte, sah sie, wie ein Schatten über sein Gesicht glitt.

»*Wie* er gestorben ist, wissen wir«, sagte er behutsam. »Das gerichtsmedizinische Gutachten liegt seit gestern vor. Soll ich es Ihnen sagen?«

Lona nickte stumm, stellte ihre Tasse ab und verkrallte die Hände in den Sessellehnen.

»Er wurde zuerst noch zusammengeschlagen«, begann Sinha betont sachlich. »Es wurden mehrere Platzwunden festgestellt, unter anderem an der Schläfe und der Stirn; außerdem waren mehrere Rippen und der rechte Unterschenkel gebrochen. Danach wurde ihm … die Kehle durchgeschnitten. Und das hat unmittelbar zum Tode geführt.«

Die Kehle durchgeschnitten. Ein dunkelrot glänzendes Band aus unzähligen warmen, fließenden Rubinen.

Lona schlug beide Hände vor den Mund, um den Schrei zu unterdrücken, der in ihr aufstieg. Sie schloss die Augen und atmete heftig. Ihr Körper zuckte, wie von einem wilden Weinkrampf geschüttelt, aber es kamen keine Tränen.

Schließlich ließ sie die Hände sinken und atmete tief durch.

»Warum?«, flüsterte sie heiser. »*Warum?*«

»Das werden wir hoffentlich noch herausfinden«, sagte Surendra Sinha sanft. »Ich verspreche Ihnen, ich werde alles tun, was in meiner Macht steht, um dieses Verbrechen so weit wie möglich aufzuklären.« Er betrachtete sie mitfühlend. »Sollen wir besser aufhören? Kann ich irgendetwas für Sie tun?«

Lona schüttelte den Kopf. »Nein – ich will alles wissen, was es zu wissen gibt. Hat man sonst noch etwas gefunden? Was ist mit Dirks Smartphone? Er hat es ja eindeutig bei sich gehabt. Vielleicht finden sich darauf Hinweise, was er mit diesem Enno zu tun gehabt hat.«

»Das war auch meine Hoffnung«, erwiderte Sinha. »Aber weder bei der Leiche noch sonst irgendwo in dem Keller wurde ein Smartphone gefunden. Lediglich ein paar winzige Splitter konnten sichergestellt werden – was befürchten lässt, dass der Täter das Smartphone zerstört und entsorgt hat. Und die Splitter hat er bei seinem anschließenden Großreinemachen dann wohl übersehen.«

Schlagartig erinnerte sich Lona an das seltsame, undefinierbare Knacken am Ende von Dirks Hilferuf in Claudias Mailbox.

»Er hat es zertreten«, sagte sie dumpf. »Er hat Dirk niedergeschlagen, als er ihn beim Telefonieren erwischt hat, und dann hat er das Handy zertreten.«

»Möglich«, meinte Sinha. »Übrigens ist da noch etwas in dem gerichtsmedizinischen Gutachten vermerkt, das Sie sicher interessieren wird, denn es bestätigt, was Sie mehrfach gegenüber der Polizei ausgesagt haben: Im Körper von Dirk Reisacher fanden sich nicht die geringsten Hinweise auf irgendwelchen Drogenkonsum.«

»Sag ich doch«, versetzte Lona und verspürte dabei tatsächlich einen Anflug von Befriedigung. »Sie müssen zusehen, dass Sie diesen Brynjar finden. Wahrscheinlich ist er der Einzige, der jetzt noch Licht in das ganze Dunkel bringen kann. Seine WG-Mitbewohnerin hat gesagt, dass er womöglich Drogen nimmt – und er hatte die Adresse von diesem Fitness-Park in seinem Zimmer! Fragt sich nur, ob er sie von Enno oder von Morten hatte.«

»Oder von ganz jemand anderem«, gab Sinha zu bedenken. »Wenn es wirklich die Adresse des Fitness-Parks war, also ohne Hinweis auf Namen oder Ferienwohnungen, dann hatte er sie ja vielleicht noch aus der Zeit, als dort tatsächlich noch Hanteln gestemmt worden sind. Natürlich ziehen wir auch die Möglichkeit in Betracht, dass Brynjar Egillsson einen der beiden Halbbrüder gekannt hat, wenn nicht sogar alle beide. Aber ob er in irgendeiner Form mit ihnen Geschäfte gemacht hat, seien es Drogen, sei es eine Beteiligung an den Diebstählen, das ist im Moment alles noch reine Spekulation, und die möchte ich deshalb auch nicht wirklich vertiefen. Die Fahndung nach ihm läuft jedenfalls auf Hochtouren, und wenn er gefunden wird, sind wir hoffentlich einen Schritt weiter.«

»Vorausgesetzt, er lebt noch.«

»Vorausgesetzt.«

Sinha nickte und warf einen Blick in sein Notizbuch. In diesem Moment durchzuckte Lona ein Gedanke, der ihr so ungeheuerlich vorkam, dass sie ihn am liebsten sofort wieder verworfen hätte – und gleichzeitig erschien er ihr so selbstverständlich, dass sie nicht begreifen konnte, warum sie nicht schon früher darauf gekommen war.

»Sagen Sie mal«, begann sie langsam und mit bebender Stimme, »kann es sein, dass … dass es Brynjar war, der in unser Haus eingebrochen ist? Dass es Dirks bester Freund war, der meine Mutter umgebracht hat?«

Sinha sah sie an. Die Resignation in seinem Gesicht sprach Bände.

»Auch darüber kann man derzeit nur spekulieren«, antwortete er. »Der oder die Einbrecher hier waren offensichtlich Profis; sie haben keinerlei Fingerabdrücke oder sonstige verwertbaren Spuren hinterlassen. Leider wissen wir bislang noch immer nicht genau, ob etwas gestohlen wurde – und wenn ja, was.«

Schuldbewusst senkte Lona den Kopf. Natürlich. Die Einzige, die darüber Auskunft geben konnte, war sie. Und sie hatte sich die ganze Zeit über beharrlich in ihrer Wohnung eingeigelt, jede Mitarbeit verweigert und die Polizei im Regen stehen lassen.

»Ich werde gleich nachher nach unten gehen und ein Verzeichnis der Dinge machen, die fehlen«, murmelte sie verlegen.

»Tun Sie das«, erwiderte Sinha mit einem aufmunternden kleinen Lächeln. »Das wird uns sehr weiterhelfen. Bislang haben wir nämlich noch keine Spur von dem oder den Tätern, und in diesem Fall können wir uns auch nicht hinter Enno Bödecker oder Morten Moriarty klemmen. Denn wir sind uns doch sicher darüber einig, dass die beiden zumindest mit *diesem* Verbrechen nichts zu tun haben können.«

Er trank seine Kaffeetasse leer.

»Haben Sie denn noch irgendwelche Fragen, oder gibt es noch etwas, das Sie mir sagen wollen?«

Lona schwieg lange. Dann stand sie mit einem Mal ruckartig auf, ging zum Fenster und blickte hinaus auf den Untersee. Die Wellen schimmerten im Sonnenlicht wie ein sachte tanzender Teppich aus Hunderten von gleißend hellen Juwelen.

»Wie wird man Albträume los?«, fragte sie leise, den Rücken zu dem Kommissar gewandt. »Seit Jahren träume ich regelmäßig von der Regennacht, in der mein Vater tödlich verunglückt ist. Ich saß damals neben ihm, aber ich hab überlebt. Und jetzt träume ich jede Nacht von zwei Unfällen gleichzeitig – und nie ist es das gleiche Gesicht neben mir; mal ist es mein Vater, mal Morten, mal beide. Aber immer ist es Nacht, und es regnet, und ich höre die kreischenden Bremsen, und dann sehe ich lauter Tote um mich herum, und in meiner Brust steckt ein Messer. Ich werde wahnsinnig, wenn das jede Nacht so weitergeht! Was kann ich tun, damit das aufhört? Sagen Sie mir um Gottes willen, was kann ich tun?«

Sie stützte sich schwer auf das Fensterbrett, den Blick auf den friedlich tanzenden Juwelenteppich gerichtet.

Eine Weile herrschte Totenstille in dem Raum. Dann hörte sie leise Schritte hinter sich, und eine Hand legte sich auf ihre Schulter. Sie zuckte leicht zusammen, drehte sich jedoch nicht um.

»Sie haben Furchtbares durchlitten«, hörte sie Surendra Sinhas ruhige Stimme. »Es wäre ein Wunder, wenn Sie das nicht bis in Ihre Träume verfolgen würde. Aber so wie die Zeit alle Wunden heilt, so wird sie irgendwann auch Ihren Träumen zumindest die schlimmste Kraft nehmen. Da bin ich ganz sicher.«

Inzwischen lagen seine beiden Hände wie ein sanfter Trost auf ihren Schultern.

»Vielleicht täte Ihnen ein Tapetenwechsel gut. Hier werden Sie ja doch auf Schritt und Tritt von Ihren Erinnerungen verfolgt. Fahren Sie irgendwohin, wo Sie sich ablenken können; umgeben Sie sich mit Menschen, die Sie daran hindern, zu viel nachzugrübeln. Lassen Sie neue Eindrücke in Ihr Leben! Das tut Ihnen mit Sicherheit gut – und vielleicht hilft es Ihnen auch, weniger zu träumen.«

»Aber … geht das denn? Muss ich nicht hierbleiben, solange die Ermittlungen laufen?«

»Nein. Wenn Sie vorher noch das Verzeichnis der gestohlenen Gegenstände machen könnten, wäre ich Ihnen natürlich sehr dankbar. Aber ansonsten sind Sie frei zu tun, was Sie möchten.«

Lona drehte sich um. Wieder umspielte dieses aufmunternde kleine Lächeln Surendra Sinhas Lippen, und mit einem Mal empfand sie große Erleichterung und Dankbarkeit.

»Danke«, sagte sie leise. »Danke für diesen Rat. Ich werde darüber nachdenken.«

»Ich danke Ihnen, dass Sie sich die Zeit für dieses Gespräch genommen haben«, erwiderte Sinha. »Und ich wünsche Ihnen alles Gute.«

Lona hielt ihr Wort. Die nächsten beiden Tage verbrachte sie damit, die Hinterlassenschaft ihrer Mutter zu sichten und alles aufzuschreiben, was ihr auffiel und wovon sie mit Sicherheit sagen konnte, dass es fehlte. Als sie schließlich die Liste an Surendra Sinha mailte, die unter anderem den kompletten Schmuckkasten von Ute Mende enthielt, fühlte sie sich besser – nicht nur, weil sie damit sozusagen ihre Pflicht erfüllt hatte, sondern auch, weil sie sich im Reich ihrer Mutter nach deren Tod noch weniger wohlfühlte als zuvor und nun, nachdem sie die Tür hinter sich zugezogen hatte, endlich wieder freier atmen konnte.

Erst jetzt fiel ihr ein, dass da noch etwas war, das sie bislang versäumt hatte – sie hatte keinen Augenblick daran gedacht, Arnar über die jüngsten Ereignisse zu informieren. Also fuhr sie ihren Laptop hoch und schrieb ihm eine ausführliche Mail über das Auffinden von Dirks Leiche, über die Attacke und den Tod von Morten und über den Einbruch in der Villa samt dem Mord an ihrer Mutter.

Nur wenig später fand sie Arnars Antwortmail in ihrem Posteingang vor; fassungslos und betroffen bekundete er sein Mitgefühl und seine Anteilnahme, fragte mehrfach, wie es ihr ginge, und beendete sein Schreiben mit der unverhohlenen Aufforderung, nach Island zu kommen, falls sie nach all diesen furchtbaren Erlebnissen Abstand und Ablenkung brauchte.

Zum ersten Mal seit Wochen verspürte Lona so etwas wie echte Belustigung. Arnar hörte sich haargenau so an wie der indische Kriminalkommissar.

Und sie hatten recht. Beide.

Island.

11

Der Himmel über dem Tjörnin war dicht überzogen mit Wolken in Weiß, Grau und Blaugrau, aus denen hin und wieder ein paar vereinzelte Regentropfen zur Erde fielen. Ruhig und majestätisch glitten Dutzende von Singschwänen, Graugänsen und Enten über den kleinen See mitten im Zentrum von Reykjavík. Ab und zu brachen ein paar Sonnenstrahlen zwischen den Wolken hervor und zauberten schillernde Lichtspiele auf das Wasser.

Rund um den Tjörnin luden Bänke zum Verweilen und Entspannen ein. Auf einer dieser Bänke saß Lona. Steife Windböen lösten immer wieder neue Strähnen aus dem Zopf, zu dem sie ihre langen Haare an diesem Morgen so sorgfältig geflochten hatte, aber das störte sie nicht im Geringsten. Sie genoss den Wind, die frische, kühle Luft und die entspannte Atmosphäre um sich herum. Erst seit wenigen Stunden war sie wieder auf Island, doch schon jetzt merkte sie, wie die quälende Anspannung, unter der sie in den vergangenen Tagen und Wochen fast durchgehend gestanden hatte, langsam von ihr abfiel.

Sie war gerade noch so lange zu Hause geblieben, bis sie sowohl die Trauerfeier für Dirk als auch die Beisetzung ihrer Mutter überstanden hatte. Dann hatte sie ihren Koffer gepackt und Deutschland geradezu fluchtartig verlassen; das Flugticket nach Reykjavík hatte sie ebenso im Vorfeld gebucht wie ihre Unterkunft. Arnar hatte ihr zwar angeboten, bei ihm zu wohnen; aber auch wenn sie Gesellschaft um sich herum mittlerweile wieder ganz gut vertrug – so weit, dass sie ganze Nächte mit einem Mann unter einem Dach verbringen wollte, war sie dann doch noch nicht. Nicht solange die Trauer um Dirk noch so frisch war.

Außerdem war da tief in ihr immer noch der bohrende Verdacht, dass Arnars Bruder in irgendeiner Form in die Verbrechen an Dirk und ihrer Mutter verwickelt war. Auch wenn sie sich hüten würde, diesen Verdacht Arnar gegenüber offen zu äußern, solange das – um es mit den Worten von Kommissar Sinha zu sagen – nichts als Spekulation war.

Also hatte sie Arnars Einladung freundlich, aber bestimmt ausgeschlagen und stattdessen ein Einzelzimmer in dem gleichen Hotel wie beim vorigen Mal reserviert. Nach dem Bustransfer vom Flughafen Keflavík nach Reykjavík hatte sie sich direkt dorthin bringen lassen, eingecheckt und ihr Gepäck abgestellt. Dann war sie losgezogen, hatte auf Anhieb den Weg zur Hallgrimskirche wiedergefunden und war von dort aus eine Weile ziellos durch die Straßen gelaufen, bis sie schließlich beim Tjörnin gelandet war.

Mehrere Frauen und Kinder standen dort am Ufer und fütterten die Wasservögel, die den See in Scharen bevölkerten; viele der Enten und Graugänse flanierten ohne Scheu an Land und um die Passanten herum. Die ganze Szenerie atmete Heiterkeit und Frieden, die sich wie Balsam auf Lonas verwundete Seele legten. Die lähmenden, dunklen Tage der Angst und des Schreckens schienen plötzlich weit weg zu sein, zurückgelassen in einer anderen Welt, jenseits von rund zweitausend Kilometern Atlantik.

Ein erneuter Windstoß ließ sie frösteln, und sie zog ihre anthrazitgraue Windjacke fest um sich zusammen. Erinnerungen an die beiden Trauerveranstaltungen in den vergangenen Tagen stiegen in ihr hoch. An die nüchterne, emotionslose Beisetzung von Ute Mende im Familiengrab hinter dem Reichenauer Münster, zu der neben ein paar entfernten Angehörigen hauptsächlich ehemalige Kollegen und Bekannte ihres Mannes erschienen waren. Und an die Trauerfeier für Dirk in der Aussegnungshalle des Konstanzer Hauptfriedhofs, an deren Rande Lona zu ihrer Erleichterung hatte beobachten können, wie Claudia und deren aus Mallorca angereiste Mutter einander scheinbar ohne größere Ressentiments in die Arme nahmen. Auch mit Lona hatte sich Elvira Reisacher hinterher eine Weile unterhalten und ihr dabei erzählt, dass sie demnächst zusammen mit einer Freundin nach Indien reisen würde, um dort eine Weile in einem Ashram zu leben. »Ich brauche Abstand«, hatte sie ihr Vorhaben erklärt. »Claudia hat gesagt, dass sie sich um die Beisetzung der Urne kümmert. Legt dann auch ein paar weiße Rosen für mich nieder, ja?« Natürlich hatte Lona ihr das versprochen. In gewissem Sinne konnte sie Dirks Mutter verstehen; schließlich hatte sie selbst sich auf ähnliche Art zu einer Auszeit entschlossen.

Sie warf einen Blick auf ihre Uhr. Sie hatte sich mit Arnar zum Abendessen in einem der Fischrestaurants am Hafen verabredet. Wenn sie sich vorher noch ein wenig zurechtmachen wollte, dann sollte sie jetzt allmählich in ihr Hotel zurückkehren.

Sie stand auf und schlenderte zum Nordufer des Sees, wo mehrere Enten auf sie zuwatschelten und sich neugierig um sie scharten.

Bedauernd hob sie die Hände. »Beim nächsten Mal«, sagte sie mit einem leisen Lächeln. »Beim nächsten Mal bring ich euch was mit, versprochen!«

Sie strich sich eine Haarsträhne aus dem Gesicht, atmete tief durch und machte sich auf den Weg.

Abstand und Ablenkung hatte Arnar ihr für den Fall eines erneuten Island-Aufenthalts in Aussicht gestellt, und schon an diesem ersten Abend in dem gemütlichen kleinen Restaurant mit Blick auf den langgestreckten Gebirgszug Esja wurde Lona klar, wie ernst er das meinte. Bei Fischsuppe, gebratenem Kabeljau-Filet und warmem Schokoladenkuchen schilderte Arnar ihr in leuchtenden Farben die Naturschönheiten, die er ihr in den nächsten Tagen zeigen würde; er hatte sich extra freigenommen, um persönlich den Fremdenführer für sie spielen zu können.

Ganz oben auf seiner Liste stand natürlich der »Golden Circle«, »nachdem du ihn beim vorigen Mal extra wegen mir hast sausen lassen«. Im gleichen Moment, als er diese Worte aussprach, wurde seine Miene ernst und schuldbewusst, und Lona ahnte, dass er sich ebenso wie sie daran erinnerte, wie sie seinerzeit am Telefon begründet hatte, warum sie diesen Verzicht verschmerzen konnte: »Ich komme ganz bestimmt noch einmal hierher«, hatte sie gesagt. »Mit Dirk. Und dann schaue ich mir die Geysire und Konsorten zusammen mit ihm an. Das wird dann noch viel schöner.«

Nach ein paar Sekunden unbehaglichen Schweigens erkundigte er sich zaghaft, ob er diesen Programmpunkt besser streichen sollte. Lona jedoch schüttelte sehr bestimmt den Kopf. Sie *wollte* die Geysire sehen, den Gullfoss und Þingvellir. So wie sie auch all die anderen Orte sehen wollte, die Arnar ihr vorgeschlagen hatte. Dass sie dort jetzt nicht mehr neben Dirk stehen und seine Hand halten konnte, war nicht zu ändern. In Gedanken würde er bei ihr sein. Sie würde diese Erkundigungstouren auch in Erinnerung an ihn machen.

Der Wettergott war ihnen hold, als sie am nächsten Morgen in Arnars olivfarbenem Renault Clio losfuhren. Die Wolken am Himmel waren überwiegend hell und freundlich; nur vereinzelt erinnerten kurze Regenschauer daran, dass sie sich auf einer Atlantikinsel befanden, wo drastische Wetteränderungen alle paar Minuten völlig normal waren. Fasziniert betrachtete Lona die fremdartige, unberührte Landschaft, die an ihr vorbeizog – kantige Gebirgsmassive mit vereinzelten Schneefeldern, moosbewachsene Felsen, die aussahen, als wären sie mit leuchtend grünem Samt überzogen, und dazwischen weite Ebenen, durch die sich sprudelnd dahinschießende Bäche und eigenwillige Flüsse wanden und wo sanftweißes Wollgras wuchs, so weit das Auge reichte.

Bei Þingvellir spazierte sie mit Arnar an der Felswand der Almannagjá-Schlucht entlang und ließ sich dabei von ihm erzählen, wie im Jahr 930 an dieser Stelle, wo die Erdplatten Amerikas und Eurasiens auseinanderdriften, das isländische Alþing gegründet worden war, eines der ältesten Parlamente der Welt. Im Haukadalur stand sie beeindruckt vor dem Strokkur, dem zuverlässigsten der dortigen Geysire; alle fünf bis zehn Minuten brodelte das Wasser, bevor ein in Dampf gehüllter Wasserstrahl gut dreißig Meter hoch in die Luft schoss und nach einiger Zeit wieder in sich zusammenfiel. Daneben inspizierte sie mit wachsender Begeisterung auch die vielen anderen heißen Quellen ringsherum – große und kleine Wasserlöcher, die in kräftigen Farbtönen wie Lila, Grün und Orange schillerten; es dampfte, gluckerte und sprudelte in ihnen, und über allem lag ein Schwefelduft, der den Eindruck einer Hexenküche noch verstärkte.

Am späten Nachmittag schließlich erreichten sie zum Abschluss des »Golden Circle« den Gullfoss. Vor den beiden breiten Kaskaden des *goldenen Wasserfalls* stiegen gewaltige Sprühnebel auf, in die die Sonne, die in diesem Augenblick wieder einmal ihren Weg durch die Wolken fand, einen zartschimmernden Regenbogen zauberte. Es war so schön, dass Lona es kaum wagte, zu atmen. Ihre Augen füllten sich mit Tränen, aber sie lächelte.

Dein Tod war unser gemeinsames Ragnarök, Dirk. Möge dieser Regenbogen für uns beide ein neues Leben bedeuten. Ich werde dich nie vergessen. In jedem Regenbogen werde ich von nun an dich sehen.

Die Tage auf Island flogen nur so dahin, und Lonas Faszination für die Insel aus Feuer und Eis wuchs von Tag zu Tag. Sie bekam gar nicht genug von der wilden, rauen Natur, der klaren Luft und dem intensiven Licht, das die Sonne zu dieser Zeit des Jahres fast rund um die Uhr über Land und Meer ausgoss. Und sie spürte, wie sie sich körperlich und vor allem seelisch immer mehr erholte. Oft dachte sie in dieser Zeit dankbar an Kriminalkommissar Surendra Sinha und seinen Rat, neue Eindrücke in ihr Leben zu lassen. So wie es aussah, war dieser Rat Gold wert gewesen. Seit Lona auf Island war, hatte sie nicht mehr von nächtlichen Unfällen oder anderen Katastrophen geträumt.

An diesem Morgen steuerte Arnar seinen Wagen in Richtung Borgarnes. Nur vereinzelte Wolken zogen über den blauen Himmel; es versprach ein schöner Tag zu werden. Lona hatte unter Arnars CDs »Icelandic Folk Songs« entdeckt und ihn gebeten, sie einzulegen; nun begann eine Frauenstimme zu zarter Instrumentalmusik eine schlichte, leicht traurig klingende Melodie zu singen, die Lona auf seltsame Weise vertraut vorkam.

»Was ist das für ein Lied?«, fragte sie.

»›Maístjarnan‹«, antwortete Arnar. »Ein Tag-der-Arbeit-Lied, es geht darin um die Zukunftshoffnungen der Arbeiter am Ersten Mai. Der Text ist von Halldór Laxness; kennst du ihn?«

»Ja«, erwiderte Lona. »Zumindest vom Namen her; gelesen habe ich nichts von ihm, das geb ich ehrlich zu. Hat er nicht sogar mal den Literaturnobelpreis bekommen?«

»Hat er«, nickte Arnar. »Und denk dir nichts, ich bin sicher, es gibt eine Menge Isländer, die nie ein Buch von ihm gelesen haben. Dafür kennt mit Sicherheit jeder seinen ›Maistern‹. Wenigstens etwas.«

»Mir kommt das Lied auch bekannt vor«, meinte Lona nachdenklich. »Wenn ich nur wüsste, woher ...«

»Sicher hast du es hier irgendwo im Radio oder im Fernsehen gehört«, vermutete Arnar. »Du bist ja jetzt doch schon eine Weile hier.«

»Möglich«, sagte Lona. »Wo genau fahren wir jetzt eigentlich hin?«

»Ich dachte, wir halten kurz bei Deildartunguhver – das ist eine der größten Heißwasserquellen des Landes«, erläuterte Arnar. »Hundertachtzig Liter kochend heißes Wasser schießen da pro Sekunde aus der Erde, das dampft und schwefelt wie verrückt. Und danach zeig ich dir die

Hraunfossar, die Lavawasserfälle. Du musst dir das so vorstellen: Da fließt ein Fluss durch eine alte, poröse Lavaschicht, bahnt sich also unterirdisch seinen Weg und verzweigt sich dabei immer mehr, bis er am Ende des Lavafeldes wie aus dem Nichts wieder auftaucht und sich über eine Länge von fast einem Kilometer in hundert kleinen Wasserfällen in die Tiefe stürzt.«

»Klingt toll«, sagte Lona. »Und warum hast du gesagt, ich soll heute meine Badesachen mitnehmen? In diese kochend heiße Schwefelquelle werden wir ja wohl eher nicht springen, oder?«

Arnar schnaubte belustigt. »Ich fürchte, das wäre unserer Gesundheit nicht wirklich zuträglich. Nein, das wird eine Überraschung, die verrat ich jetzt noch nicht.«

Er zwinkerte ihr zu, und Lona beschloss, ihm die Überraschung nicht zu verderben. Also fragte sie nicht weiter nach, lehnte sich zufrieden zurück und verfolgte mit den Blicken ein paar Schafe mit dicker, zotteliger Wolle, die zwischen den Felsen herumkletterten und grasten. Aus den Lautsprechern erklang mittlerweile ein neues Lied, dessen Titel »Krummavisur« Arnar ihr mit »Rabenweise« übersetzte. Die heiteren Töne kurbelten Lonas gute Laune weiter an und verdrängten die wehmütigen Klänge des »Maístjarnan« aus ihrem Bewusstsein.

Arnars versprochene Überraschung entpuppte sich als einer der zahlreichen Hot Pools, von denen Lona schon mehrfach gehört hatte. Vielerorts auf Island gab es solche kleinen Freiluft-Badewannen, die von den unterirdischen heißen Quellen gespeist wurden und in denen sich die Isländer gerne entspannten. Manche waren naturbelassen, an anderen Stellen sammelte sich das warme Wasser in einem extra dafür angefertigten Bottich oder Becken, und oft gab es dazu sogar provisorisch errichtete kleine Umkleidekabinen, die ebenso wie die Hot Pools selbst das ganze Jahr über bei Wind und Wetter zur Verfügung standen.

Um zu Arnars Geheimtipp zu gelangen, mussten sie von den Hraunfossar aus eine gute Viertelstunde durch die atemberaubend schöne, farbenfrohe Landschaft wandern. Dann erreichten sie den kleinen Pool, der direkt in einen moosbewachsenen Bergabhang gehauen worden war. Außer ihnen war weit und breit niemand zu sehen.

»Wenn du dich hier nicht entspannst, dann nirgends«, lächelte Arnar. »Das Wasser ist neununddreißig Grad warm, egal wie kalt es außenrum ist. Und wenn wir Glück haben, dann verirrt sich außer uns heute niemand mehr hierher.«

Er hielt inne. Seine Miene wurde ernst.

»Ich … ich hoffe, das stört dich nicht. Sonst kann ich auch draußen warten, bis du …«

»Blödsinn!«, fiel Lona ihm ins Wort. »Ich gehe ja doch davon aus, dass du nicht über mich herfällst, sobald ich im Badeanzug vor dir stehe. Wenn ich dir nicht trauen würde, dann würde ich ganz bestimmt nicht schon seit Tagen allein mit dir durch die Gegend fahren. Also komm – nutzen wir die Zeit, solange es zumindest von oben trocken bleibt! Ich bin wahnsinnig gespannt auf diesen Pool.«

Sie verzog sich mit ihrem kleinen Tagesrucksack in die winzige Holzhütte am Ende des Pools. Als sie in ihrem silbernen Badeanzug wieder ins Freie trat, den tizianroten Zopf zu einem Knoten verdreht und mit Hilfe einer großen Haarspange am Hinterkopf befestigt, saß Arnar bereits in dunkelgrünen Badeshorts im Wasser und winkte ihr einladend zu.

»Mann, ist das kalt!«, entfuhr es Lona schaudernd, und sie zog das Handtuch, das sie sich über die Schultern geworfen hatte, vor der Brust zusammen.

»Was meinst du, warum ich hier drinsitze«, gab Arnar grinsend zurück. »Komm schon, rein mit dir, dann frierst du ganz bestimmt nicht mehr!«

Sie ließ das Handtuch zu Boden fallen und kletterte vorsichtig über eine Leiter in den Pool. Schlagartig durchströmte sie wohlige Wärme, als sie in das fast vierzig Grad heiße Wasser eintauchte. Der Kontrast zu der frischen, klaren Luft wirkte zusätzlich belebend. Sie wusste nicht, wann sie sich zuletzt derart wohlgefühlt hatte.

Rund um den Innenrand des kleinen Pools waren Sitzstufen eingearbeitet worden. Lona ließ sich Arnar gegenüber nieder, bis zum Hals umgeben von herrlich molliger Wärme, und blickte hinaus in die raue, überwältigend schöne Berglandschaft. Rings um sie herum war es still. Nur der Wind, der sachte durch die Gräser strich, war zu hören.

»Es ist unglaublich«, flüsterte sie. »Hier bekommt man eine ganz neue Vorstellung davon, was *Leben* ist. Diese Natur, sie ist … so lebendig … auch wenn sie noch so ruhig und still daliegt, aber man spürt in jeder Sekunde das Leben in ihr! Bilde ich mir das nur ein, oder liegt es einfach an diesem Land?«

»Die Natur *ist* belebt«, erwiderte Arnar. »Es kommt nicht von ungefähr, dass wahrscheinlich die Hälfte aller Isländer an Elfen glaubt, und an Feen und Riesen und was für Naturgeister auch immer.«

»Du auch?«, fragte Lona interessiert.

»Ich halte es mit den Pragmatikern«, antwortete Arnar mit einem verschmitzten Lächeln. »Solange man nicht beweisen kann, dass es Elfen *nicht* gibt, halte ich ihre Existenz zumindest für denkbar. Warum auch nicht? Sie stören uns doch nicht!«

»Aber wir stören ja vielleicht *sie*«, entgegnete Lona und fragte sich gleichzeitig, ob sie diesen Einwurf tatsächlich ernst meinte.

»Nicht nur vielleicht«, versetzte Arnar. »Es gibt eine Menge Geschichten von seltsamen oder unerklärlichen Erlebnissen, die man Elfen zuschreibt. Es heißt zwar, sie sind von Natur aus friedlich, aber wehe, sie fühlen sich von Menschen belästigt oder gar bedrängt! Dann werden sie giftig.«

»Und was geschieht dann?«

»Dinge verschwinden oder gehen kaputt; manchmal passieren sogar rätselhafte Unfälle mit Verletzten. Es gibt auf Island einige Straßen, die plötzlich einen Schlenker um einen Felsbrocken herum machen – weil dieser Felsbrocken als Elfenburg gilt und deren Bewohner trotz höflicher Bitte partout nicht ausziehen wollten. Manchmal hat man da zuerst einfach beschlossen, den Felsen kurzerhand zu sprengen – und daraufhin ging auf der Baustelle mit einem Mal alles schief, was nur schiefgehen konnte. Bis man sicherheitshalber entschied, die Trasse an dieser Stelle zu ändern, damit der Felsen bleiben konnte, wo er war. Es sei denn, man konnte ihn versetzen. Auch das ist schon vorgekommen.«

»Verrückt.« Ungläubig schüttelte Lona den Kopf.

»Ja, wir Isländer gehen sorgsam mit unseren Elfen um«, schmunzelte Arnar. »Es soll sogar Elfenburgen geben, denen man eine offizielle Hausnummer zugeteilt hat. Integration à la Island, sozusagen.«

Darauf fiel Lona endgültig nichts mehr ein. Während sie noch über das sonderbare Verhältnis zwischen Isländern und Elfen nachdachte, begann Arnar vor sich hin zu summen. Lona lächelte, als sie die Melodie des »Maístjarnan« erkannte. Und mit einem Mal fiel ihr ein, wann und wo sie sie schon einmal gehört hatte.

»Jetzt weiß ich es«, sagte sie leise. »*Du* hast diese Melodie gesummt, genau wie jetzt – damals, als ich in meinem Wohnzimmer diesen Weinkrampf bekommen habe. Du hast mich in den Armen gehalten und dabei dieses Lied gesummt. Nicht wahr, das war es doch?«

Arnar antwortete nicht sofort. Offenbar versuchte er, sich an diesen Moment zu erinnern.

»Kann schon sein«, meinte er nachdenklich. »Meine Mutter hat dieses Lied oft gesungen, als ich noch klein war, vor allem, wenn ich traurig war oder mir wehgetan hatte. Irgendwie hatte diese Melodie immer etwas Tröstliches für mich. Vielleicht habe ich sie deshalb ganz unbewusst gesummt, als es dir in der Nacht so dreckig ging. Aber ganz ehrlich, ich könnte es dir jetzt nicht mehr mit Sicherheit sagen.«

»Ich bin mir ganz sicher«, erwiderte Lona. »Und ich weiß noch, dass diese Melodie mich damals unheimlich beruhigt hat. Offenbar wirkt sie auf mich genauso wie auf dich.«

Sie strich mit den Fingerspitzen über die Wasseroberfläche und betrachtete die sanften Wellen, die dabei entstanden. Plötzlich seufzte sie tief.

»Meine Mutter hat mir nie etwas vorgesungen. Nie.«

»Vermisst du sie?«

Sie hob den Kopf. Arnar sah sie an, ruhig und fragend.

»Du redest so gut wie nie über sie«, fügte er hinzu. »Ich weiß, ihr hattet es nicht leicht miteinander, aber – Mutter ist Mutter. Und ich weiß, wie das ist, wenn man die Mutter verliert.«

»Aber du hast deine Mutter geliebt, ja?«

»Sehr.«

Lona seufzte erneut. »Dann geht es dir besser als mir. Ich kann irgendwie nicht behaupten, dass ich sie vermisse. Es ist lediglich ein … ein seltsames Gefühl, dass sie nicht mehr da ist. Dass jetzt nur noch ich übrig geblieben bin.«

Sie zog die Hände unter die Wasseroberfläche und kreuzte sie vor der Brust. Sofort spürte sie die Wärme, die sie umgab, noch intensiver als zuvor und entspannte sich wieder ein wenig.

»Bei meinem Vater war das anders. Er war von Anfang an meine eigentliche Bezugsperson. Er hat mit mir gespielt und Spaziergänge gemacht, und er war es auch, der Lieder mit mir gesungen hat. Später war er dann mein vertrautester Gesprächspartner, er hat mir zugehört und mir gute Ratschläge gegeben. Mit ihm hab ich immer über alles reden können.«

»Und dann hast du ihn so früh verloren.« Arnar betrachtete sie mitfühlend. »Das ist wirklich bitter. Er muss dir furchtbar fehlen.«

»Und wie!« Sie erwiderte seinen Blick. »Du hast gefragt, ob ich meine Mutter vermisse. Es gibt Tage, da empfinde ich Wut – darüber, dass sie so brutal umgebracht worden ist. Wir hatten kein gutes Verhältnis, aber so ein Ende hatte sie einfach nicht verdient. Und dann tut sie mir leid. Sie war mit Sicherheit kein sehr glücklicher Mensch. Ich weiß nicht, ob ich etwas hätte besser machen können, und ich werde es wohl auch nie erfahren. Aber wenn ich jemanden wirklich vermisse – dann ist es Papa.«

Sie legte den Kopf in den Nacken und schaute empor zu dem bewölkten Himmel.

»Und Dirk.«

Sie schloss die Augen. Wieder war eine Weile nichts zu hören außer dem Wind, der inzwischen ein wenig auffrischte.

Dann straffte sie sich mit einem Mal und schüttelte sich leicht, wie um etwas abzuwerfen. Das Wasser um sie herum plätscherte und bildete große, ringförmig auseinanderdriftende Wellen.

»Aber es nützt nichts, den Kopf in den Sand zu stecken. Ich muss nach vorne schauen. Das hat auch Papa immer gesagt. Kennst du das sogenannte Gelassenheitsgebet? ›Gott, gib mir die Gelassenheit, Dinge hinzunehmen, die ich nicht ändern kann, den Mut, Dinge zu ändern, die ich ändern kann, und die Weisheit, das eine vom anderen zu unterscheiden.‹ Das hat Papa mir schon ganz früh beigebracht. Und immer, wenn ich jetzt an die Dinge denke, die zuletzt passiert sind – das mit Dirk und meiner Mutter, und die Sache mit Morten –, dann gehen mir auch diese Worte im Kopf herum. Ich weiß noch nicht, ob ich die Dinge jemals so gelassen hinnehmen kann, wirklich nicht. Aber seit ich hier auf Island bin, fange ich an zu glauben, dass es zumindest möglich ist.« Sie atmete tief durch und sah Arnar an. »Ich würde gern dieses Maistern-Lied noch einmal hören. Kannst du den Text?«

Ein schwaches Lächeln glitt über Arnars Gesicht. Er zögerte kurz, dann begann er, mit rauer, aber sicherer Stimme zu singen. Lona lauschte fasziniert; der schlichte

Gesang schien zu verschmelzen mit der gewaltigen, einsamen Landschaft um sie herum. Sie verstand kein Wort, aber die fremdartig klingende Sprache fand ebenso den Weg in ihr Herz wie die traurige kleine Melodie.

Als das Lied zu Ende war, schwiegen beide. Dann stand Arnar plötzlich auf, watete quer durch den Pool auf Lona zu und setzte sich, mit einem kleinen Abstand, neben sie auf die Steinstufe.

»›Oh, wie leicht ist dein Schritt, wie lange hab ich auf dich gewartet‹«, hörte sie seine leise Stimme. »›Frühjahrsschnee liegt auf den Fenstern, und ein bitterer Wind heult. Aber ich kenne einen Stern, einen Stern, der leuchtet; und jetzt bist du endlich gekommen – du bist zu mir gekommen.‹«

Lona atmete tief und lautlos durch. »Ist das … der Text?«

»Ja.«

Sie schloss die Augen. In ihr drehte sich ein Mühlrad aus Unsicherheit, bitteren Erinnerungen und ihrer neu erwachten Sehnsucht nach Leben. Ein Teil von ihr wollte aufstehen, aus dem Pool steigen und zur augenblicklichen Heimfahrt drängen. Der andere wollte für immer an diesem verzauberten Ort bleiben, in diesem herrlich warmen Wasser und neben dem Mann, der es sich zur Aufgabe gemacht zu haben schien, sie zu halten und zu stützen. So wie damals, als er den »Maistern« zum ersten Mal für sie gesummt hatte. Und so wie … jetzt.

Langsam wandte sie den Kopf zur Seite und sah Arnar an. »Aber du weißt, dass ich nicht *zu dir* gekommen bin, ja?«

Ein Schatten huschte über sein Gesicht, aber er nickte. »Ja. Ich weiß.«

Im nächsten Moment überwand Lona die noch verbliebene Distanz zwischen ihnen, rückte dicht an Arnar heran und lehnte sich an ihn.

Für eine Sekunde schien er starr vor Überraschung, dann legte er mit einer tastenden Bewegung den Arm um sie und zog sie, als sie keinen Widerstand leistete, leicht an sich. Es war ein seltsames Gefühl. Einerseits irgendwie falsch. Und auf der anderen Seite … einfach nur richtig. *Und schön.*

Nur als er versuchte, ihr einen vorsichtigen Kuss auf die Wange zu drücken, wehrte sie ab und entzog sich ihm.

»Nein. *Bitte.* So weit … bin ich noch nicht.«

»Entschuldige.«

»Schon gut.«

Sie lehnte sich wieder in seine Umarmung hinein und richtete ihren Blick auf die wunderbare Landschaft, die sich vor ihren Augen ausbreitete. Sie dachte an Dirk. Gleichzeitig empfand sie es als das Selbstverständlichste der Welt, dass sie hier zusammen mit Arnar bis zum Hals in diesem wohlig warmen Wasser saß – mit dem Mann, der zu ihrem seelischen Halt geworden war und der sie schützte. Ob vor eventuell missgelaunten Elfen, vor ihren Erinnerungen und Albträumen … oder vor sich selbst.

Leise begann sie die »Maístjarnan«-Melodie zu summen und lächelte, als sie hörte, wie Arnar einstimmte.

Während der Heimfahrt nach Reykjavík begann es zu regnen, und diesmal sah es nicht so aus, als ob sich daran nach zehn Minuten etwas ändern würde. Zum Glück fand Arnar ganz in der Nähe ihres Hotels einen Parkplatz, so dass Lona den Rucksack mit den nassen Badesachen in ihr Zimmer bringen und sich ein wenig frischmachen konnte. Weil es danach immer noch wie aus Kübeln schüttete, beschlossen sie und Arnar, der Einfachheit halber schnell hinüber in die Harpa zu flüchten, um dort einen Kaffee zu trinken und vielleicht auch eine Kleinigkeit zu essen.

Die Stimmung dort war auch an diesem Tag so heiter und gelöst, wie Lona sie sie von ihrem vorigen Besuch in Erinnerung hatte. Zahlreiche Menschen flanierten auf den Treppen und in den Wandelgängen, viele stöberten in den kleinen Boutiquen, und auch die beiden Restaurants oben unter der funkelnden Spiegeldecke und unten im Foyer waren gut besucht.

Neben den breiten Stufen der langgezogenen Freitreppe, die entlang der gläsernen Außenwand nach oben führte, luden schlichte, aber bequeme Sitzinseln in Gelb und Hellgrau zum Verweilen ein. Die meisten waren besetzt – junge Mädchen, die miteinander plauderten, Männer, die konzentriert auf ihren Laptops arbeiteten, und tütenbeladene Besucher, vermutlich Touristen, die die Beine ausstreckten und die Aussicht durch die großen Glaswaben genossen. Auf halber Höhe der Treppe war jedoch eine Sitzinsel noch frei, und Lona beeilte sich, sie zu erobern.

Arnar lächelte, als er sich neben ihr niederließ.

»Du fühlst dich scheinbar schon wie zu Hause in meiner Stadt«, stellte er fest. »Oder zumindest in der Harpa.«

»Ich kann verstehen, warum die Menschen gerne hierherkommen«, erwiderte sie. »Die Architektur dieses Gebäudes ist faszinierend – so viel Raum, so viel Licht, und die ganze Atmosphäre ... Hier *muss* man sich einfach wohlfühlen.«

»Ich glaube, die Reykjavíker schätzen im Zweifelsfall eher die Wärme hier drin«, schmunzelte Arnar. »Wenn es draußen mal wieder so richtig schön nasskalt ist wie heute, dann ist die Harpa eine wunderbare Zuflucht.«

»Um auf die Wiederkehr der Sonne zu warten«, sagte Lona. Unwillkürlich seufzte sie leise. »Und auf den Regenbogen.« Sie biss sich auf die Lippen, wandte sich ab und schaute durch die Glasfassade ins Freie.

»Stimmt was nicht?«, hörte sie nach einer Weile Arnars Stimme hinter sich.

»Nein – ich denke nur gerade an das Wandbild im Café Loki. Weißt du noch? Inzwischen habe ich mein Ragnarök erlebt, eigentlich sogar mehr als nur eines; und ich dachte schon, ich würde nie wieder einen Regenbogen sehen. Bis ich dann neulich vor dem Gullfoss gestanden bin. Seitdem ist der Regenbogen eine Art Symbol für mich geworden. Eine Hoffnung, dass es für mich nach diesem Ragnarök doch wieder ein neues Leben geben wird.«

»Der Gedanke ist gar nicht so falsch«, erwiderte Arnar. »In der alten Sage bringen sich Götter und Riesen in jahrelangen Kämpfen gegenseitig um, und schließlich geht die alte Welt in Rauch und Feuer unter – aber nach diesem Ragnarök entsteht am Ende eine neue Welt. Chaos und Ordnung finden wieder ins Gleichgewicht, und das Böse weicht dem Guten. Insofern lehrt uns diese Sage, dass das Leben selbst nach schlimmsten Katastrophen niemals zu Ende ist – es geht weiter, und es kann sogar völlig neu aufblühen.«

Sie spürte, wie er ihre Hand ergriff.

»Und das wünsche ich dir sehr, Lona. Wirklich.«

Sie wandte sich ihm zu, sah ihn an und erwiderte seinen Händedruck. »Danke. Wie gesagt, seit ich hier bin, habe ich tatsächlich das Gefühl, dass es wieder aufwärtsgeht. Und das hab ich auch dir zu verdanken, Arnar. Ich möchte, dass du weißt, dass ich dir sehr, sehr dankbar bin.«

»Keine Ursache.« Ein Schatten glitt über Arnars Gesicht. »Ich weiß, wie das ist, wenn man ein traumatisches Erlebnis verarbeiten muss; ich hab vor ein paar Jahren mein eigenes Ragnarök gehabt. Und das steckt mir bis heute in den Knochen. Wahrscheinlich werde ich diese Erinnerungen nie ganz loswerden, auch wenn ich mein Leben wieder einigermaßen auf die Gleise gebracht habe.«

»Das tut mir leid«, sagte Lona betroffen. »Was ist dir denn passiert?«

Sein Blick wurde dunkel, und er wandte sich ab. Seine Hand löste sich aus der ihren.

»Ich hab damals noch in Konstanz studiert«, begann er leise. »Eines Abends hat mich ein Bekannter aus Radolfzell angerufen – seine schwangere Freundin war gerade mit Blutungen in die Klinik eingeliefert worden, es bestand die Gefahr, dass sie ihr Baby verlor. Er war völlig fertig, und ich hab gemerkt, dass er unbedingt seelischen Beistand brauchte. Es war zwar schon spät, und es hat in Strömen gegossen; trotzdem hab ich mir den Wagen von meinem WG-Mitbewohner geliehen und bin zu ihm gefahren. Ich meine, wozu sind Freunde denn da.«

Es war ihm anzumerken, dass es ihm schwerfiel, über diese Erinnerung zu reden.

»Es war eine Menge los auf den Straßen, und ich … ich wollte einfach so schnell wie möglich zu Matthias. Deshalb hab ich, wann immer es ging, überholt, und einmal … da hab ich mich verschätzt. Auf der Gegenfahrbahn kam mir einer entgegen und ich dachte, der ist noch weit genug weg, also hab ich den vor mir überholt – aber dann hätte nicht viel gefehlt, und ich wäre frontal in den anderen Wagen reingefahren. Ich hab's gerade noch rechtzeitig geschafft, mein Auto wieder auf die rechte Spur rüberzureißen … und dann hab ich hinter mir ein Krachen gehört und dachte, Scheiße, was war das … Aber dann bin ich weitergefahren, ich war ja fast da, und ich dachte an meinen Freund, der …« Er gab einen frustrierten Seufzer von sich. »Heute weiß ich, ich hätte anhalten sollen, aber damals war ich einfach nur froh, dass mir selbst nichts passiert war, und dem Auto von meinem Kumpel auch nicht.« Er beugte sich nach vorne und starrte auf seine ineinanderverkrampften Hände hinunter. »Eva hat ihr Baby in der Nacht tatsächlich verloren. Ich war danach stundenlang nur noch damit beschäftigt, Matthias zu trösten und ihn davon abzuhalten, sich die Hucke vollzusaufen. An den Vorfall auf der Straße hab ich gar nicht mehr gedacht. Erst zwei Tage später bin ich zufällig auf einen Zeitungsartikel gestoßen über einen Unfall, bei dem ein Mann ums Leben gekommen war – genau an dem Abend und in etwa da, wo es mich beinahe erwischt hätte. Ich meine, ich kann es natürlich nicht mit letzter Sicherheit wissen, aber seitdem verfolgt mich der Gedanke, dass wahrscheinlich *ich* diesen Unfall verursacht habe. Und dass ich deshalb schuld bin an dem Tod dieses Mannes.«

Lonas Kopf war für einen Moment völlig leer. Dann tauchten langsam, ganz langsam die alten und schrecklich vertrauten Bilder darin auf. Die nächtliche Dunkelheit. Der strömende Regen. Die grell blendenden Scheinwerfer des entgegenkommenden Wagens. Die Leitplanke, die mit grauenvoller Unerbittlichkeit auf sie zukam. Ihr Vater, hinter dem Steuerrad seines Wagens eingeklemmt, bleich und leblos.

»Du – *du* warst das?«, flüsterte sie.

»Wie gesagt, ich weiß es nicht sicher«, antwortete er; er schien ihren Schock noch gar nicht zu bemerken. »Aber allein die Vorstellung hat es mir unmöglich gemacht, noch weiter in Konstanz zu bleiben. Kurz darauf hab ich mein Studium abgebrochen und bin zurück nach Island gegangen. Meinem Vater und dem Rest der Welt gegenüber hab ich diesen Schritt damit begründet, dass mir das Studium keinen Spaß gemacht hat und ich einfach wieder zurück nach Hause wollte. In Wirklichkeit war es schlicht und ergreifend eine Flucht.« Er hob den Kopf und sah sie an. »Ich hab bis heute noch nie mit jemandem darüber gesprochen, aber ich dachte, dass es dir vielleicht … aber um Himmels willen, Lona, was ist los mit dir? Du bist ja weiß wie die Wand geworden! Ist alles in Ordnung?«

Er streckte besorgt die Hand nach ihr aus, aber sie rutschte ruckartig zur Seite bis an den Rand der Sitzinsel und brachte so einen deutlichen Abstand zwischen sich und ihn.

»Du hast einen Unfall verursacht«, sagte sie tonlos. Ihr Blick bohrte sich in den seinen. »In einer Regennacht. Bei Radolfzell. Mit einem leichtsinnigen Überholmanöver. Wann genau?«

»Wieso willst du …«

»Wann genau??«

Verunsichert wich er ihrem Blick aus. Er sah aus, als würde er nachrechnen.

»Fünf Jahre«, sagte er schließlich. »Fünf Jahre ist das her. Irgendwann Ende April, den genauen Tag weiß ich jetzt nicht mehr …«

»Aber ich«, erwiderte Lona hart. »Es war der 20. April. Nicht wahr? Wenn du dir nicht mehr sicher bist, dann ruf deinen Freund in Radolfzell an. Er wird ganz bestimmt wissen, an welchem Tag seine Freundin sein Kind verloren hat.«

Er starrte sie an. In seinen Augen dämmerte die Erkenntnis.

»*Nein!*«, stieß er mit erstickter Stimme hervor. »Das ist nicht wahr. *Guð minn góður* – bitte sag, dass das nicht wahr ist!«

»Das sagst ausgerechnet *du*?«, explodierte Lona. »Das wäre ja wohl eher *mein* Text! *Sag, dass das nicht wahr ist …* aber es *ist* wahr, ja? *Du* warst das! *Du* hast unseren Wagen so geschnitten, dass mein Vater das Lenkrad verrissen hat und in die Leitplanke gekracht ist! Und dann bist du auch noch feige davongefahren und hast dich einen Dreck darum gekümmert, was du da angerichtet hast!«

»Lona, ich …«

»*Halt den Mund!!*«, fuhr Lona ihn an.

Ein paar Menschen in ihrer Nähe blieben stehen und sahen verwundert und neugierig zu ihnen herüber, aber das war ihr vollkommen gleichgültig.

»Du hast meinen Vater umgebracht, ist dir das klar? Wenn du nicht wie ein bescheuerter Idiot den König der Landstraße gespielt hättest, dann wäre mein Papa heute noch am Leben!«

»*Almáttugur!* Lona, es tut mir unendlich leid, ich …«

»Ach komm, spar dir das!« Lonas Augen brannten. »Davon wird mein Vater auch nicht wieder lebendig. Jetzt fehlt nur noch, dass tatsächlich dein Bruder meine Mutter ermordet hat, das wäre der krönende Höhepunkt dieses Familiendramas!«

»Was soll das heißen?« Arnars Gesicht verlor auch noch den letzten Rest Farbe. »Willst du damit sagen, dass Brynjar …«

»Und warum nicht?«, fauchte sie. »Er kennt Drogendealer und Hehler, er ist höchstwahrscheinlich auf Crystal Meth, und er ist seit Wochen von der Bildfläche verschwunden! Wer sagt mir, dass er sich das Geld für seinen Stoff nicht rund um den Bodensee zusammenklaut und dafür Häuser ausraubt? Wer weiß, vielleicht war unsere Villa nur eine von vielen!«

»Jetzt hör aber auf!«, gab Arnar scharf zurück. »Das ist doch vollkommen aus der Luft gegriffen! Oder hast du irgendeinen Beweis gegen meinen Bruder?«

»Nein«, schoss sie zurück. »Aber den krieg ich schon noch, verlass dich drauf! Und du – du bist für mich gestorben! Ich will dich nie wieder sehen!«

Sie sprang auf und drängte sich an ihm vorbei. Er versuchte, sie aufzuhalten, aber sie schüttelte ihn wütend ab und lief die Treppe hinunter.

Kurz vor dem Ausgang holte Arnar sie ein und hielt sie an den Oberarmen fest.

»Lona, *bitte* …«

Weiter kam er nicht. Sie riss sich los, fuhr herum und schlug ihm mit aller Kraft ins Gesicht.

»Lass mich! *Verschwinde aus meinem Leben!*«

Sie drehte sich um und rannte aus dem Konzerthaus hinaus, über den Vorplatz und hinüber zu ihrem Hotel auf der anderen Seite der Straße. Hotel »Arnarhvoll«. Bei ihrer Ankunft war ihr dieser Name noch wie ein positives

Omen erschienen; jetzt klang er wie bitterer Hohn in ihren Ohren.

Atemlos stürzte sie durch den Eingang und auf die Rezeption zu. Die junge hellblonde Dame, die gerade Dienst hatte, sah ihr verwundert entgegen.

»Guten Abend – kann ich etwas für Sie tun?«

Lona rang nach Luft und kämpfte gegen die Tränen, die in ihr hochstiegen. »Ja. Buchen Sie mir einen Flug nach Deutschland. Den ersten, den Sie kriegen können.«

»Gerne«, erwiderte die Dame dienstbeflissen. »Und wohin genau?«

»Egal!«, gab Lona in wilder Verzweiflung zurück. »Hauptsache, ich komme hier weg, und das so schnell wie möglich. Es tut mir leid – es liegt nicht an Ihnen, aber ich muss nach Hause. *Jetzt.*«

»Ich verstehe.« Die Dame lächelte unverändert freundlich. »Ich schaue gleich nach und sage Ihnen dann Bescheid. Welche Zimmernummer haben Sie?«

»402. Lona Mende.«

»Gut. Ich ruf Sie an, sobald ich einen Flug für Sie habe.«

»Danke.«

Lona nickte der Dame an der Rezeption zu und hastete zu den Aufzügen. Schon während der Liftfahrt nach oben gab sie ihre zuvor nur noch mühsam aufrechterhaltene Selbstbeherrschung auf, und als sie ihr Zimmer erreicht und die Tür hinter sich zugeworfen hatte, weinte sie laut und hemmungslos.

»Papa! *Papa!!*«

Sie schleuderte den Stuhl beiseite, trat gegen den Papierkorb, so dass er umkippte und davonkullerte, und hämmerte beide Fäuste auf die Tischplatte. Dann fegte sie mit einer einzigen Handbewegung alles vom Tisch, was darauf lag – Bücher, Broschüren, Block, Stift, Wasserkocher, Tasse, Teebeutel, alles verteilte sich über den Fußboden.

»Verdammt, Arnar, warum? *Warum??* Papa!!«

Schließlich ließ sie sich der Länge nach auf das Bett sinken und vergrub schluchzend das Gesicht in dem Kissen.

Ragnarök, dachte sie. *Ragnarök*.

12

Mehr als vierundzwanzig Stunden nach ihrer überstürzten Flucht aus der Harpa und nach einer Odyssee über drei europäische Flughäfen war Lona wieder zu Hause angekommen. Auch wenn sie die kalte, leere Villa auf der Reichenau kaum noch als ein Zuhause empfinden konnte. Nicht nach der wunderbaren Zeit auf Island, wo sie zum ersten Mal seit langem wieder das Gefühl gehabt hatte, frei atmen zu können, und erst recht nicht bei all den düsteren Erinnerungen, die sie inzwischen mit diesem Gemäuer verband. Aber vorläufig hatte sie keine andere Zuflucht.

Es war spätabends und bereits dunkel, keiner von den Nachbarn hatte ihre Heimkehr bemerkt. Sie war allein. Alles um sie herum war friedlich und still. Sie betätigte den Dimmschalter des neuen Deckenfluters, den sie sich vor ihrer Abreise noch gekauft hatte, und schob ihn auf eine niedrige Stufe. Ein schwaches, aber warmes Licht verbreitete sich im Wohnzimmer. Dann schaltete sie den Klassiksender im Radio ein, erkannte den Schlusssatz aus Sergej Prokofjews Symphonie classique und verzog unwillkürlich das Gesicht. War so viel Heiterkeit überhaupt noch möglich in dieser Welt?

Sie trat ans Fenster und blickte hinaus. Der Mond tauchte das Land und den See in ein kühles, silbernes Licht. Eigentlich war sie todmüde; die langen Flugstunden steckten ihr ebenso in den Knochen wie die Wartezeiten auf die jeweiligen Anschlussflüge, und psychisch fühlte sie sich nicht minder ausgelaugt. Aber allein beim Gedanken, sich auf ihrem Bett oder auch nur auf ihrem Sofa auszustrecken, wurde ihr übel. Dann würde sie nämlich irgendwann einschlafen … und träumen. Und sie wusste, dass ihre Albtraum-Schonzeit vorbei war. Die quälenden nächtlichen Bilder waren zurück, sogar schlimmer denn je, denn nun hatte der Fahrer des Wagens mit den grell blendenden Scheinwerfern endlich ein Gesicht.

Arnar.

Die Erinnerung an ihn schnürte ihr die Kehle zu. Sie ging in die Küche, um sich etwas zu trinken zu holen. Im Kühlschrank entdeckte sie eine seit langem vergessene Flasche Rosé. Sie öffnete sie, schenkte eines ihrer langstieligen Weingläser voll und kehrte zurück in das Wohnzimmer. Aus dem Radio erklang mittlerweile eine lyrische Sopranstimme; Lona hielt inne und lauschte.

»Lascia ch'io pianga mia cruda sorte, e che sospiri la libertà.«

Schlagartig wurde ihr eiskalt. Mit harten, schnellen Schritten ging sie zu dem Radiogerät und schaltete es aus. Nein. Diese sehnsuchtsvoll-traurige Händelarie mit dem Stoßseufzer »Lass mich mein grausames Schicksal beweinen« ertrug sie jetzt noch weniger als die überschäumende Fröhlichkeit der Symphonie classique.

Ihr Blick glitt die langen Reihen der CD-Rücken in ihrem Regal entlang. An einem blieb er hängen. »Le Onde«. Sie wusste schon gar nicht mehr, wann sie dieses Album des italienischen Pianisten Ludovico Einaudi das letzte Mal gehört hatte. Aber das war genau das, was sie jetzt brauchte.

Gleich darauf erfüllten die sanften, meditativen Klänge des Klaviers den Raum. Lona ließ sich mit ihrem Weinglas in den Sessel sinken, trank einen Schluck und schloss die Augen. Die langsam und gleichmäßig dahinfließenden

»Wellen« brachten ihre aufgewühlte Seele tatsächlich ein wenig zur Ruhe – zum ersten Mal, seit Arnars so unerwartetes wie niederschmetterndes Geständnis ihren neu gefundenen und gerade erst ganz leicht aufgeblühten Frieden so brutal mitsamt der Wurzel wieder ausgerissen hatte.

Dennoch konnte sie den Gedanken an Arnar und an das, was vor fünf Jahren geschehen war, auch jetzt nicht aus ihrem Bewusstsein verdrängen. Seit jener fatalen Regennacht hatte sie sich immer wieder gefragt, was wohl aus dem Unfallverursacher geworden war, und sie hatte das Schicksal verflucht, das es zuließ, dass er sich der Justiz und seiner gerechten Strafe entzog. Jetzt endlich kannte sie den Schuldigen am Tod ihres Vaters – zumindest sprach alles dafür, dass er es war. Als sie nach ihrem Weinkrampf in dem Hotelzimmer in Reykjavík und ihrem anschließenden Zusammenbruch wieder einigermaßen klar hatte denken können, war ihr erster Impuls gewesen, zum Telefon zu greifen, die Polizei in Deutschland anzurufen und Arnar Egillsson anzuzeigen. Dann hatte sie beschlossen, damit zu warten, bis sie wieder auf deutschem Boden war. Seitdem hatte ihr Daumen mindestens ein halbes Dutzend Mal über der Tastatur ihres Smartphones geschwebt … und doch hatte sie es bislang nicht fertiggebracht, die simple Zahlenfolge 110 einzutippen.

Auch jetzt starrte sie wieder unschlüssig auf das schwarze Display. Was zum Teufel hinderte sie daran, Arnars Schuld endlich ans Licht zu bringen? Auch wenn es vermutlich keine Folgen haben würde; jedenfalls konnte sie sich nicht vorstellen, dass die Staatsanwaltschaft wegen eines Unfalls mit Fahrerflucht einen Auslieferungsantrag nach Island schicken würde. Aber wenigstens war dann der Unfallhergang von damals aufgeklärt, und die

Akte konnte geschlossen werden. Und Arnar würde es sich künftig zweimal überlegen, ob er sich noch einmal nach Deutschland wagen würde.

Aber Arnar Egillsson war nicht nur der Mann, der den Tod ihres Vaters auf dem Gewissen hatte. Er hatte ihr auch spontan geholfen, nach Dirks Verschwinden Licht ins Dunkel zu bringen, und als sie nach ihrem dreifachen Ragnarök am Ende ihrer Kräfte gewesen war, da war erneut er es gewesen, der sich ihrer angenommen hatte. Obwohl er selbst noch immer in Sorge um seinen Bruder war, hatte er diese hintenangestellt und alles getan, um Lona aus ihrem seelischen Tief herauszuhelfen, damit sie wieder optimistisch in die Zukunft blicken konnte.

Als nach einer Stunde die letzten Klaviertöne auf der CD verklangen und es im Raum wieder still wurde, hatte sie Arnar noch immer nicht bei der Polizei angezeigt. Und sie war sich mittlerweile ziemlich sicher, dass sie es auch nicht mehr tun würde.

~

Früh am nächsten Morgen machte Lona einen Spaziergang zu dem Hofladen der Strobls in der Hoffnung, dort Andrea anzutreffen. Sie hielt es nicht mehr länger allein in der leeren Villa aus; sie brauchte unbedingt Gesellschaft und jemanden zum Reden.

In dem Laden fand sie Andreas Mutter vor, die gerade dabei war, Kisten voller Äpfel in die Regale zu packen.

»Ja, guten Morgen, Lona!« Frau Strobl strahlte, als sie ihre erste Kundin des Tages bemerkte. »Seit wann bist du denn wieder zu Hause?«

»Seit gestern«, erwiderte Lona. »Ist Andrea da?«

Frau Strobl schüttelte den Kopf. »Nein, Andrea ist vor ein paar Tagen nach Südtirol gefahren, um Verwandte von uns zu besuchen. In Margreid. Weißt du, mein Cousin ist Apfelbauer da unten. Wahrscheinlich wird sie ihn um und dumm fragen. Es ist ja so schön zu sehen, wie das Mädel sich jetzt doch immer mehr für den Obstanbau interessiert!«

»Ja, das hab ich auch schon gemerkt.« Lona biss sich auf die Lippen. »Gut, danke, Frau Strobl, dann geh ich jetzt wieder.«

»Einen Moment mal!« Frau Strobl kam hinter der Theke hervor, stellte sich dicht vor Lona hin und musterte sie prüfend. »Du bist ja ganz blass, Lonalein! Es geht dir immer noch nicht gut, ja? Das kann ich gut verstehen.«

»Nein, es geht schon. Ich bin nur ein bisschen müde nach der langen Reise, und ich hab heute Nacht schlecht geschlafen«, antwortete Lona ausweichend.

»Kein Wunder, nach allem, was du durchgemacht hast.« Frau Strobl nickte mitfühlend. »Aber das wird wieder, Lonalein, ganz bestimmt. Hier …« Sie griff in eine Kiste und hielt Lona einen leuchtend rotwangigen Apfel entgegen. »Iss, Kind, dann geht's dir bestimmt besser.«

Unwillkürlich schluckte Lona. Das mütterliche Lächeln der rundlichen Obstbäuerin, die Anrede »Kind«, der Apfel – das alles weckte Erinnerungen an ihre Kindheit, in der das Leben ihr noch hell und rosig erschienen war und sie keine Ahnung davon gehabt hatte, dass Menschen einander berauben und umbringen und sich selbst mit Drogen zugrunde richten konnten. Und dass man von einer Sekunde zur anderen alles verlieren konnte, was einem je etwas bedeutet hatte.

»Danke, Frau Strobl«, sagte sie leise und nahm den Apfel entgegen. »Lieben Gruß an Ihren Mann, und an Andrea, wenn sie wieder da ist.«

»Werd ich ausrichten. Schönen Tag noch, Lonalein!«

»Danke gleichfalls.«

Sie nickte Frau Strobl zu und verließ den Laden. Draußen betrachtete sie kurz den Apfel, rieb ihn an ihrem Ärmel blank und biss hinein. Er hatte eine wunderbar saftige Süße und gab ihr tatsächlich unerwartet wieder ein wenig Energie.

Sie beschloss, nach Konstanz zu fahren. Vielleicht konnte sie sich ja auf einen Minztee mit Farid treffen oder bei Marvin und Nicole vorbeischauen, wie der Betrieb in »Mani's Bistro« lief.

In der WG war jedoch niemand zu Hause. Auf ihre fragende SMS funkte Farid zurück, er habe an diesem Tag mehrere Seminare und leider keine Zeit für sie; ein andermal sehr gerne. Auch der Abstecher zu dem Bistro erwies sich als Fehlschlag: Die Fassade des Hauses erstrahlte zwar in dem makellosen Weiß, das Farid erst vor kurzem so sorgfältig aufgetragen hatte, der Leuchtschriftzug »Mani's Bistro« jedoch war nirgends zu sehen. Stattdessen hingen in den gardinenlosen Fenstern weiße Zettel mit der lapidaren Aufschrift: »Lokal zu verpachten.«

Sie ahnte den Zusammenhang und bekam ihn bestätigt, als sie von einem nahegelegenen Café aus Nicoles Handynummer wählte.

»Ja, nach dem ganzen Aufruhr mit der Leiche und den Drogen im Keller haben Marvin und ich beschlossen, dass wir uns besser ein anderes Lokal suchen«, erzählte Nicole. »Das waren uns einfach zu ungute Vorzeichen. Zum Glück hatte der Verpächter Verständnis, so dass wir den Vertrag in beiderseitigem Einvernehmen lösen konnten. Jetzt haben wir ein Lokal in Lindau gefunden, das ist total klasse und wir sind superhappy. In zwei Wochen eröffnen wir. Schaust du mal vorbei, wenn du in der Gegend bist?«

Lona versprach es, beendete das Gespräch und starrte unschlüssig in ihre Kaffeetasse. Ob sie vielleicht zur Uni fahren sollte? Dieses Semester konnte sie zwar insgesamt vergessen, so oft wie sie in den vergangenen Wochen ihre Seminare versäumt hatte, aber vielleicht traf sie ja ein paar Bekannte, mit denen sie sich unterhalten konnte. Alles war besser, als weiterhin allein herumzusitzen und darüber nachzugrübeln, warum gerade sie derart vom Schicksal gebeutelt worden war und ob damit jetzt wohl endlich einmal Schluss sein würde.

Mitten in ihre Überlegungen hinein ertönte der Klingelton ihres Smartphones, und der Name Claudia leuchtete auf dem Display auf. Sofort nahm sie das Gespräch an.

»Hallo, Claudia – was gibt's?«

»Hi Lona, ich hoffe, ich störe nicht – wie geht's dir denn da oben am Nordpol?«

Lona schnaubte amüsiert. »*So* weit in den Norden hat's mich nun auch wieder nicht verschlagen. Abgesehen davon, dass ich seit gestern wieder zu Hause bin.«

»Was? Du bist wieder im Lande? Umso besser. Kannst du gelegentlich mal bei mir vorbeischauen? Möglichst bald, um exakt zu sein? Ich hab nämlich eine Überraschung für dich.«

»Eine Überraschung?«

»Ja – und ich garantiere dir, du wirst Stielaugen kriegen. Also, wann kannst du hier sein?«

Lona lächelte schmallippig. »Dir ist schon klar, dass du mich jetzt neugierig machst, ja? Also gut – ich bin ohnehin gerade in Konstanz, ich komme mit der nächsten Fähre. Und sieh bloß zu, dass du bis dahin dein Untier sicher verstaust! Keine tierischen Empfangskomitees, bitte!«

»Gut, dass du mich daran erinnerst.« Claudia klang eindeutig belustigt. »Hast du gehört, Narcissa, dein Typ ist mal wieder nicht gefragt; ab ins Körbchen mit dir! Okay, Lona, soll ich schon mal Tee machen oder willst du lieber Kaffee?«

»Kaffee hatte ich gerade. Tee wäre prima.«

»Geht klar. Bis nachher dann!«

»Bis gleich!«

Einen Moment lang blieb Lona mit dem Smartphone in der Hand sitzen und grübelte über die geheimnisvolle Überraschung nach, die Claudia ihr in Aussicht gestellt hatte. Dann steckte sie entschlossen das Telefon in die Tasche, trank ihren Kaffee aus, zahlte und verließ das Café. Sie fuhr auf direktem Weg zum Fährhafen, setzte nach Meersburg über, und nur wenig später manövrierte sie ihren Wagen in eine Parklücke in der Nähe des Blocks, in dem Claudia wohnte.

Claudia empfing sie mit einer herzlichen Umarmung und, wie Lona erleichtert feststellte, diesmal tatsächlich ohne ihre Ratte auf der Schulter. Sie hielt sich gar nicht lange mit Vorreden auf und wies auf ihre Wohnzimmertür.

»Da drin sitzt deine Überraschung«, sagte sie. »Und glaub mir, für mich war es auch eine, das kann ich dir flüstern. Ich hab sie heute früh in Überlingen aufgegabelt, als ich dort was zu erledigen hatte.«

Lona musterte sie mit hochgezogenen Augenbrauen und öffnete dann die Tür. Auf dem Boden, an die Wand gelehnt, saß ein Mann, der bei ihrem Eintritt ruckartig den Kopf hob und sie anstarrte.

Sprachlos starrte Lona zurück. Eine schmale, ausgezehrte Gestalt. Wirres aschblondes Haar. Das Gesicht übersät mit Pickeln. Blaue Augen, in denen Angst und nervöse Unruhe flackerten. Es dauerte tatsächlich mehrere Sekunden, bis sie sich sicher war, wen sie vor sich hatte.

Es war Brynjar Egillsson.

Das ist nicht wahr, dachte Lona fassungslos. *Das glaub ich jetzt einfach nicht. Kaum beende ich das Kapitel Arnar, schon taucht der nächste Egillsson in meinem Leben auf wie der Geist aus der Flasche. Hört das denn niemals auf?*

Ohne die Augen von dem Mann auf dem Fußboden zu nehmen, ließ sie sich auf dem Sofa mit dem grünen Plüschbezug nieder. Unbewusst griff sie nach einem der vielen bunten Kissen, die dort herumlagen, umschlang es mit beiden Armen und presste es sich gegen ihren Leib – wie einen Schutz gegen diesen Mann, von dem sie nicht wusste, ob er Freund war oder Feind.

»Wie kommt er hierher?«, fragte sie leise. »Und wo war er die ganze Zeit?«

Ihr war bewusst, dass sie ihn mit dieser an Claudia gerichteten Frage auf ziemlich rüde Weise überging – als sei er irgendein Gegenstand, ein seelenloses Ding, das jemand dort an der Wand abgelegt hatte. Aber sie brachte es noch nicht fertig, ihn direkt anzusprechen.

»Ich war heute früh in Überlingen«, erwiderte Claudia. »Da hab ich ihn auf einer Bank sitzen sehen. Er sah so elend aus, dass ich dachte, ich schau mal, ob der Mann Hilfe braucht – und plötzlich kam er mir irgendwie bekannt vor. Auch wenn's dann noch eine Weile gedauert hat, bis bei mir der Groschen gefallen ist. Aber dann ist mir die Ähnlichkeit mit deinem Arnar aufgefallen. Also hab ich's drauf ankommen lassen und ihn mit Brynjar angeredet – und seine Reaktion war eindeutig. Er ist es. Wo er jetzt die ganze Zeit war, hat er mir allerdings noch nicht verraten. Er ist nicht sehr gesprächig.«

Mein Arnar. Lonas Hände krallten sich noch fester in das Kissen hinein. In diesem Punkt würde sie noch einiges klarstellen müssen ... aber nicht jetzt. Andere Dinge hatten jetzt Vorrang.

Sie sah, dass Brynjar leicht zu zittern begann, und versuchte, ruhig durchzuatmen. Sie würde sehr behutsam vorgehen müssen.

»Góðan daginn!«

Der isländische Gruß war ihr wie von selbst über die Lippen gerutscht, und er tat seine Wirkung: Die Angst in Brynjars Augen wich offensichtlicher Verblüffung, und er entspannte sich leicht. Sie fabrizierte ein Lächeln und hoffte, dass es nicht so bemüht aussah, wie es sich anfühlte.

»Und das war's dann auch schon mehr oder weniger mit meinen Isländisch-Kenntnissen. Hallo, Brynjar – kennst du mich noch?«

Er nickte langsam. »Lona«, sagte er leise.

»Ja.«

Claudia hatte zwischenzeitlich das Wohnzimmer verlassen und kam nun mit einer Kanne Tee und drei Tassen zurück. Wortlos schenkte sie ein, brachte eine Tasse zu Brynjar und ließ sich dann am Rande des Sofas nieder. Brynjar starrte eine Weile unschlüssig in seine Teetasse hinein und stellte sie dann neben sich auf dem Boden ab, ohne daraus zu trinken.

Lona nippte an ihrem Tee und übernahm erneut die Initiative.

»Ich bin sehr froh, dass wir dich endlich gefunden haben, Brynjar«, sagte sie. »Dein Bruder Arnar macht sich große Sorgen um dich, weißt du?«

Er blickte auf. Seine Augenbrauen stiegen leicht in die Höhe. »Du kennst Arnar?«

»Ja – ich hab seine Telefonnummer bei Dirk gefunden. Die hatte er sicher von dir, oder?«

Er schien einen Moment lang nachzudenken. »Ja … In den letzten Semesterferien war ich bei Arnar in Reykjavík, und da hab ich Dirk seine Festnetz-Nummer gegeben, falls er mich in der Zeit anrufen will. Ist günstiger als über das Handy.«

Lona musterte ihn prüfend. Brynjar sah erschöpft aus und musste sich offensichtlich bemühen, sich zu konzentrieren – aber sie hatte nicht den Eindruck, er sei nicht Herr seiner Sinne. Jedenfalls wirkten seine Worte auf sie klar und keineswegs verworren oder unverständlich.

»Wo ist Dirk?«, fragte er plötzlich mitten in ihre Überlegungen hinein.

Überrascht stellte Lona ihre Tasse, die sie gerade zum Mund hatte führen wollen, wieder ab.

»Weißt du das nicht?«

»Nein. Er wollte zu Enno, und dann … dann war er plötzlich weg.«

Lona wechselte einen kurzen, vielsagenden Blick mit Claudia. Dann wandte sie sich wieder Brynjar zu.

»Er ist tot, Brynjar. Seine Leiche wurde im Keller von Ennos Imbiss gefunden.«

Der Schock in Brynjars weit aufgerissenen Augen war unverkennbar. Er atmete heftig und stoßweise, dann schlug er sich die Hände vors Gesicht und stieß einen lauten, verzweifelten Klagelaut aus, der Lona durch alle Glieder ging. Instinktiv verschanzte sie sich noch mehr hinter ihrem Kissen-Schutzwall und beobachtete stumm, wie Brynjar wie in einem Anfall hin- und herzuzucken begann, zur Seite kippte und dabei seine Teetasse umstieß.

Claudia reagierte sofort; sie sprang auf, brachte die Tasse in Sicherheit, und ohne sich um die Teelache zu kümmern, ließ sie sich neben Brynjar auf dem Fußboden nieder und nahm ihn sanft an den Schultern. Prompt brach er in Tränen aus und weinte in Claudias Armen wie ein Kind.

»Es ist meine Schuld!«, stieß er mit erstickter Stimme hervor. »Oh Gott, das ist ganz allein meine Schuld …«

»Was ist deine Schuld?«, entfuhr es Lona. »Du weißt ja noch gar nicht, *wie* er umgekommen ist!«

»Es war Enno!«, schluchzte Brynjar in Claudias Schulter hinein. »Nicht wahr? Du sagst, er war in seinem Keller … *Verdammt*, und er wollte mir doch nur helfen!«

»Wie meinst du das?«, fragte Lona scharf. »Warst du etwa dabei?«

Brynjar blickte auf. Sein pickeliges Gesicht war nass von Tränen, seine Augen rot und geschwollen vom Weinen.

»Nein … er wollte allein zu ihm gehen. Und dann ist er nicht zurückgekommen … und Enno war plötzlich auch weg … und da hab ich die Panik gekriegt und bin abgehauen …«

»Langsam, langsam!«, bremste ihn Lona. »Eins nach dem anderen. Erzähl uns, was passiert ist – wobei wollte Dirk dir helfen?«

Brynjar löste sich von Claudia, lehnte sich wieder mit dem Rücken gegen die Wand und wischte sich über die Augen. Claudia blieb neben ihm sitzen und beobachtete ihn aufmerksam.

»Ich hatte Schulden«, sagte er leise. »Bei Enno.«

Lona wartete. Als Brynjar nicht weiterredete, hakte sie nach. »Drogen?«

Sie sah, wie Claudia ihre Hand über die von Brynjar legte. Die Geste schien ihm Mut zu machen.

»Wir sind oft zu Ennos Imbiss gegangen, Dirk und ich«, begann er. »Der Laden ist zwar nicht der Burner, aber es gibt dort eine verdammt gute Currywurst. Manchmal war ich auch allein dort und … na ja, irgendwann hab ich mitgekriegt, dass der Enno auch noch eine andere, heimliche Speisekarte gehabt hat. Und eines Tages … hat er mich dann auch mal mit in sein Hinterzimmer genommen und mich sein Yaba ausprobieren lassen …«

»Yaba?«, unterbrach Lona ihn fragend.

»Meth.« Brynjar verzog sein Gesicht zu einer Grimasse. »Und das Zeug war der Wahnsinn. Ich hab regelrecht abgehoben, ich war wie euphorisiert, ich hätte die Welt aus den Angeln heben können! Aber hinterher, da ging's mir miserabel. Ich war müde und total down, hab mich plötzlich auf nichts mehr richtig konzentrieren können, und dann bin ich zu Enno und hab ihm gesagt, dass ich noch mehr von dem Zeug brauche.«

Lonas Blick verfinsterte sich. *Wie war das noch? Bei Crystal Meth wird man schon beim ersten Mal sofort süchtig. Quod erat demonstrandum.*

»Das war ja auch kein Problem«, fuhr Brynjar fort. »Bei Enno gab's immer Nachschub. Solange man dafür bezahlen konnte, natürlich. Ich hab meine ganze Kohle dagelassen, und als ich pleite war, da … da hab ich angefangen zu klauen. Scheiße, ich weiß. Aber ohne meine tägliche Dosis Yaba ging bei mir einfach nichts mehr.«

Er zog seine Hand unter der von Claudia hervor und kratzte sich heftig am Unterarm.

»Irgendwann hat Dirk mitgekriegt, was mit mir los war. Er hat mit Engelszungen auf mich eingeredet, dass ich damit aufhören soll, und er hat mir reihenweise Artikel aus dem Netz vorgelegt, wo ziemlich drastisch beschrieben wurde, was aus Leuten wird, die Meth nehmen. Und dass es möglich ist, von dem Zeug wegzukommen. Er wollte mir helfen … verdammt, er wollte mir wirklich helfen! Aber ich konnte nicht aufhören. Ich hab das Zeug gebraucht! Verdammt noch mal, *ich hab das Zeug gebraucht!!*« Er war immer lauter geworden; die letzten Worte brüllte er regelrecht und hämmerte dabei unablässig mit der Faust auf den Boden.

»Schrei hier nicht rum!«, fuhr Claudia ihn an und versuchte, seine Faust festzuhalten.

»Ich – brauch – das – Zeug!!!« Er riss sich los und kratzte sich nunmehr an beiden Armen gleichzeitig.

»Wir haben aber keins da«, entgegnete Claudia kalt. »Und jetzt komm wieder runter, oder ich zieh dir die Teekanne über die Birne.«

Er keuchte heftig, dann wurden seine Atemzüge allmählich ruhiger, und er sank wie ein Häufchen Elend in sich zusammen.

»Tut mir leid«, murmelte er. »Es … es ist so *scheiße* ohne das Zeug. Deshalb bin ich auch immer wieder zu Enno gegangen, obwohl ich inzwischen sogar schon Schulden bei ihm hatte. Ich bin da einfach nicht mehr rausgekommen.«

»Was kostet dieses ›Zeug‹ denn?«, wollte Lona wissen.

»Hundert, hundertzwanzig Euro pro Gramm, je nach Qualität. Billigeres Yaba kriegst du auch schon für achtzig, aber Enno sagte immer, bei ihm gäbe es keinen Schrott.«

Nur mit Mühe verkniff sich Lona die Erwiderung, die ihr spontan auf der Zunge lag.

»Und wie lange reicht so ein Gramm?«, fragte sie stattdessen.

Brynjar biss sich auf die Lippen. »Einen Tag«, murmelte er. »Am Anfang noch etwas länger, aber ich hab das zuletzt jeden Tag gebraucht.« Er starrte vor sich hin und kratzte sich einen der Pickel auf der Wange auf. »Irgendwann hat Enno die Geduld mit mir verloren. Ich hatte inzwischen schon neunhundert Euro Schulden bei ihm – und er sagte, wenn ich die nicht bald zahle, dann würde er sich meine Freunde vornehmen, Dirk, Farid, Daniela … und das wollte ich auf keinen Fall! Ich musste irgendwie an Geld kommen. Und an dem Tag hab ich mich mit Dirk getroffen, und als er kurz raus ist, hab ich mir seine Geldbörse geschnappt. Aber als ich gerade die ganzen Scheine rausnehmen wollte, da hat er mich erwischt. Ich hab ihm dann alles gestanden. Meine Schulden bei Enno, und dass ich sogar schon gestohlen hab dafür, und dass Enno mich erpresst … Und dann hat

Dirk gesagt, ich soll mir keine Sorgen mehr machen, er nimmt das jetzt in die Hand.«

In diesem Moment war Lona alles klar. Dirk wollte mit Enno reden und Brynjars Schulden begleichen. Womöglich hatte er ihm auch gedroht, zur Polizei zu gehen. Und Enno wollte keinen lästigen Mitwisser haben, der ihn möglicherweise auch noch verpfiff, und entledigte sich seiner kurzerhand, indem er ihn zusammenschlug und ihm die Kehle durchschnitt.

»Und dann ging Dirk zu Enno und kam nicht mehr wieder«, sagte sie tonlos. »Nicht wahr?«

Brynjar nickte; erneut kamen ihm die Tränen. »Ich hab solche Angst um ihn gehabt! Ich hab sogar meinen Bruder auf Island angefunkt, ob er mir die neunhundert Euro geben kann, weil ich dachte, vielleicht hält der Enno Dirk irgendwo fest und ich kann ihn freikaufen. Aber Arnar wollte wissen, wofür ich das Geld brauche, und ich konnte es ihm doch nicht sagen! Er würde ausrasten, wenn er wüsste, dass ich …«

Er brach ab, aber Lona wusste genau, worauf er anspielte. Zu gut erinnerte sie sich an Arnars Erzählung im Café Loki über Brynjars erstes Drogenexperiment mit vierzehn und die Tracht Prügel, die der Junge dafür von seinem großen Bruder bezogen hatte.

Aber dies war nicht der richtige Moment, um das Thema zu wechseln und Arnar ins Spiel zu bringen. Sie brauchte auch noch den Rest von Brynjars Geschichte und betete, dass seine Erzählbereitschaft noch eine Weile andauerte.

»Was hast du dann gemacht, als Dirk nicht zurückkam?«, fragte sie und merkte, wie sie zu frieren begann.

Es dauerte lange, bis Brynjar antwortete.

»An dem Tag danach ging's mir total dreckig. Ich hatte keinen Stoff mehr und hab mich zu nichts aufraffen können. Erst einen Tag später bin ich zu dem Imbiss. Aber da war zu und in der Tür hing ein Zettel: ›Wegen Todesfall geschlossen.‹ Irgendwer hat mir dann erzählt, dass der Enno in der Nacht einen Unfall gehabt hat. Und da … hab ich plötzlich Panik geschoben. Ich dachte, wenn der Enno weg ist und die jetzt seinen ganzen Stoff finden, dann fliegt alles auf, und Dirk ist auch verschwunden, und am Ende heißt es noch, ich bin an allem schuld, und dann kommt die Polizei und … ich wollte nur noch weg, weg, weg. Ich bin schnell nach Hause, hab ein paar Sachen gepackt und gesagt, ich müsste mich um einen kranken Freund kümmern – und dann bin ich abgehauen.«

»Wohin?«

»Zuerst nach Radolfzell, zu einem Bekannten. Und dann immer weiter um den Bodensee herum. Ich hab nie gewagt, irgendwo lange zu bleiben – weil ich immer Angst hatte, dass die Polizei hinter mir her ist. Gestern bin ich nach Überlingen gekommen, hab dort auf einer Bank geschlafen, und dann hat mich plötzlich Claudia angesprochen. Sie meinte, sie würde mir helfen. Und sie hat auch gesagt, dass mir nichts passiert, wenn ich mit ihr gehe.« Er starrte Lona mit großen, angstvollen Augen an. »Mir – mir passiert doch nichts, oder?«

Mit einem Mal überkam Lona grenzenloses Mitleid mit dem Mann, der so völlig zerstört und verzweifelt vor ihr auf dem Boden saß. Zu gerne hätte sie ihm versichert, dass alles wieder gut werden würde. Aber das konnte sie nicht. Nicht, solange es noch diesen einen, speziellen Verdacht in ihr gab.

»Hier bist du erst mal in Sicherheit«, antwortete sie deshalb ausweichend. »Aber – Crystal Meth bekommst du keines, dass das klar ist. Wie war das überhaupt in den vergangenen Wochen, bist du außerhalb von Konstanz noch irgendwo an Stoff gekommen?«

»Ab und zu«, murmelte Brynjar verlegen. »Aber abgesehen davon, ich hatte ja kaum noch Kohle. Ich hab jetzt schon seit zwei Wochen nichts mehr gehabt.«

»Dann bleib doch dabei!« Zum ersten Mal mischte Claudia sich wieder in das Gespräch ein. »Ist doch besser, wenn du von diesem Dreckszeug wegkommst!«

»Ich weiß.« Er begann erneut heftig zu zittern und kratzte sich im Nacken. »Aber ich schaff's noch nicht. Ich würd jetzt sonst was geben für ein Milligramm Yaba!«

»Glaub ich dir«, erwiderte Lona trocken. »Aber erwarte bloß nicht, dass du von uns das Geld dafür bekommst. Das müsstest du dir schon mit Gewalt nehmen.«

Sie beobachtete ihn bei diesen Worten mit gespannter Aufmerksamkeit. Er zuckte leicht zusammen und starrte zu Boden.

»Ich hab noch nie was mit Gewalt genommen«, sagte er tonlos. »Noch *nie.* Ich hab ein paarmal geklaut, ja … aber ich hab dabei niemals jemandem was getan!« Er rieb sich die Augen. »Ich bin nicht mal bei Leuten eingebrochen, obwohl Enno mir oft gesagt hat, dass das ganz leicht ist und ich damit viel mehr Geld machen könnte als mit Klauen. Er hat mir sogar eine Adresse hier in Meersburg gegeben und gemeint, wenn mir mal was ganz Wertvolles in die Finger kommt, dann könnte ich es dort bei einem Morten verhökern. Aber das hab ich nie gemacht!«

Lona atmete tief durch. *So war das also.* Jedenfalls war das eine durchaus plausible Erklärung dafür, wie die Adresse des ehemaligen Fitnessstudios auf Brynjars Schreibtisch gekommen war.

»Du hast also niemals irgendwelche Einbrüche verübt?«, fragte sie sicherheitshalber noch einmal nach.

»Nie!«, beteuerte er und sah Lona in die Augen. »Ich schwör's!«

Sie betrachtete ihn lange, dann nickte sie. »Ja. Ich glaube dir, Brynjar.«

Eine halbe Stunde später saßen Lona und Claudia an dem kleinen Tisch in der Küche. Brynjar war nach dem langen Gespräch völlig erschöpft gewesen und schlief nun lang ausgestreckt auf dem grünen Sofa.

»Was machen wir jetzt mit ihm?«, fragte Claudia. »Ich will ihm ja nichts Böses, aber eigentlich müssten wir der Polizei melden, was er uns erzählt hat. Immerhin würde es helfen, den Mord an Dirk aufzuklären.«

»Sehe ich genauso«, erwiderte Lona. »Andererseits erwartet ihn dann natürlich das volle Programm der Staatsanwaltschaft – Drogenbesitz, Diebstahl und was weiß ich was noch alles. Und irgendwie tut er mir total leid.«

»Mir auch. Also?«

Lona überlegte. »Vielleicht sollten wir erst mal ein, zwei Nächte darüber schlafen. Apropos schlafen – willst du ihn hier bei dir behalten?«

»Wenn's nicht anders geht, ja«, versetzte Claudia. »Aber wäre es nicht sinnvoller, er geht zurück nach Konstanz in seine WG? Da hat er sein Bett und seine Sachen, und aus der Richtung Enno und Morten droht ihm ja keine Gefahr mehr, vor der er Angst haben müsste.«

»Höchstens aus der Richtung Daniela«, meinte Lona trocken. »Ich glaub nicht, dass die sehr begeistert sein wird, wenn der verlorene Isländer wieder einzieht. Aber Farid wird das schon deichseln. Und notfalls zahl ich noch eine weitere Monatsmiete für ihn; darauf soll's mir jetzt auch nicht mehr ankommen. Ich ruf Farid an.«

»Tu das«, stimmte Claudia ihr zu. »Und Arnar solltest du dann auch gleich anrufen, damit er weiß, dass sein Bruder wieder da ist und wie's um ihn steht.«

Lonas Gesicht verfinsterte sich. »Nein«, sagte sie hart. »Dem schreib ich eine SMS. Das genügt.«

»Nanu?« Claudia sah sie verwundert an. »Ist da irgendwas passiert, wovon ich nichts weiß?«

Lona seufzte. »Ja. Ich erzähl's dir. Aber vorher brauch ich jetzt doch noch einen Kaffee. Bist du so lieb und machst uns welchen?«

13

Am nächsten Vormittag fuhr Lona erneut zum Hofladen der Strobls, diesmal mit einer langen Einkaufsliste, die Claudia ihr am Vorabend mitgegeben hatte. Nach Lonas Bericht über ihre Zeit mit Arnar und deren jähes Ende hatte Claudia beschlossen, dass sie jetzt wohl beide etwas zu essen vertragen konnten, und spontan aus Resten, einem Schuss Kokosmilch, mehreren exotischen Gewürzen und einer Handvoll gehackter Cashewkerne eine ausgesprochen schmackhafte Gemüsepfanne gezaubert.

Auf Lonas Nachfrage hin bestätigte sie, dass sie ausschließlich vegan kochte – »ohne irgendwelche bescheuerten Fleischersatzprodukte, die kein Mensch braucht«, wie sie energisch versicherte. Umso größeres Interesse zeigte sie für Lonas gute Kontakte zu einem Obst- und Gemüsebauern auf der Reichenau, und Lona versprach, ihr eine Kiste mit frischen saisonalen Produkten zusammenzustellen und vorbeizubringen.

Brynjar hatte die Wohnung zu diesem Zeitpunkt bereits verlassen; Claudias Freund Fabian Scholl war für kurze Zeit zu Besuch gekommen, und weil er sich an diesem Abend ohnehin in Konstanz mit einem Bekannten treffen wollte, hatte er Brynjar kurzerhand gleich mitgenommen, um ihn, wie Lona mit Farid am Telefon verabredet hatte, in seiner WG abzuliefern. Was Lona und Claudia danach die Möglichkeit gegeben hatte, noch eine Weile bei einem Glas Wein zusammenzusitzen und Erinnerungen an Dirk auszutauschen. Ein paar kostbare Stunden, die Lona nie mehr vergessen würde.

Mit einer Kiste voller Kartoffeln, Karotten, Kohlrabi, Radieschen und anderen Köstlichkeiten aus dem Sortiment der Strobls verließ Lona den Laden. Wenig später lenkte sie ihren Wagen über den Reichenauer Damm und in Richtung Konstanz. Das herrliche sonnige Frühsommerwetter hielt nach wie vor an; Lona öffnete sämtliche Fenster, genoss den Fahrtwind und summte »I'm walking on sunshine« mit, das gerade im Radio lief.

In Konstanz hielt sie in der Nähe ihres Lieblingsfriseurs, den sie im Schnitt alle zwei Monate aufsuchte. Ihre Stammfriseuse Brigitte hatte zum Glück sofort Zeit für sie, servierte ihr einen duftenden Cappuccino und ein Glas Prosecco und unterzog Lonas Mähne dem vollen Wellnessprogramm aus Waschen, Haarkur, Spitzen schneiden und Föhnen.

Als Lona danach wieder auf die Straße hinaustrat, sah sie auf die Uhr und stellte fest, dass sie noch reichlich Zeit hatte. Claudia hatte ihr am Vorabend gesagt, dass sie gegen Mittag ein Vorstellungsgespräch für einen neuen Job hatte und vermutlich nicht vor 14 Uhr zu Hause sein würde.

Sie bummelte durch die Straßen, begutachtete die Auslagen in den Schaufenstern und verliebte sich dabei in ein Paar hochhackige, schwarze Riemchen-Sandaletten, schlicht im Design und zugleich todschick. Sie konnte der Versuchung nicht widerstehen und betrat das Schuhgeschäft, um die Sandaletten anzuprobieren. Sie saßen perfekt. Probehalber ging Lona ein paar Schritte auf und ab und betrachtete sich dabei prüfend im Spiegel. Die frisch gestylten tizianroten Haarfluten fielen ihr reich und glänzend den Rücken hinab; ihr schlanker Körper steckte in einem dunkelgrauen Träger-Jumpsuit, ein breiter schwarzer Ledergürtel betonte ihre Taille, und die hohen Sandaletten waren wie für dieses Outfit gemacht.

Sie war mit ihrem Aussehen durchaus zufrieden, auch wenn die Stirnschramme, die sie sich bei der Verfolgungsjagd mit Morten Moriarty zugezogen hatte, noch immer eine deutlich sichtbare rote Linie entlang ihres Haaransatzes zeichnete. Zudem war sie in den vergangenen Wochen nicht nur blasser, sondern auch schmaler geworden; den Ledergürtel hatte sie an diesem Morgen mühelos ein Loch enger zuschnallen können als sonst. Trotzdem: dass sie ohne nachzudenken ein Lied im Radio mitsummte, dass sie wieder einen Friseurbesuch genießen konnte, dass sie überhaupt wieder Lust verspürte, etwas für sich selbst zu tun und sich dazu auch noch neue Schuhe zu kaufen, betrachtete sie als ein gutes Zeichen. Offenbar war sie trotz allem, was sie in den vergangenen Wochen erlebt hatte, auf dem Weg zurück in eine gewisse Normalität. Das Leben ging weiter. Irgendwie.

Sie kaufte die Sandaletten, beschloss, sie gleich anzubehalten, und ging aus dem Laden hinaus. Die Sonne stand inzwischen hoch am Himmel. Als Lona sich nach einem Geschäft umsah, in dem es eventuell Sonnenbrillen gab, fiel ihr Blick auf ein indisches Restaurant, und in diesem Moment merkte sie, dass sie Hunger hatte – sie hatte an diesem Tag außer einer Tasse Morgenkaffee, dem unvermeidlichen Apfel von Mutter Strobl und den Getränken beim Friseur noch nichts zu sich genommen. Ein ordentliches Curry mit Reis kam ihr jetzt gerade recht, zumal sie ja auch, wie sie soeben festgestellt hatte, unbedingt etwas tun sollte, um nicht noch mehr vom Fleisch zu fallen.

Das Restaurant war erstaunlich gut besucht; offenbar nutzten viele Menschen aus der näheren Umgebung die

Mittagskarte für einen schnellen, gesunden Lunch. Lona ließ die Blicke schweifen, erspähte weiter hinten einen freien Tisch, hielt aber auf dem Weg dorthin inne, als sie ihren Namen hörte.

»Hallo, Frau Mende! Namaste!«

Sie sah in die Richtung, aus der die melodische Männerstimme gekommen war, und erblickte überrascht Kriminalkommissar Surendra Sinha, der an einem kleinen Zweiertisch saß. Nun erhob er sich und grüßte sie mit gefalteten Händen und einem freundlichen Lächeln. Sie lächelte zurück und trat an seinen Tisch.

»Guten Tag, Kommissar Sinha!« Sie lächelte leicht. »Oder ermitteln Sie etwa verdeckt hier, und ich hab Sie jetzt verraten?«

Er gluckste. »Dann hätte ich es auch nicht besser verdient, wenn ich tatsächlich so dumm gewesen wäre, meine Identität wegen einer schönen Frau auffliegen zu lassen. Aber nein, ich nutze lediglich ein paar kostbare freie Minuten, um eine Kleinigkeit zu essen; zu mehr als zwei Bürokaffees bin ich heute noch nicht gekommen.«

»Geht mir ähnlich«, nickte Lona.

»Wollen Sie sich zu mir setzen?« Er wies auf den freien Stuhl ihm gegenüber. »Oder essen Sie lieber allein?«

»Nein, vielen Dank!«, erwiderte Lona und ließ sich an dem Tisch nieder. Noch immer war sie froh über jede Gesellschaft, und Surendra Sinha war noch dazu ein Mann, mit dem man gut reden konnte. Sie freute sich über den Zufall, der sie beide in dieses Lokal geführt hatte.

Sie überflog kurz die Mittagskarte und entschied sich für Chicken Jalfrezi und eine Mangoschorle; Surendra Sinha bestellte Malai Kofta und einen salzigen Lassi. Während sie auf die Getränke warteten, erkundigte Sinha sich nach ihrem Befinden, und Lona schilderte, wie sie auf Island körperlich und seelisch wieder zu Kräften gekommen war. Arnar Egillsson und alles, was mit ihm zu tun hatte, ließ sie dabei allerdings wohlweislich weg.

»Das freut mich für Sie«, sagte Sinha, griff nach seinem Lassi-Becher, den der Ober während Lonas Erzählung zusammen mit der Mangoschorle serviert hatte, und sog durch den dicken Strohhalm einen Schluck des fein nach Kreuzkümmel duftenden Joghurtgetränks in sich hinein. »Ich gebe zu, ich hab mir wirklich Sorgen um Sie gemacht. Das sollte man als Kriminalkommissar zwar nicht tun, zu viel Empathie kann den Blick für das Wesentliche verstellen und uns in punkto Sachlichkeit und neutrale Herangehensweise einen Strich durch die Rechnung machen. Aber Sie hat es innerhalb kürzester Zeit mehrfach derart knüppeldick erwischt – ganz ehrlich, andere wären schon bei einem Bruchteil dessen, was Ihnen widerfahren ist, zusammengebrochen. Sie sind offenbar eine sehr starke Frau.«

»Ich weiß nicht …« Verlegen schaute Lona in ihr Glas. »Ich hatte in den vergangenen Wochen nicht wirklich das Gefühl, besonders stark zu sein. Sie haben keine Ahnung, wie oft ich geweint habe und wie oft ich dachte, das war's, mehr ertrage ich nicht mehr. Zum Glück hatte ich ein paar Menschen, die …« Sie biss sich auf die Lippen. »Ohne die säße ich jetzt wohl nicht hier.«

»Seien Sie froh darüber«, versetzte Sinha nüchtern. »Trotzdem: Es ist völlig in Ordnung, zwischendurch auch mal hinzufallen, solange man hinterher dann wieder aufsteht und weitermacht. Und dass Sie das geschafft haben, ist ein Beweis für Ihre Stärke, denn egal wie viele Menschen einem dabei helfen wollen: Aufstehen muss man alleine. Sonst bleibt man nicht lange auf seinen Füßen stehen und fällt gleich wieder hin.«

»So habe ich das noch nie gesehen.«

»Dann fangen Sie jetzt damit an.« Sinha lächelte. »Wenn Sie Hindu wären, dann würde ich Ihnen jetzt empfehlen, Ihre Gebete speziell an Ganesha zu richten. Wenn es um die Beseitigung von Hindernissen oder um einen Neubeginn geht, wenden sich die meisten Inder am liebsten an ihn – und Glück bringt er dazu auch noch.«

»Ganesha – ist das nicht dieser seltsame Gott mit dem Elefantenkopf?«, fragte Lona zögernd.

»Sehr richtig.« Sinha wies in die Richtung einer Mauernische. »Da drüben steht einer.«

Lona wandte den Kopf und entdeckte in der mit bunten Tüchern verkleideten Mauernische eine große Skulptur. Sie stellte eine dickbäuchige Gestalt mit vier Armen und dem Kopf eines Elefanten dar. Er war gekrönt von einer Tiara, in der ebenso viel Gold schimmerte wie in seiner farbenfrohen Kleidung. Um den Hals trug er eine Blütenkette, und die ganze Figur war mit zahlreichen buntglitzernden Steinchen verziert.

»Wie um alles in der Welt kommt man dazu, einen Gott mit einem Elefantenkopf anzubeten?«, fragte sie mit einem leisen Kopfschütteln.

Sinha trank einen weiteren Schluck von seinem Lassi. »Daran ist Shiva schuld. Er war mal wieder für längere Zeit aushäusig unterwegs, als seine Frau Parvati einen Sohn gebar, den sie Ganesha nannte. Als der göttliche Herr Gemahl sich dann endlich mal wieder nach Hause bequemte, stellte sich ihm ein hübscher kleiner Junge in den Weg und fragte frech, was der ›Fremde‹ denn hier wolle. Woraufhin Shiva ihm übelst gelaunt kurzerhand den Kopf abschlug.«

»Was?« Lona riss die Augen auf.

»Tja, bei den Hindu-Göttern ging es oft nicht weniger heftig zu als bei den alten Asen auf Island«, schmunzelte Sinha. »Als Shiva klar wurde, was er angerichtet hatte, wollte er sein Unrecht unbedingt wiedergutmachen, weil er seine Parvati über alles liebte und diese natürlich nun am Boden zerstört war. Er versprach ihr, Ganesha einen neuen Kopf zu schenken und zwar den des ersten Lebewesens, das ihm über den Weg laufen würde. Tja, und das war eben ein ahnungsloser Elefant. So kam Ganesha zu seinem sehr speziellen Aussehen. Und Shiva ordnete als zusätzliche Wiedergutmachung an, dass fortan bei jedem Gebet, Ritual und Zeremoniell als Erstes der Name Ganesha angerufen werden sollte.«

»Verrückt.« Erneut schüttelte Lona den Kopf.

»Ja, so kann's gehen«, sagte Sinha lächelnd. »Zum Glück ist Ganesha ein gemütliches Kerlchen, und immer lustig und gut drauf. Kein Wunder, dass die Inder ihn so lieben.«

Lona nickte und betrachtete noch einmal die bunte Ganesha-Figur in der Mauernische. Sinha hatte recht, der Ausdruck des Elefantengesichts war heiter, ja beinahe verschmitzt.

Und dann fiel ihr plötzlich noch etwas auf. »Warum sitzt denn da eine Ratte neben ihm?«

»Die Ratte ist das Reittier des Ganesha«, erklärte Sinha. »Damit ist sie zum Symbol geworden für die Kraft, die in jedem Lebewesen steckt. Ich meine, wenn so eine kleine Ratte imstande ist, sogar einen Elefanten zu tragen, dann ist doch wirklich nichts mehr unmöglich, nicht wahr?« Er zwinkerte Lona zu.

Im gleichen Moment erschien der Ober und servierte ihnen das Essen. Das Chicken Jalfrezi aus gebratenen

Hühnerfleischstücken und Gemüse war sehr pikant gewürzt; Lona genoss die für ihren Geschmack durchaus noch angenehme Schärfe und musterte gleichzeitig interessiert den Teller ihres Gegenübers.

»Darf ich fragen, was genau das ist, was Sie da essen?«, erkundigte sie sich.

»Malai Kofta«, antwortete Sinha. »Kleine Bällchen aus Gemüse und Paneer in einer milden Sauce mit Mandeln und Kokos. Eins meiner Lieblingsgerichte. Meine Mutter hat immer auch noch etwas Tamarinde dazugegeben, aber die hier sind zugegeben auch sehr lecker.«

»Ich sehe schon, wenn ich mal Nachhilfeunterricht in indischer Küche brauche, dann wende ich mich vertrauensvoll an Sie, ja?«, lächelte Lona.

»Für *theoretischen* Nachhilfeunterricht jederzeit gerne«, lachte Sinha. »Oder für Restauranttipps, da hab ich durchaus ein paar auf Lager. Selber koche ich nämlich mehr schlecht als recht, deshalb ist es umso wichtiger für mich, zu wissen, wo ich hierzulande gutes indisches Essen bekomme, das noch nicht allzu sehr dem westlichen Gaumen angepasst worden ist.«

Sie aßen weiter und unterhielten sich noch eine ganze Weile über Currys und Samosas, Tandoori-Gerichte und die ganze Palette an Gewürzen von Amchoor bis Zimt. Zwischendurch fragte Lona sich, ob der Kommissar den immerhin noch ungeklärten Fall zum Einbruch in die Mende-Villa und den Mord an ihrer Mutter absichtlich mit keinem Wort erwähnte. Wahrscheinlich schon, denn offenbar gab es noch keine neuen Erkenntnisse, und sie traute ihm mittlerweile genügend Feingefühl zu, dass er einfach keine Wunden bei ihr aufreißen wollte und deshalb mit ihr lieber über unverfängliche Dinge redete. Gleichzeitig rang sie sekundenlang mit sich, ob sie nicht wenigstens ihm vom Wiederauftauchen Brynjar Egillssons erzählen sollte – verbunden mit der Versicherung, dass sie ihn nicht mehr für schuldig hielt und er ihn von seiner Liste potenzieller Verdächtiger streichen konnte.

Aber nach wie vor sträubte sich etwas in ihr dagegen, Brynjar ans Messer zu liefern – und sie konnte von einem Kriminalkommissar ja wohl schlecht verlangen, dass er Kenntnisse über einen Crystal-Meth-Konsumenten großzügig unter den Tisch fallen ließ und nicht sofort an die Kollegen des Rauschgiftdezernats weiterleitete. Also schwieg sie und behielt Brynjars derzeitigen Aufenthaltsort für sich.

Nach einer fruchtig-sahnigen Mangocreme zum Nachtisch und einer Tasse Chai bestand Surendra Sinha darauf, Lona einzuladen, und dankte ihr für die nette Gesellschaft. Während er sich auf den Weg zu seinem nächsten Termin machte, schlenderte Lona nachdenklich zurück zu ihrem Wagen. Doch schon nach wenigen Metern blieb sie stehen, drehte sich auf dem Absatz um und ging noch einmal in das Restaurant und direkt zu der Mauernische mit der farbenfrohen Ganesha-Figur.

Eine Weile betrachtete sie den fröhlich lachenden Elefantenkopf. Dann zückte sie ihr Smartphone und machte ein Foto von der Skulptur.

Claudia strahlte vor Begeisterung über die Gemüsefuhre, die Lona am Nachmittag bei ihr in Meersburg ablieferte. Selbst hatte sie nach ihrem Vorstellungsgespräch Muffins in einer Bäckerei gekauft und bestand nun darauf, dass

Lona mit ihr wenigstens noch eine Tasse Kaffee trank, bevor sie wieder zurück nach Konstanz fuhr.

»Muffins?« Lonas Augenbrauen verschwanden beinahe unter ihrem Haaransatz. »Ich denke, du bist Veganerin!«

»Mal abgesehen davon, dass dogmatischer Fanatismus nirgends gesund ist, auch bei der Ernährung nicht«, gab Claudia gelassen zurück und platzierte den Teller mit den fluffigen Gebäckstücken auf den Küchentisch. »Ausnahmen bestätigen die Regel und sind deshalb durchaus mal erlaubt. Aber die Teile hier sind tatsächlich vegan. Frag mal Tante Google, du wirst staunen, was für tolle Muffins man auch ohne Eier oder Butter backen kann. Und keine Sorge, für deinen Kaffee hab ich extra ein bisschen Milch mitgenommen; ich weiß ja inzwischen, dass du dich mit der Mandelmilch nicht wirklich anfreunden kannst.«

»Du bist *zu* gut.« Lonas Gesicht verzog sich von selbst zu einer Grimasse bei der Erinnerung an den ungewohnten und seltsamen Geschmack von Kaffee mit Pflanzenmilch. »Aber jetzt erzähl mal, wie lief denn dein Vorstellungsgespräch?«

»Gut.« Claudia goss Wasser in den Behälter der Kaffeemaschine und löffelte Kaffeepulver in den Filter. »Sie wollen mich einstellen, erst mal drei Monate auf Probe. Die werd ich auch brauchen, um herauszufinden, ob ich da tatsächlich auf Dauer bleiben will. Ganz ehrlich, richtig scharf auf den Job bin ich nicht.«

»Warum machst du ihn dann überhaupt?«

»Warum wohl?« Claudias Zeigefinger schoss nach vorne und landete auf dem Einschaltknopf. »Weil ich die Kohle brauche; das Tattoo-Studio hat ja nach Mortens Tod dichtgemacht. Ich meine, ich bin ja froh, dass Fabian mir den Job in seinem Restaurant vermittelt hat, aber ganz ehrlich: Am liebsten würde ich gerade alles hinschmeißen und abhauen.«

»Da bist du nicht die Einzige.« Mit einem Seufzer ließ Lona sich an dem Küchentisch nieder. »Ich hab mich jetzt auch schon ein paarmal gefragt, ob es nicht besser ist, wenn ich von hier weggehe und noch einmal ganz neu anfange – irgendwo, wo mich nicht alles an Papa und Mutter und an Dirk erinnert.«

»Und an Arnar«, fügte Claudia beiläufig hinzu und stellte eine Milchpackung auf den Tisch.

Unwillkürlich verspannte sich Lona. »Ja«, sagte sie verbissen. »An den auch. Was bedeutet, dass ich mein neues Leben in jedem Fall schon mal nicht auf Island beginnen würde.«

Claudia hatte inzwischen zwei Keramikbecher aus dem Schrank geholt. Jetzt musterte sie Lona prüfend. »Bist du dir eigentlich sicher, dass Arnar dir nicht doch mehr bedeutet, als du dir eigentlich eingestehen willst?«

»Was meinst du damit?«, gab Lona scharf zurück. »Dass ich ihn liebe?«

»Wenn du es so ausdrücken willst«, erwiderte Claudia unbeirrt und lehnte sich gegen den Küchenschrank.

»Ganz bestimmt nicht«, schnaubte Lona.

»Warum hast du ihn dann noch immer nicht angezeigt?«, bohrte Claudia nach.

»Vielleicht aus dem gleichen Grund, warum ich seinen Bruder nicht anzeige?« Lonas Augen schossen Blitze. »Vielleicht tut er mir einfach nur leid?«

»Unsinn!«, sagte Claudia energisch. »Warum sollte er dir leidtun? Weil ihn auch nach fünf Jahren noch immer das Gewissen plagt? Was übrigens sehr für ihn spricht, nebenbei bemerkt. Nein, mach mir doch nichts vor,

Lona: Du magst ihn – oder du liebst ihn, Nichtzutreffendes bitte streichen – und deshalb willst du nicht, dass er wegen dieses Unfalls jetzt noch nachträglich Ärger bekommt. Zumal das deinen Vater ja nicht wieder lebendig machen würde.«

»Aber vielleicht würden dann diese verdammten Albträume endlich aufhören!«, entgegnete Lona heftig. »Ich trau mich mittlerweile schon fast nicht mehr ins Bett zu gehen, weil ich geradezu darauf *warten* kann, dass die Bilder wiederkommen. Weißt du, wie furchtbar das ist, wenn du Nacht für Nacht wieder in dem Wagen sitzt, und dann kommt dir dieser Raser entgegen und du erlebst noch einmal in allen Details, wie damals deine Welt untergegangen ist?«

»Vielleicht kommen diese Bilder so regelmäßig, eben *weil* du darauf wartest«, erwiderte Claudia ruhig. »Hast du daran schon mal gedacht?«

»Sehr witzig!« Erneut entfuhr Lona ein, wenn auch diesmal eher sarkastisches Schnauben. »Als ob man Träume bestellen oder abbestellen könnte.«

»Du, das kann man.« Claudia schaltete die Kaffeemaschine aus, schenkte einen Becher voll und stellte ihn vor Lona hin. »Hab ich jedenfalls mal irgendwo gelesen. Okay, ich bin kein professioneller Seelenklempner, aber trotzdem sagt mir mein gesunder Menschenverstand, dass deine Albträume *niemals* aufhören werden, solange du keinen Schlussstrich unter diesen Unfall ziehst. Dass du Arnar nicht anzeigst, ist dafür bereits ein erster und guter Schritt – aber viel wichtiger in meinen Augen ist, dass du ihm außerdem noch vergibst. Und wenn seine Schuld an dem Unfall nicht entschieden schwerer wiegt als … ja, ich sag's ganz offen:

als deine Liebe zu ihm – dann sollte dir das auch nicht allzu schwer fallen.«

»Du gibst wohl nicht auf, was?« Lona goss etwas Milch in ihren Kaffee und rührte um, während sie gleichzeitig Claudia scharf musterte. »Kannst du dir denn gar nicht vorstellen, dass ich Arnar *nicht* liebe?«

»Klar kann ich das.« Claudia hatte nun auch den zweiten Becher gefüllt und ließ sich Lona gegenüber an dem Tisch nieder. »Aber ich hab dich gestern genau beobachtet, als du mir die ganze Story erzählt hast, vor allem von diesem Maistern-Lied in dem Hot Pool. Ganz ehrlich, Lona: Wenn es dich nicht spätestens da so richtig erwischt hat, dann weiß ich's auch nicht.«

»Vielleicht hat es das ja tatsächlich.« Lona nahm sich einen der Muffins. »Aber damit war gleich wieder Schluss, als er mir danach das mit dem Unfall gestanden hat.«

»Und genau das«, erwiderte Claudia seelenruhig, »glaube ich dir nicht.«

»Dann lass es bleiben.«

Wie zur Bestätigung biss Lona grimmig in den Muffin. Er war überraschend saftig und schmeckte intensiv nach aromatischem Kakao, Bananen und Zimt. Sie biss gleich noch einmal ab und beobachtete dabei, wie Claudia ebenfalls nach einem Muffin griff und aufstand.

»Ich bring mal eben Narcissa ein Stück«, sagte sie. »Die soll auch was Gutes haben.«

Sie verließ die Küche. Lona schluckte ihren Bissen hinunter und spülte mit einem Schluck Kaffee hinterher. Claudias Worte hatten sie aufgewühlt und auch ziemlich verärgert. Und je länger sie darüber nachdachte, desto mehr fragte sie sich, was um alles in der Welt ihre Freundin zu der Überzeugung veranlasste, sie sei in Arnar Egillsson verliebt. Sie selbst sah das eindeutig nicht so.

Sie schob sich das letzte Stück ihres Muffins in den Mund. Sich vorzustellen, dass Claudia ihre Ratte mit Kuchen fütterte … aber Ratten fraßen ja wohl so ziemlich alles. Unwillkürlich erinnerte sich Lona dabei an die Ratte des Ganesha in dem indischen Restaurant und an Surendra Sinhas Erläuterungen zu diesem Symbol für die Kraft in jedem Lebewesen. »Wenn so eine kleine Ratte imstande ist, sogar einen Elefanten zu tragen, dann ist doch wirklich nichts mehr unmöglich, nicht wahr?«

Lona begann ganz leicht zu frösteln. *Eine Ratte als Symbol für Kraft und Stärke.*

Sie wusste nicht, woher sie den Mut nahm – aber plötzlich erhob sie sich und ging hinüber in das Wohnzimmer. Dort fand sie Claudia vor, die vor dem Fenster stand; auf ihrer Handfläche saß die kleine Ratte und verputzte genüsslich ein kleines Muffinbröckchen, das sie zwischen ihren Vorderpfoten hielt.

»Lona?«, entfuhr es Claudia verwundert, als sie sie bemerkte. »Keine Angst, ich setz Narcissa gleich wieder in …«

»Nein«, unterbrach Lona sie, überrascht, wie sicher ihre Stimme klang. »Ich möchte … ich meine, ich …« Sie holte tief Luft. »Darf ich … Narcissa mal streicheln?«

Claudia betrachtete sie höchst verblüfft, aber dann erschien ein breites Lächeln auf ihrem Gesicht.

»Klar! Schau mal, Narcissa – das ist Lona!«

Sie hielt Lona die Ratte entgegen, die immer noch ganz in ihre Muffinmahlzeit vertieft war. Vorsichtig streckte Lona die Hand aus und strich leicht mit dem Zeigefinger über das Fell. Narcissa ließ sich davon nicht im Geringsten stören und stopfte sich unbeirrt die letzten Brösel ins Mäulchen.

»Das … das ist ja total weich!«, flüsterte Lona überrascht.

»Aber sicher!«, lächelte Claudia. »Ich hab dir ja gesagt, dass Narcissa keine struppige Kanalratte ist. Willst du sie auch mal in die Hand nehmen? Keine Angst, sie beißt nicht – und sie haut auch nicht ab, solange du sie mindestens auf Brusthöhe hältst.«

»Ich weiß nicht …«, meinte Lona zögernd.

»Versuch's doch einfach mal!«, beharrte Claudia. »Am besten, du setzt sie dir direkt auf die Schulter. Dann tust du ihr auch nicht weh.«

Aufmunternd hielt sie Lona die Ratte direkt vor die Nase. Lona zuckte zurück – und im gleichen Moment hörte sie, wie ein Echo, erneut die Stimme von Surendra Sinha. »Sie sind offenbar eine sehr starke Frau.«

Lona atmete tief durch. *Offenbar, Herr Kommissar. Aber jetzt möchte ich es genau wissen.*

Sie legte behutsam die Hand über das Tier. Für einen Moment schien Narcissa sich dagegen zu wehren, aber jetzt überlegte Lona nicht mehr länger. Mit einer einzigen fließenden Bewegung hob sie die Ratte auf ihre Schulter und ließ sie los. Blitzschnell huschte Narcissa in Lonas Nacken und blieb dort erst mal eine Weile sitzen.

»Ja, das gefällt ihr«, schmunzelte Claudia. »Sie versteckt sich gerne unter langen Haaren, das ist wie ein schützender Schlupfwinkel für sie – deine Haarpracht muss das reinste Paradies für sie sein.«

In diesem Moment bewegten sich auch Lonas Mundwinkel nach oben. Sie hätte nicht beschreiben können, was sie gerade empfand – es war überhaupt nicht unangenehm, den warmen, lebendigen Tierkörper in ihrem Nacken zu spüren, die zarten Krallen, die sich nur ganz leicht in ihre Haut gruben, das zutrauliche Schnuppern der kleinen Schnauze und das sanfte Kitzeln der Barthaare.

Nach einer Weile wagte Narcissa sich wieder hervor und lief Lonas rechten Arm entlang. Instinktiv führte Lona die Hand an ihre linke Schulter, und ohne Zögern ließ die Ratte sich dort nieder und blieb seelenruhig sitzen.

»Sie mag dich«, stellte Claudia fest.

Lona lächelte. »Ja. Ich mag sie auch.« Sie wandte den Kopf. »Hallo, Narcissa!«, sagte sie leise. »Schön, dich kennenzulernen!«

Auf der Heimfahrt Richtung Reichenau beschloss Lona spontan, vorher noch in Konstanz bei Brynjars Studenten-WG vorbeizuschauen. Sie war aufgekratzt und in bester Stimmung nach ihrem Erfolgserlebnis mit Narcissa – sie hatte es tatsächlich geschafft, eine Ratte anzufassen, und zudem hatte sie es auch noch genossen, wie das kleine Tier auf ihren bloßen Schultern und Armen auf und ab lief und neugierig das Schnäuzchen in ihre Ohrmuschel steckte! »Respekt«, hatte Claudia gesagt, als sie ihr Narcissa schließlich wieder abnahm, »dass du dich dazu überwunden hast. Du bist echt eine starke Frau, Lona.«

Lona lächelte leise. Das war jetzt schon das zweite Mal an diesem Tag, dass jemand ihr das sagte. Vielleicht würde sie es ja tatsächlich auch noch schaffen, ihren Frieden mit Arnar zu machen. Auch wenn sie ihn wohl niemals lieben würde. Dafür stand letzten Endes doch zu viel zwischen ihnen.

Sie fand einen Parkplatz direkt vor dem hellgrauen Haus, das sie wenige Wochen zuvor erstmals zusammen mit Arnar besucht hatte. Auf ihr Klingeln öffnete ihr Daniela, deren Miene sich sichtlich verfinsterte, als sie Lona erkannte.

»Hi!«, sagte sie knapp. »Kommst du, um deinen Schützling wieder abzuholen?«

»Wieso meinen ›Schützling‹?«, gab Lona verblüfft zurück.

»Immerhin finanzierst du derzeit seine Miete hier«, erwiderte Daniela kühl. »Und so wie er im Moment beieinander ist, wird das auch weiterhin an dir hängenbleiben, wenn du nicht willst, dass er hier wieder rausfliegt.«

»Lass das ruhig meine Sorge sein, ja?«, versetzte Lona trocken. »Und jetzt wäre es ausgesprochen freundlich, wenn du mich hier reinlassen würdest.«

Ohne ein weiteres Wort trat Daniela beiseite, und Lona ging auf direktem Weg zu dem Zimmer, von dem sie wusste, dass es das von Brynjar war.

Dort kam ihr Farid entgegen. »Salaam, Lona!«, grüßte er ernst. »Schön, dass du vorbeischaust. Ich wollte gerade einen Minztee machen, möchtest du auch einen?«

»Gerne«, antwortete Lona. »Wie geht es ihm?«

»Schlecht«, erwiderte Farid. »Seit heute Mittag hat er scheußliche Magenschmerzen und kann überhaupt nichts mehr zu sich nehmen. Zum Glück ist vor einer halben Stunde Arnar angekommen; er hat sich in den ersten Flieger gesetzt, den er kriegen konnte, nachdem er gestern deine SMS bekommen hatte. Er will sich jetzt um Brynjar kümmern.«

»Arnar ist hier?«

Für einen Moment verspürte Lona den unwiderstehlichen Drang, auf der Stelle die Flucht zu ergreifen.

»Ja.« Farid lächelte leicht. »Ich bin sicher, er wird sich freuen, dich zu sehen. Geh ruhig rein, ich mach inzwischen den Tee.«

Er verschwand in Richtung Küche. Unschlüssig und zögernd blieb Lona vor der Zimmertür stehen; dann aber straffte sie sich, klopfte kurz an und trat ein, als von drinnen ein »Herein!« zu hören war.

Als Erstes erfasste ihr Blick Arnar, der auf der Kante von Brynjars Bett saß und die Hand seines Bruders hielt. Als er Lona sah, erbleichte er, ließ die Hand los und stand auf.

»*Lona!* Das ist … hallo …«

»Hallo, Arnar!«, erwiderte sie knapp und in einem Tonfall, der jedes weitere Wort für unerwünscht erklärte.

Dann richtete sie die Augen auf Brynjar, der krampfartig zusammengekrümmt auf dem Bett lag. Schweißtropfen standen ihm auf der Stirn, und er zitterte heftig. *Entzugserscheinungen*, dachte Lona spontan. *Der Mann braucht dringend ärztliche Behandlung.*

»Hallo, Brynjar!«, sagte sie sanft. »Was ist los mit dir? Schmerzen?«

Er blickte auf; seine Augen flackerten unruhig. »Mir geht's … *beschissen*!«, verkündete er mit unmissverständlicher Offenheit.

»Kann ich mir denken.« Lona schloss die Tür hinter sich. »Vielleicht hätten wir dich gestern gleich zu einem Arzt bringen sollen.«

»*Nein!*« Brynjar fuhr wie von der Tarantel gestochen hoch. »Die verständigen doch sofort die Polizei, und dann … dann lande ich im Knast …«

»Ich weiß«, erwiderte Lona. »Aber das hier ist doch auf Dauer kein Zustand, Brynjar! Du brauchst unbedingt Hilfe!«

»*Scheiße.*« Er krümmte sich wieder und kratzte sich am Unterarm. »Das macht doch … alles keinen Sinn mehr …«

»Unsinn!«, mischte nunmehr Arnar sich ein. »Sie hat vollkommen recht. Bist du mit dem Wagen hier, Lona? Könntest du uns vielleicht in die Klinik fahren? Ich bezahl dir die Fahrt auch …«

»Red keinen Blödsinn«, fiel Lona ihm kurz angebunden ins Wort. »Klar fahr ich euch.«

»Danke«, sagte Arnar verbissen. »Ich geh schon mal meine Jacke holen.«

Er verließ das Zimmer. Lona setzte sich zu Brynjar auf die Bettkante und strich ihm beruhigend über das wirre Haar.

»Keine Angst, Brynjar, es wird alles wieder gut.« Sie sah sich suchend um. »Wo hast du deine Jacke?«

Sie entdeckte auf dem Fußboden den dunkelbraunen Parka, den Brynjar auch am Vorabend getragen und nach seiner Heimkehr offensichtlich achtlos zusammengeknüllt und hingeworfen hatte. Sie hob ihn auf und drehte ihn hin und her auf der Suche nach dem Aufhänger – und dabei rutschte ihr aus einer Seitentasche etwas Geschmeidiges, Glitzerndes entgegen. Spontan griff sie danach und fing es auf. Es war eine Kette – nein, vielmehr ein Collier, aus blankem Gelbgold und mit funkelnden grünen Smaragden besetzt.

Fassungslos starrte Lona auf das Schmuckstück in ihrer Hand. Sie merkte gar nicht, dass der Parka ihr entglitten und zurück auf den Boden gefallen war.

»Brynjar«, sagte sie tonlos. »Wo – wo hast du das her?«

Brynjar richtete sich leicht auf und schluckte. »Das hab ich gestern gefunden. Bei Fabian, im Wagen. Beim Heimfahren.«

Lona schnaubte verächtlich. »*Gefunden*. Aha. Ja, wenn man so etwas ›findet‹, dann darf man es selbstverständlich auch behalten, was?«

»Ich weiß«, murmelte Brynjar. »Ich hätte es nicht einfach nehmen dürfen, aber ich dachte, davon kann ich mir vielleicht endlich wieder Stoff kaufen, und …«

»Hör auf!«, schrie Lona plötzlich laut. »Wie soll dieses Teil denn in Fabians Wagen kommen? Das ist doch einfach nur eine ganz dumme Ausrede! Hör auf, mich anzulügen!«

»Was ist denn hier los?«

Lona wirbelte herum. Die Zimmertür war geöffnet worden; im Türrahmen stand Farid und sah sie verwundert an. Hinter ihm erschien, in seiner blauen Regenjacke, Arnar.

»Ihr kommt gerade recht«, sagte sie. »Dann könnt ihr den Kerl hier festhalten, während ich die Polizei rufe.«

»Polizei?« Arnar drängte sich an Farid vorbei ins Zimmer und schaute abwechselnd Lona und seinen Bruder an. »Wieso, was ist passiert?«

Lona hielt ihm auf offener Handfläche das schimmernde Schmuckstück entgegen. »Dieses Smaragdcollier«, sagte sie mit mühsam beherrschter Stimme, »hat meiner Mutter gehört. Seit dem Einbruch in unsere Villa, bei dem sie ermordet worden ist, war es verschwunden. Und jetzt finde ich es in der Jackentasche deines Bruders. Was schließen wir daraus?«

Für einen Moment erlosch jeder Ausdruck in Arnars Augen. Dann jedoch flackerte es wütend in ihnen auf;

mit wenigen schnellen Schritten war er bei dem Bett, wo Brynjar sich verängstigt zusammenkrümmte, und begann wie von Sinnen auf seinen Bruder einzuschlagen.

»*Hálfviti!* Idiot! Bist du denn völlig bescheuert? Wieso hast du …«

»Hör auf!« Farid ging dazwischen und packte Arnar an den Armen, um ihn von Brynjar wegzureißen. »Es ist doch noch gar nicht erwiesen, dass er es war!«

»Ich *war* es auch nicht!«, brüllte Brynjar in wilder Verzweiflung. »Fabian hatte die Kette in seiner Jackentasche! Ich hab die Jacke auf der Rückbank als Kopfkissen benutzt, als er mich heimgefahren hat, und da hab ich sie gefunden und eingesteckt!«

»Fabian«, entgegnete Lona verbissen, »war an dem Abend, als meine Mutter umgebracht worden ist, bei seinem Job im Restaurant. Ich weiß das, weil er hinterher sogar noch einen Topf voll Tomatensuppe mitgebracht hat, die übriggeblieben war. Er wollte Claudia und mir damit eine Freude machen. Er hatte keine Ahnung, was inzwischen passiert war. Ich hab mir bei dem Anblick von dem roten Zeug die Seele aus dem Leib gekotzt!« Sie fixierte Farid mit einem durchbohrenden Blick. »Wie soll er da also gleichzeitig auf der Reichenau und in unserer Villa gewesen sein? Verrat mir das mal!«

»Ich weiß es nicht«, gab Farid zu. »Trotzdem, das beweist noch lange nicht, dass Brynjar es war.«

»Deshalb ruf ich jetzt ja auch die Polizei an«, entgegnete Lona kalt. »Die werden schon rausfinden, wo genau Brynjar sich das Collier gegriffen hat. Und wenn sich herausstellt, dass tatsächlich *er* meine Mutter auf dem Gewissen hat, dann …« Sie wandte sich Arnar zu, der inzwischen wie betäubt mitten im Raum stand und ausdruckslos vor sich hin starrte. »… dann haben wir jetzt genau das perfekte Familien-Ragnarök, das ich dir in der Harpa prophezeit habe. Dann habe ich meine *beiden* Elternteile an dich und deinen Bruder verloren. *Guð minn góður!*« Sie spuckte ihm die letzten Worte geradezu entgegen, triefend vor Ironie. »Dich hab ich bis jetzt verschont«, fuhr sie etwas beherrschter fort, »aber irgendwo sind Grenzen. Und solange ich nicht sicher weiß, ob Brynjar es war oder nicht, werde ich keine Ruhe finden.«

Arnar kämpfte sichtlich mit sich. Dann hob er langsam den Kopf und sah sie an. In seinen klaren blauen Augen war erneut jedes Licht erloschen.

»Ich auch nicht«, sagte er leise.

Lona nickte wortlos, zog ihr Smartphone hervor und wählte die 110.

14

»Und da hat der mir doch tatsächlich nicht zugetraut, dass ich auf diesen großen alten Pfirsichbaum klettern kann! Also hab ich mir gedacht, dem Kerl zeigst du's – und dann bin ich raufgekraxelt. Es ging großartig, und ich bin immer höher und höher, bis unter mir plötzlich was geknarxt hat und ... na ja, kurz und gut: runter ging's schneller.«

Andrea verzog ihr Gesicht zu einem ironischen Grinsen. Sie saß auf Lonas Sofa und hatte beide Beine hochgelegt; das linke war um den Knöchel und den Unterschenkel herum geschient und dick bandagiert. Auf dem Boden lagen zwei himmelblaue Krücken.

»Dabei hab ich noch Glück gehabt«, fuhr sie fort. »Ich hätte mir ebenso gut sämtliche Knochen brechen können oder auch gleich den Hals. Mit einem gerissenen Außenband kann ich leben – tut zwar auch weh, muss aber wenigstens nicht operiert werden, und diese Schiene ist mit Sicherheit weniger lästig als ein Gips.«

Lona, die es sich in ihrem Ledersessel bequem gemacht hatte, schüttelte den Kopf. »Dich kann man doch wirklich keine Sekunde aus den Augen lassen! War dein Verehrer wenigstens angemessen beeindruckt von deinem lebensgefährlichen Einsatz?«

»Der!« Andrea lachte. »Der hat mich danach noch mehr auf Händen getragen als zuvor – diesmal nämlich buchstäblich. Ach, Lona, ist das nicht unglaublich? Gabriele ist so ein Schatz! Ich hätte nie gedacht, dass es mich mal derart mit Haut und Haaren erwischen würde.«

»Ich find's wunderbar«, lächelte Lona. »Und ich gehe schwer davon aus, dass es ihn umgekehrt genauso erwischt hat wie dich.«

»Rettungslos.« Andreas Augen leuchteten. »Ich war sogar schon zu Hause bei seinen Eltern. Und da …« Sie prustete vergnügt. »Da kam mir seine Mamma entgegen, hat bei meinem Anblick höchst verdattert die Augen aufgerissen und ist dann herausgeplatzt: ›Ma questa è una ragazza!‹ Das werd ich nie vergessen.«

»Wieso? Was war so Besonderes an der Feststellung, dass du ein Mädchen bist?«

Andrea grinste. »Offenbar hatte Gabriele ihr im Vorfeld angekündigt, dass er ›seinen neuen Schatz Andrea‹ oder so was in der Richtung mitbringen würde, und die gute Mamma hatte bereits angefangen, sich mit dem Gedanken anzufreunden, dass ihr Sohnemann schwul ist.«

Jetzt lachte auch Lona. *Klar – im Italienischen war Andrea ein Männername.* Sie schenkte sich Tee nach und betrachtete ihre Freundin, die am Tag zuvor vorzeitig aus Südtirol zurückgekommen war, zwar ein wenig lädiert, aber dafür frisch verliebt in einen – jedenfalls nach dem Foto auf ihrem Smartphone zu schließen – ausgesprochen hübschen jungen Angestellten auf dem Hof des Apfelbauern Peter Tiefenbrunner in Margreid.

»Ich freu mich für dich, Süße«, sagte sie. »Ehrlich. Und ich hoffe sehr, dass ich diesen Wunderknaben bald mal kennenlernen kann.«

»Bestimmt.« Andreas Augen funkelten vergnügt. »Er hat schon versprochen, dass er möglichst bald vorbeischaut – allein schon, damit auch meine Mama keine Angst haben muss, dass ihre Tochter ihr mit ›Gabriele‹

eine Schwiegertochter statt eines Schwiegersohns ins Haus bringt.«

Lona gluckste. »Eure Verlobungsanzeige wird hüben wie drüben eine Menge Augenbrauen in die Höhe schnellen lassen, wenn's mal so weit ist. Andrea und Gabriele. *Che scandalo!!*«

»Vielleicht sollten wir sicherheitshalber unsere Fotos dazudrucken lassen«, schmunzelte Andrea. »Aber wie du sehr richtig sagst: wenn's mal so weit ist. Vorerst sind wir einfach nur frisch verliebt und genießen das Leben.«

»Tut das.« Lonas Blick wurde ernst. »Genießt das Leben, genießt eure Liebe, genießt jede einzelne Sekunde! Schließlich weiß man nie …« Sie biss sich auf die Lippen und blickte zu Boden.

»Tut mir leid, Lona.« Andrea klang betroffen. »Das war echt gedankenlos von mir.«

»Schon gut.« Lona hob den Kopf und wischte sich eine kleine Träne aus dem Augenwinkel. »Ich freu mich für dich, ehrlich. Und mach dir um mich keine Sorgen. Mit mir wird's auch wieder aufwärtsgehen. Ich hab in dem Punkt zuletzt eine Menge gelernt.«

Eine Weile erfüllte ein verlegenes, unbehagliches Schweigen den Raum.

»Wie hältst du es eigentlich hier aus?«, fragte Andrea plötzlich leise. »Ich meine, ich weiß, es war auch früher schon nicht immer angenehm, zusammen mit deiner Mutter unter einem Dach – aber jetzt, wo sie gar nicht mehr da ist …«

»Ich komme zurecht.« Lona griff nach ihrer Teetasse und trank einen Schluck. »Aber ich gebe zu, eigentlich hält mich nichts mehr hier. Wahrscheinlich werde ich die Villa aufgeben und von hier wegziehen.«

»Echt jetzt?« Andrea richtete sich überrascht auf. »Und wohin?«

»Das weiß ich noch nicht«, gab Lona zu. »Ich hab zwar ein paar Ideen – Hamburg vielleicht, oder irgendwo am Meer –, aber vorerst stecken diese ganzen Überlegungen noch in den Kinderschuhen, und ich will nichts übers Knie brechen. Die Zeit, gründlich nachzudenken und dann erst eine Entscheidung zu treffen, nehm ich mir. Abgesehen davon, dass ich gerne noch Gewissheit über den Mörder meiner Mutter hätte, bevor ich hier einen Schlussstrich ziehe.«

»Glaubst du denn, dass es dieser Isländer war, dieser … wie heißt er doch gleich?«

»Brynjar.« Lona seufzte. »Ganz ehrlich, ich weiß nicht, was ich glauben soll. Eigentlich hätte ich es ihm nicht zugetraut – aber er hatte das Collier meiner Mutter in seiner Jackentasche. Dass er es bei Fabian im Auto gefunden haben will, ist für mich eine glatte Ausrede; schließlich war Fabian bei seinem Job, als der Einbruch geschah. Abgesehen davon, dass Drogensüchtige angeblich sowieso lügen, ohne mit der Wimper zu zucken, jedenfalls hab ich das mal irgendwo gelesen. Sie tun alles, wenn sie nur an ihren Stoff kommen. Brynjar behauptet zwar, er sei nie irgendwo eingebrochen, und mit Morten Moriarty hätte er auch noch nie Geschäfte gemacht, aber mittlerweile glaub ich ihm das nicht mehr wirklich.«

»Klingt übel, das alles.« Andrea griff nach ihrer Teetasse. »Und er ist auf Crystal Meth, ja? Kann er da eigentlich überhaupt in Haft kommen, wenn er drogensüchtig ist?«

»Das hat Arnar auch gefragt, als die Polizei Brynjar festgenommen hat«, antwortete Lona. »Die Beamten meinten, in so einem Fall wird eine Haftfähigkeitsprüfung durch einen Arzt angeordnet. Möglicherweise kommt Brynjar also nicht in Untersuchungshaft, sondern erst mal in eine Klinik.«

Andrea trank ihre Tasse leer und stellte sie zurück auf den Tisch.

»Sag mal«, begann sie langsam, »bist du eigentlich schon mal auf den Gedanken gekommen, dass … dass es auch Arnar gewesen sein könnte?«

»*Arnar?*«, gab Lona scharf zurück. »Wie kommst du denn auf *die* absurde Idee?«

»Wieso absurd?«, versetzte Andrea. »Immerhin hat er zwei Tage lang hier bei dir gewohnt, er hatte also Zeit und Gelegenheit genug, das Terrain zu sondieren. Und als du ihn dann an seinem Abreisetag zum Flughafen gefahren hast, da ist er eben *nicht* sofort heimgeflogen, sondern zuerst noch einmal heimlich auf die Reichenau zurückgekehrt, um dann nachts bei euch einzusteigen und sich eure Wertsachen zu holen. Er hat ja gesehen, wie ihr lebt; er wusste, dass es bei euch was zu holen gab. Und dann ist er mit der Beute zurück nach Island, um sie dort in aller Ruhe zu verhökern. Verdächtigen würde ihn ja niemand – weil du guten Gewissens aussagen würdest, dass er im Flieger saß oder womöglich sogar schon wieder zu Hause im fernen Reykjavík war, als der Einbruch verübt wurde.«

Fassungslos starrte Lona Andrea an. So ungeheuerlich ihr die Anschuldigung gegen Arnar auf den ersten Blick vorgekommen war – aber was Andrea da konstruierte, machte tatsächlich Sinn, und auch wenn Lona es noch so wenig glauben wollte, so musste sie sich eingestehen: Rein theoretisch *konnte* es so gewesen sein.

»Aber«, gab sie schwach zu bedenken, »das Collier war doch in Brynjars Jackentasche …«

»Hast du nicht gesagt, Arnar war dabei, als Brynjar festgenommen wurde?«, schoss Andrea zurück. »War er denn auch schon da, als du das Collier gefunden hast?«

Eine eiskalte Hand krallte sich um Lonas Herz. »Ja«, murmelte sie. »Ja, er saß in Brynjars Zimmer, als ich in die WG kam.«

»Na also!« In Andreas Stimme schwang leiser Triumph. »Dann hat er ihm das Collier vorher heimlich untergejubelt. Ist doch genial – in dem Moment, als sein drogensüchtiger Bruder wieder auftaucht, hat er seinen perfekten Sündenbock gefunden! Er steckt ein Stück aus der Beute ein, das noch bei ihm zu Hause rumliegt, fliegt stante pede hierher und sorgt dafür, dass sein Bruder an seiner Stelle als Mörder verurteilt wird. Also für mich ergibt das durchaus Sinn.«

»Und warum behauptet Brynjar dann, er hätte das Collier bei Fabian im Auto gefunden?«, wandte Lona ein. »Er hätte doch vielmehr lautstark beteuern müssen, das Stück noch nie gesehen zu haben! Wieso bezichtigt er sich stattdessen selbst eines Diebstahls, den er nicht begangen hat?«

»Vielleicht weil er Angst hatte, dass ihm die Nummer mit keine-Ahnung-wo-das-herkommt niemand glauben würde«, meinte Andrea gleichmütig. »Oder er hatte irgendwelche Wahnvorstellungen – was weiß ich, wie einer tickt, der auf Meth ist.«

Lonas Gedanken drehten sich inzwischen immer schneller im Kreis wie ein außer Kontrolle geratenes Karussell. War es denkbar, dass sie sich tatsächlich derart in Arnar geirrt hatte? War der Mann, der ihr in ihren schlimmsten Krisen so selbstlos beigestanden hatte, in Wahrheit ein eiskalter Krimineller, der ihre Notlage schamlos ausgenutzt hatte und dazu auch noch skrupellos bereit war, seinen eigenen Bruder für sein Verbrechen ins Gefängnis zu bringen? War er *deshalb* einverstanden gewesen, dass sie Brynjar der Polizei übergab – hatte Lona ihm damit am Ende geradezu in die Hände gespielt?

War der Mann, der ihren Vater umgebracht hatte, auch der Mörder ihrer Mutter?

»Lona?«, hörte sie wie durch eine Mauer aus dicken Styroporplatten hindurch Andreas Stimme. »Ist alles in Ordnung mit dir?«

Lona fuhr hoch und riss die Augen auf – ihr war gar nicht bewusst gewesen, dass sie sie geschlossen hatte. Die ruckartige Bewegung wirkte wie ein Bremshebel, der den Gedankenkreisel in ihr allmählich zum Stillstand brachte. Sie sah Andrea, die sie besorgt betrachtete – Andrea, die noch keine Ahnung hatte von dem, was auf Island geschehen war, und die daher auch noch nichts von Arnars Schuld an dem Autounfall wusste. Was Lona ihr eigentlich auch nicht hatte erzählen wollen; die Gefahr, dass es gleich danach auch Mama Strobl und spätestens einen Tag später halb Reichenau wusste, war zu groß. Aber andererseits – welche Gründe hatte sie denn überhaupt noch, Arnar zu schonen?

Lona atmete tief durch. *Nein.* Wenn überhaupt, dann nahm sie die Sache selbst in die Hand. Nicht Andrea.

»Ich werd der Polizei einen entsprechenden Hinweis geben«, sagte sie tonlos.

»Tu das«, nickte Andrea. »Sie können ja in jedem Fall die Passagierlisten der Fluggesellschaften checken. Dann wissen wir, ob Arnar an dem Tag nach Hause geflogen ist – oder erst später.«

Lonas Augen wurden schmal. »Man möchte meinen, du *wünschst* dir, dass sich Arnar als der Schuldige herausstellt.«

»Ach was!« Andrea gab ein unmutiges Schnauben von sich. »Ich will einfach nur wissen, wer dir und deiner Mutter das angetan hat. Noch dazu, wenn du deswegen jetzt von hier wegziehst. Ich werd dich nämlich vermissen, dass das klar ist!«

Schlagartig fiel Lona das Atmen wieder ein wenig leichter. »Du hast ja jetzt deinen Gabriele, mit dem du dich trösten kannst«, sagte sie und bemühte sich um ein Lächeln. »Wer weiß, vielleicht gehst am Ende auch du weg von hier und ziehst zu ihm nach Südtirol.«

»Dann trifft meine Eltern der Schlag«, konstatierte Andrea trocken. »Wo sie doch jetzt schon von den goldenen Zeiten träumen, wenn die Hoferbin übernimmt und sie sich aufs Altenteil zurückziehen können. Denen wäre es sicherlich lieber, mein Zukünftiger würde hierherziehen und ganz klassisch bei uns einheiraten.«

»Wenn es mit euch beiden wirklich ernst wird, dann werdet ihr auch eine Lösung finden.« Lona griff nach der Teekanne, um Andrea nachzuschenken. »Ich wünsch euch in jedem Fall alles Gute.«

»Ich dir auch«, erwiderte Andrea. »Egal wohin es dich verschlägt.«

»Danke.« Lona stellte die Kanne ab. »Die Villa werde ich schon irgendwie loswerden. Ich hab mit einem Makler in Konstanz gesprochen; er meinte, bei der Lage sollte es kein Problem sein, ein paar Interessenten zu finden. Dann muss ich nur noch das Interieur abstoßen, bis auf ein paar Einzelstücke, die ich gern behalten möchte. Wahrscheinlich werde ich die irgendwo einlagern, bis ich weiß, wo die Reise für mich hingeht.«

»Stell sie doch bei uns im Keller unter!«, schlug Andrea vor. »Der ist trocken, und wir haben da noch einen Raum, wo nur ein bisschen Gerümpel drinsteht. Den kannst du gerne haben, da ist genug Platz für ein paar Möbelstücke und Kisten.«

»Das wäre natürlich klasse«, meinte Lona. »Und mir viel lieber als irgendein anonymer Lagerraum.«

»Kein Problem. Nur beim Ausräumen und Tragen kann ich dir im Moment leider nicht helfen.« Mit einem schrägen Grinsen deutete Andrea auf ihren bandagierten Fuß.

»Ist nicht so tragisch«, versicherte Lona. »Claudia und Fabian haben sich schon als Möbelpacker angeboten. Fabian kennt sogar jemanden, von dem er sich einen Lieferwagen borgen kann. Das kriegen wir schon hin.«

»Na wunderbar!« Andrea erhob ihre Teetasse wie zu einem Salut. »Frohes Entrümpeln, Süße!«

Es war bereits dunkel, als Lona von ihrem Fenster aus dabei zusah, wie ein kleiner Transporter rückwärts in die Einfahrt der Villa Mende rangiert wurde. Sie ging die Treppe hinunter und öffnete die Haustür; im Licht der Eingangsleuchte sah sie Fabian auf sich zukommen, der mit dicken Arbeitshandschuhen und einem kleinen Werkzeugkasten bewaffnet war.

»Hallo, Fabian!«, sagte sie. »Bist du allein? Wo ist Claudia?«

»Die verflucht vermutlich gerade gepflegt ihren neuen Arbeitgeber«, antwortete Fabian mit einem schrägen Grinsen. »Unser Chef hat sie vor zwei Stunden angerufen und ihr mitgeteilt, dass sie heute Abend für eine Kollegin einspringen muss, die es irgendwie geschafft hat, sich eine Sommergrippe einzufangen. Da konnte sie natürlich schlecht Nein sagen, schließlich steckt sie noch in der Probezeit.«

»Verstehe«, meinte Lona. »Wobei sie dann ja wohl eher die vergrippte Kollegin gepflegt verfluchen müsste. Na gut, dann konzentrieren wir uns heute mehr auf Kleinmöbel und so.«

»Oder wir schauen, ob sich die größeren Teile zerlegen lassen«, erwiderte Fabian und schwenkte seinen Werkzeugkasten. »Okay, wo fangen wir an?«

»Unten, in der Wohnung meiner Mutter.«

Sie ging Fabian voraus und führte ihn durch die Räume, die ihr jetzt, da niemand mehr darin wohnte, noch kahler und nüchterner vorkamen als jemals zuvor. Sie erinnerte sich noch gut, wie ihr Vater immer ein wenig den Kopf geschüttelt hatte über den Einrichtungsstil seiner Frau – glatt, clean und ohne den leisesten Schnörkel. Sicherlich modern und elegant, aber eben auch kalt und … *unpersönlich.* Lona hatte an diesem Tag noch einmal einen ausgiebigen Rundgang durch die Wohnung gemacht und dabei festgestellt, dass sie so gut wie nichts von hier behalten wollte. Lediglich eine alte Kommode wollte sie mitnehmen, die Anton Mende erst von seinen Eltern geerbt und dann vor der Modernisierungswut seiner Frau bewahrt hatte, und dazu ein paar Teile aus seinem Arbeitszimmer, das – in dem Punkt war er unnachgiebig gewesen – nach seinem eigenen Geschmack eingerichtet worden war. Zum Glück hatte Ute Mende nach seinem Tod nichts darin verändert.

Lona zeigte Fabian die Kommode, die sie zuvor bereits ausgeräumt hatte. Sie war massiv und ziemlich schwer, aber nachdem sie die Schubladen herausgenommen hatten, schafften sie es, das Möbelstück mit vereinten Kräften nach draußen und in den Laderaum des Transporters zu wuchten. Die Schubladen hinterherzutragen war dann nur noch eine Kleinigkeit.

»Du hast ganz schön Kraft!«, meinte Fabian anerkennend. »Würde man dir gar nicht zutrauen. Gut, was kommt als Nächstes dran?«

»Das Arbeitszimmer.«

Der Raum, in dem Anton Mende seine Akten verwahrt und Schreib- und Verwaltungsarbeiten erledigt hatte, war ein helles, geräumiges Eckzimmer mit einem rundum verglasten Erker. Mitten in dem Zimmer stand ein alter, schön gearbeiteter Schreibtisch aus massivem Eichenholz mit geschnitzten Schmucksäulen, dahinter ein wuchtiger, dick mit schwarzem Leder gepolsterter Bürostuhl. An den Wänden zogen sich mehrere stabile Wandschränke und Regale entlang, und in einer Ecke waren ein rundes Tischchen und vier antike Stühle mit gedrechselten Beinen zu einer hübschen Sitzecke arrangiert worden.

Fabian trat hinter Lona ein und ließ die Blicke durch den Raum schweifen. »Hier hast du auch noch nicht ausgeräumt, was?«

»Nein«, antwortete Lona. »Ich hab überall erst mal nur die Möbelstücke leergemacht, die ich behalten und einlagern will, so wie die Kommode. Alles andere wird später in Ruhe entsorgt, wenn die Villa verkauft ist und ich sie endgültig räume.«

»Verstehe«, sagte Fabian. »Gut, was kommt dann hier alles mit?«

Lona ging zielbewusst zu dem Erker, in dem ein kleiner, etwas mitgenommen aussehender Korbsessel mit einem geblümten Sitzkissen stand. Fast zärtlich legte sie die Hand auf die geflochtene Rückenlehne.

»Der hier«, sagte sie. »Unbedingt. In dem hab ich immer gesessen, wenn ich Papa in seinem Arbeitszimmer besucht habe. Er saß in seinem Bürostuhl und ich hier, und dann haben wir über Gott und die Welt geredet. Das gehört zu meinen schönsten Erinnerungen an ihn. Den Bürostuhl nehm ich dann natürlich auch mit und die Sitzgruppe dahinten.«

»Den Schreibtisch nicht?«

»Ich weiß nicht«, meinte Lona zögernd. »Mit dem verbinde ich zwar auch Erinnerungen, aber er ist halt doch ein ziemliches Ungetüm – und ich kann mir nicht vorstellen, dass ich ihn mir irgendwann in meine eigenen vier Wände stelle. Abgesehen davon, dass wir uns an dem Teil einen Wolf schleppen würden.«

»Da hast du wohl recht.« Fabian versuchte, das massive Möbelstück mit seinen arbeitsbehandschuhten Händen probeweise leicht anzuheben, und verzog das Gesicht. »*Puh!* Also, wenn du den hierlassen willst, hab ich bestimmt nichts dagegen. Da ist mir der kleine Tisch da hinten wesentlich sympathischer. Mit dem fang ich mal an, ja?«

Er hob den runden Tisch mit spielerischer Leichtigkeit hoch und trug ihn hinaus. Lona folgte ihm mit zwei Stühlen. Während Fabian danach die anderen beiden Stühle nach draußen beförderte, sah Lona sich noch einmal in dem Raum um. Das war also nun das Ende. Aber mittlerweile war sie mehr denn je davon überzeugt, dass es richtig so war.

Sie fuhr mit der Hand über das glatte schwarze Leder des Bürostuhls, ließ sich aus einem plötzlichen Impuls heraus darin nieder und lehnte sich zurück.

Papa – ich hoffe, du bist mir nicht böse, dass ich die Villa hier aufgebe. Aber es war schon nicht mehr das Gleiche, als du nicht mehr da warst. Jetzt, ganz allein … das halte ich nicht aus. Ich kann und will einfach nicht mehr hier leben. Ich hoffe, du verstehst das.

»Aha – die Chefin sitzt Probe und lässt das Fußvolk allein weiterarbeiten?«

Lona wandte den Kopf. Im Türrahmen stand Fabian und grinste breit.

»Entschuldige.« Sie sprang auf und fühlte, wie ihr das Blut in die Wangen schoss. »Ich wollte nur …«

»Lieber Himmel, das war doch nur ein Scherz!« Er packte sie bei den Schultern und drückte sie ohne viel Federlesens wieder auf den Bürostuhl nieder. »Keine Hektik, nimm nur in aller Ruhe Abschied. Aus den Schränken brauchst du nichts?«

»Ich glaube nicht«, antwortete Lona, während sie sich mit dem Bürostuhl zu dem Erker hinüberdrehte.

»Aus dem Tresor auch nicht?«

Sie ließ den Stuhl wieder zurückkreiseln. Fabian hatte einen der Wandschränke geöffnet, in dem sich Anton Mendes Privattresor befand. Überrascht sah sie, wie er seine dicken Arbeitshandschuhe zu Boden fallen ließ, ein paar hellgraue Seidenhandschuhe aus seiner Hosentasche hervorzog und sie sich überstreifte.

»Was – wie kommst du auf den Tresor?«, fragte sie scharf.

»Na, was immer da drin ist, das wirst du ja wohl kaum hierlassen wollen.« Er zwinkerte ihr zu. »Du weißt doch sicher, wie man den aufkriegt, oder?«

Langsam, fast liebevoll glitten die mit Seide verhüllten Fingerkuppen seiner rechten Hand über die Stahltür. Lona folgte der Geste mit ihren Blicken und spürte, wie sie innerlich erstarrte. Ein furchtbarer Verdacht keimte in ihr auf.

»Nein!«, antwortete sie hastig.

Fabian betrachtete sie mit einem dünnen, amüsierten Lächeln. »Zu dumm. Das hat deine Mutter auch behauptet. Und irgendwie hab ich ihr das ebenso wenig geglaubt wie dir.«

Sie starrte ihn an, wie gelähmt vor Entsetzen.

»Du!«, stieß sie heiser hervor. »*Du* warst das!«

»Sieht so aus, was?« Er lächelte noch immer. »Und ich hatte mich schon so gefreut, als du mich hier als Auszugshelfer engagiert hast – weil ich dachte, jetzt komm ich doch noch an den Tresor ran, den ich beim vorigen Mal nicht aufgekriegt habe. Alle Achtung vor deinem Papa, er hat sich da ein echt vertracktes Modell zugelegt. Und jetzt willst du mir allen Ernstes erzählen, er hätte dir niemals verraten, wie das Teil aufgeht?«

Jähe Angst durchflutete Lona. Sie wollte sich aus dem Bürostuhl erheben, aber ihre Glieder gehorchten ihr nicht; es war, als hielten sie zentnerschwere Gewichte auf dem Sitz fest.

»Ich … ich weiß es wirklich nicht …«

Sie verstummte, als er plötzlich mit schnellen Schritten auf sie zukam und dabei gleichzeitig einen dunklen, länglichen Gegenstand hervorzog. Im nächsten Moment schnappte eine blinkende Messerklinge vor Lonas Augen auf, und dann spürte sie die dünne, scharfe Schneide an ihrem Hals.

»Wenn du schreist, dann stech ich dich auf der Stelle ab, ist das klar?« Das Lächeln war verschwunden, die blaugrauen Augen waren hart und kalt. »Und glaub bloß nicht, dass ich scherze; bei deiner Mutter hab ich auch nicht lange gefackelt, als sie anfing, um Hilfe zu brüllen. Ich hatte ihr gesagt, dass sie still sein soll, aber die dumme Kuh wollte ja nicht auf mich hören.«

Die Erwähnung ihrer Mutter löste Lona plötzlich aus ihrer Schockstarre. So fest sie konnte, stieß sie sich mit den Füßen ab, so dass der Bürostuhl ein Stück nach hinten und aus der Reichweite ihres Gegners rollte. Dann sprang sie auf und stürzte in Richtung Zimmertür – doch Fabian war schneller, packte sie am Arm, riss sie zu sich herum und schlug ihr hart mit dem Handrücken ins Gesicht. Sekundenlang wurde Lona schwarz vor Augen.

Als sie wieder zu sich kam, lag sie bäuchlings auf dem Boden und spürte, wie etwas Dünnes, Hartes ihr die Hände auf dem Rücken fest zusammenschnürte.

»Au!« Sie schrie auf vor Schmerz. »Bist du wahnsinnig?«

»Halt's Maul!«, gab er grob zurück, versetzte ihr einen kräftigen Hieb auf den Hinterkopf und zog die quälende Fessel noch enger zu.

Lona stöhnte laut; es war, als schnitten ihr rings um die Handgelenke glühende Messer ins Fleisch.

»Nicht so fest!«, bat sie flehend. »Bitte!«

»Maul halten, hab ich gesagt!«

Gleich darauf waren auch ihre Füße auf dieselbe schmerzhafte Weise gefesselt, und er ließ von ihr ab. Vorsichtig wälzte Lona sich auf die Seite. Der längliche, dünne Plastikstreifen, der auf der Höhe ihrer Knöchel steif wie eine Pinne in die Luft ragte, bestätigte ihre Ahnung. *Kabelbinder. Verfluchter Bastard.*

Eine warme, nasse Flüssigkeit lief ihr in den Mund und in die Kehle. Einen qualvollen Moment lang glaubte sie zu ersticken, würgte heftig und spuckte das Zeug aus. Es war rot. Ihre Zunge ertastete einen Riss in ihrem Mundwinkel und sie erkannte den kupfrigen Geschmack von Blut. Erst jetzt wurde ihr bewusst, dass ihre ganze rechte Wange wie Feuer brannte.

Sie versuchte verzweifelt, sich aufzusetzen, aber es gelang ihr nicht. Mitten in ihre fruchtlosen Bemühungen hinein erklang ein tiefes, hämisches Lachen. Sie hielt inne und sah hoch. Fabian hatte sich auf die Schreibtischkante geschwungen, ließ lässig die Füße herabbaumeln und reinigte sich einen Daumennagel mit der Klinge des Klappmessers.

»Was soll das?«, fragte sie leise. »Das ist doch Wahnsinn! Selbst wenn ich dir den Tresor aufmachen würde – was hättest du denn jetzt noch davon, nach *dem* hier? Damit kommst du doch niemals davon!«

»Kluges Mädchen!« Das Lächeln war wieder da, breiter und selbstzufriedener denn je. »Aber ich sehe das Ganze durchaus als eine Win-win-Situation für uns beide: Ich mache hier noch einmal schön Beute – und dafür sorge ich hinterher dafür, dass du mit deinem geliebten Dirk wiedervereint wirst. Ist das nicht toll? Stell dir vor, du wirst nie wieder irgendwelche bösen Albträume haben! Eigentlich müsstest du mir dankbar sein.«

Seine Worte legten sich um Lonas Hals wie ein dritter, unsichtbarer Kabelbinder, der sich ganz langsam zuzog.

»Du willst mich … umbringen?«, flüsterte sie mühsam.

»Ganz genau«, antwortete er mit der größten Selbstverständlichkeit. »Danach schaff ich deine Leiche mit dem Transporter weg und lasse beides auf Nimmerwiedersehen verschwinden. Claudia und deiner Freundin mit dem Kellerraum – wie heißt sie doch gleich? Andrea? – also, den beiden werde ich sagen, du wärst heute Abend komischerweise nicht da gewesen, als ich verabredungsgemäß zum Möbelausräumen gekommen bin, und ich hätte keine Ahnung, wo du steckst, und dann kann der Rest der Welt sich nach dir dumm und dämlich suchen. Auf mich kommt ganz bestimmt keiner.« Er winkte ihr demonstrativ und vergnügt mit seinen behandschuhten Händen zu.

Lonas Herz sank. Sie machte sich keine Illusionen: Dieser Mann meinte es ernst. Sie würde diesen Raum nicht mehr lebend verlassen. Die Ausweglosigkeit ihrer Situation weckte jedoch überraschenderweise tatsächlich wieder den Kampfgeist in ihr.

»Und warum soll ich dir dann erst noch einen Gefallen tun und den Tresor öffnen, wenn du mich danach sowieso umbringst?«, spie sie hervor.

»Weil du es dir dann ersparst, dass ich vorher noch ein bisschen mit dir spiele.« Er bedachte sie von oben bis unten mit einem begehrlichen Blick, der sie förmlich auszog. »Und glaub mir, es würde mir nicht leichtfallen, dich abzustechen, ohne zuvor meinen Spaß mit dir gehabt zu haben. Aber wenn du ein braves Mädchen bist, dann bin ich auch ein braver Junge.«

Lonas Todesangst vermischte sich immer mehr mit abgrundtiefem Hass und wütender Verachtung.

»Wenn du ein braver Junge bist, dann nimmst du mir diese verdammten Kabelbinder ab«, forderte sie. »Mir sterben nämlich allmählich die Hände und Füße ab. Außerdem will ich mich jetzt endlich hinsetzen, mir tut schon alles weh. Solange du mich hier rumliegen lässt wie einen Sack Mehl, rede ich kein weiteres Wort mehr mit dir.«

Ohne einen Kommentar sprang Fabian von dem Schreibtisch herunter, packte Lona unter den Armen und zog sie hoch in eine sitzende Position.

»Und die Kabelbinder?«, fauchte sie, als er sich wieder auf den Schreibtisch schwang.

»Bleiben, wo sie sind.« Er sah herablassend auf sie hinunter. »Du bist mir ein bisschen zu schlecht gelaunt, Schätzchen. Nicht dass du mir noch auf dumme Gedanken kommst.«

Sie biss sich auf die Lippen. »Hast du das mit meiner Mutter auch so gemacht?«, fragte sie. »Hast du sie auch erst noch gefesselt und mit ihr … *gespielt?*«

»Ach was!«, schnaubte Fabian verächtlich. »Bei der war der Ofen ganz schnell aus. Sie hat geschrien wie eine Irre – und ich hatte auch nicht den ganzen Abend Zeit. Schließlich musste ich wieder zurück ins Restaurant.«

»Für dein Alibi, ja?« Lona schüttelte den Kopf. »Aber deine Kollegen müssen doch gemerkt haben, dass du zwischendurch mindestens zwei oder drei Stunden weg warst!«

»Sie haben mich sogar mit einem ›Gute Besserung‹ verabschiedet.« Ein diabolisches Grinsen machte sich auf Fabians Gesicht breit. »Ich bekam nämlich mittendrin scheußliche Kopfschmerzen. Mein Chef war so nett, ganz schnell für mich zu übernehmen, und ich bin nach Hause gefahren, habe eine Tablette eingeworfen und mich hingelegt, bis es mir besserging und ich wieder weiterarbeiten konnte. Das ist jedenfalls die offizielle Version.«

»Und stattdessen bist du in der Zeit hierhergefahren«, resümierte Lona erbittert. »Jetzt wird mir auch klar, warum du an dem Abend so vehement darauf bestanden hast, dass ich durchgehend bei Claudia bleibe – damit du freie Bahn hast und zumindest ich dir schon mal nicht mehr in die Quere komme!« Ihre Augen wurden schmal. »Apropos Claudia – weiß die eigentlich, was du außerhalb deiner Arbeit so treibst? Oder seid ihr beide am Ende ein Team?«

Fabian prustete laut. »Ach was – die ist genauso ein ahnungsloses Häschen wie du. Ihr könnt euch echt die Hand geben, ihr zwei.«

»Und Brynjar?« Jetzt wollte Lona alles wissen. »Hast du ihm das Collier absichtlich untergeschoben, um den Verdacht auf ihn zu lenken?«

Diesmal verschluckte Fabian sich beinahe vor Lachen. »Das ist der *größte* Witz an der ganzen Geschichte – das hat der bekiffte Wichser mir nämlich tatsächlich aus der Jackentasche geklaut. An dem Abend, als ich ihn nach Konstanz mitgenommen hatte, war ich dort mit einem Mann verabredet, der mir das Collier abkaufen wollte. Kannst du dir vorstellen, wie dumm ich aus der Wäsche geschaut habe, als ich es dem Interessenten zeigen wollte und das gute Stück plötzlich verschwunden war? Den ganzen nächsten Tag lang hab ich hin und her überlegt, wie ich das Teil unauffällig zurückholen und den Idioten bei der Gelegenheit am besten gleich noch umlegen konnte … und dann wird es bei ihm gefunden und er wird an meiner Stelle verhaftet. Perfekt – besser hätte ich es niemals arrangieren können.«

Mit einem Mal verschwand das Lachen aus seinem Gesicht, und sein Blick wurde finster.

»Das einzig Dumme ist nur, dass ich mit diesem verschwundenen Collier einen potenziellen künftigen Abnehmer für meine Ware verprellt habe. Und das ist umso bedauerlicher, als ich dringend auf neue Abnehmer angewiesen bin, seit mein jahrelanger bester Kunde kurz zuvor ins Gras gebissen hat. Um exakt zu sein: Er ist in einem Weiher ersoffen, als er eine Schnüfflerin verfolgte, die ihn dabei erwischt hat, als er sein Lager räumen wollte.«

Lona erbleichte, als Fabian von dem Schreibtisch herunterrutschte und sich breitbeinig vor sie hinstellte.

»Und wenn ich es mir recht überlege«, sagte er, und ein Lächeln blitzte in seinem Mundwinkel auf, »dann ist diese Schnüfflerin mir deshalb eigentlich was schuldig. Zumal sie ja auch ganz offensichtlich kein braves Mädchen sein will.«

Er wirbelte herum und fegte mit einer heftigen Handbewegung alles herunter, was noch auf dem Schreibtisch herumlag. Erschrocken zog Lona den Kopf ein; gleichzeitig loderte jähe Panik in ihr hoch. Sie wusste, was das bedeutete.

»So wunderbar viel Platz!« Fabians Augen blitzten. »Ist doch pure Verschwendung, das Ding nur zum *Schreiben* zu benutzen!«

Erneut packten seine Hände sie unter den Armen und rissen sie mit der gleichen Leichtigkeit hoch wie zuvor den runden Tisch. Lona schrie auf vor Schmerzen, als er sie über den Parkettboden schleifte und auf die Tischplatte wälzte. Die gefesselten Hände bohrten sich wie ein riesiger harter Knoten in ihren Rücken, als er sich der

Länge nach auf sie warf und seine Lippen lange und begehrlich auf die ihren presste.

»Ich wollte schon immer mal so eine rothaarige Hexe ficken«, keuchte er, als er sich wieder von ihr löste. »Ich bin sicher, das macht noch mehr Spaß als bei meiner schwarzen Gothic-Queen!«

»Bitte!«, presste Lona hervor, während ihr die Tränen über die Wangen liefen, »mach wenigstens meine Hände frei … damit ich … richtig liegen kann … wenn du …«

Er schaute sie an, und sie sah die böse Gier in seinen Augen, die unbändige Lust, sie zu quälen.

»Oh nein«, sagte er lächelnd. »Ich hab eine bessere Idee.«

Er sprang vom Tisch, drehte Lona auf den Bauch, schnitt mit seinem Messer den Kabelbinder an ihren Füßen durch und riss ihr grob die Jeans mitsamt dem Slip herunter. Dann schob er ihre Beine zur Seite und drückte sie nach unten, bis sie mit zitternden Knien über die Tischplatte gebeugt dastand – wie ein Kind, das auf eine Züchtigung mit dem Rohrstock wartete. Nur dass der Mann, dessen Hände jetzt gierig ihre nackten Hinterbacken durchkneteten, sie entschieden grausamer verletzen würde.

»Sehr schön«, hörte sie seine zufriedene Stimme; aus dem Augenwinkel heraus sah sie, wie er an seiner Hose nestelte. »Das wird doch schon mal ein guter Anfang. Los, mach die Beine noch ein bisschen breiter – oder muss ich nachhelfen?«

»*Nein!*« Sie schrie verzweifelt auf. »Bitte nicht! Ich … ich sag dir, wie du den Tresor aufbekommst! Ich zeig es dir! Bitte … bitte, tu das nicht …«

Er hielt mitten in der Bewegung inne. »Sieh an! Willst du etwa doch noch ein braves Mädchen sein?« Seine Stimme triefte vor Ironie.

»Ja.« Sie gab jeden Widerstand gegen die Tränen auf und weinte hemmungslos. »Ich … ich tu alles, was du willst.«

»Na denn.« Er packte sie am Kragen, richtete sie auf und hielt ihr gleichzeitig erneut das Messer an die Kehle. »Aber mach keinen Unsinn, ja? Sonst setz ich dich schachmatt und vögle dich durch, bis du nicht mehr weißt, wo vorn und wo hinten ist. Also?«

Lona hatte zunehmend Mühe zu atmen und zog heftig die Nase hoch. »Ich … ich brauch eine freie Hand«, sagte sie. »Der Schlüssel zu dem Tresor ist in einem Geheimfach in dem Schreibtisch. Ich weiß, wie ich da rankomme, aber das muss ich selber machen.«

Er schien kurz nachzudenken. Dann zerschnitt er den Kabelbinder, der Lonas Hände auf dem Rücken zusammengeschnürt hatte. Noch ehe Lona auch nur ansatzweise wieder ein Gefühl in ihren völlig tauben Armen spürte, hatte Fabian bereits einen neuen Kabelbinder aus der Tasche hervorgezogen und band damit Lonas linke Hand an einer der geschnitzten Schmucksäulen des Schreibtischs fest.

»Nur zur Sicherheit«, erklärte er. »So – wo ist nun dieses Geheimfach?«

Lona zitterte am ganzen Körper. Sie wischte sich die Tränen aus dem Gesicht und bewegte hektisch die wie abgestorbenen Finger ihrer rechten Hand, um sie wieder zum Leben zu erwecken. Dann begann sie unter der Schreibplatte zu tasten. Dabei hörte sie in ihrem Inneren die Stimme ihres Vaters, als säße er direkt neben ihr. *Die*

Schreibplatte ist nur deshalb so dick, weil darunter noch ein Geheimfach ist, Lona. In der Mitte zieht sich über die gesamte Schreibtischtiefe ein schmales Brett, das man nach unten aufklappen kann, und dann kann man rechts und links davon ein paar flache Gegenstände in das Fach hineinlegen. Hier – hier unten musst du hingreifen … spürst du den Knopf? Den musst du drehen.

Das schmale Brett senkte sich nach unten ab. Lona ertastete in der rechten Hälfte des Geheimfaches den großen Doppelbartschlüssel, zog ihn heraus und hielt ihn Fabian entgegen.

»Hier«, murmelte sie tonlos. »Und die Kombination ist 9473.«

Er nahm den Schlüssel entgegen und betrachtete ihn. »9473?«

»Ja.«

Er ging zu dem Tresor in dem Wandschrank. Gleichzeitig hörte Lona erneut die Stimme ihres Vaters. *Und die hier … Ich hoffe ja, dass ich sie niemals brauchen werde, und du auch nicht. Aber zumindest weißt du jetzt, dass sie hier ist. Ich zeig dir, wie man damit umgeht. Hol sie heraus …*

Sie griff in die linke Hälfte des Geheimfachs. Ihre Finger, in denen mittlerweile zumindest wieder ein bisschen Blut zirkulierte, legten sich um den Gegenstand und holten ihn hervor.

… und so entsicherst du sie. Ein leiser Klicklaut war zu hören.

Lona atmete tief durch. »Fabian?«

Fabian, der gerade mit dem Doppelbartschlüssel an der Tresortür herumhantierte, wandte sich um. »Ja?«

»Hier – ich hab noch was für dich!«

Sie hob die Pistole und schoss. Ein lauter Knall zerriss die Stille des Raumes. Dann sah sie Fabians weit aufgerissene Augen und den roten Fleck auf seiner Brust, der schnell größer wurde.

Sie schoss noch einmal. Und noch einmal. Sie schoss und schoss, bis das Magazin leer war und die Waffe nur noch ein nutzloses Klicken von sich gab.

Als Lona sie endlich sinken ließ, lag Fabian blutüberströmt am Boden und regte sich nicht mehr.

Großer Gott, dachte sie. *Großer Gott.*

Dann begann sie laut um Hilfe zu rufen.

15

Der Himmel über dem Bodensee war grau und wolkenverhangen. Der Frühsommer schien sein Gastspiel fürs Erste beendet zu haben; die Temperaturen waren um ein paar Grade gesunken, und seit zwei Tagen regnete es fast ununterbrochen.

Auf dem Konstanzer Hauptfriedhof bewegte sich eine kleine Prozession auf ein Grab zu, an dessen Ecke vorne rechts ein tiefes Loch ausgehoben worden war. Hinter dem Mitarbeiter des Bestattungsinstituts, der eine große Urne aus blankpoliertem dunklem Holz trug, gingen Lona Mende und Claudia Reisacher, beide in Schwarz gekleidet und mit weißen Rosen in den Händen. Claudia hatte sich bei Lona untergehakt, so dass sie Platz unter dem großen Regenschirm fand, den Lona über sie beide hielt.

Sie hatten das Reisacher-Familiengrab erreicht. Stumm sahen die beiden jungen Frauen zu, wie der Mann die Urne in der Erde versenkte.

Lona atmete tief durch. Der Geruch nach nassem Laub und kühler, feuchter Erde war überraschend angenehm, beinahe belebend. Und sie fand es ausgesprochen schön, bei diesem endgültigen Abschied von Dirk allein zu sein, nur mit seiner Schwester an ihrer Seite, die für sie zu einer innig vertrauten Freundin geworden war. Es war Claudias Vorschlag gewesen, zu dieser Urnenbeisetzung niemanden sonst mehr einzuladen. »Die anderen haben sich bei der Trauerfeier am Sarg verabschieden können, und Mutter sitzt jetzt in ihrem Ashram in Indien«, hatte sie gesagt. »Dieser letzte Moment soll nur uns beiden gehören, Lona. Dir und mir.«

Sie wandte den Kopf zur Seite. Claudia starrte verbissen auf das Grab und den noch gut sichtbaren gewölbten Urnendeckel. Sie war deutlich weniger stark geschminkt als sonst, aber Lona wusste, dass das nicht der einzige Grund für ihre geradezu geisterhafte Blässe war. Die Erkenntnis, dass ihr Freund und Lebensgefährte ein Krimineller gewesen war, hatte Claudia tief getroffen; und als sie erfuhr, dass er nicht nur Lonas Mutter getötet, sondern nun auch noch Lona gefesselt, geschlagen, sexuell genötigt und mit dem Tod bedroht hatte, da hatte sie es anfangs nicht einmal mehr fertiggebracht, Lona weiterhin in die Augen zu sehen. Dieser erste Schock war mittlerweile zum Glück überwunden; dennoch würde auch Claudia jetzt erst mal eine Weile damit beschäftigt sein, den Boden unter den Füßen wiederzufinden.

So wie Lona selbst.

Der Mann vom Bestattungsinstitut hatte sich inzwischen diskret zurückgezogen. Nichts war zu hören außer dem monotonen Prasseln der Regentropfen.

»Willst du noch einmal mit Dirk alleine sein?«, fragte Claudia leise.

Lona schüttelte den Kopf. »Nein. Lass uns gehen.«

Sie traten gemeinsam vor und ließen ihre weißen Rosen auf die Urne hinabgleiten. Lona bekreuzigte sich. Dann machten sie sich langsam, immer noch Arm in Arm, auf den Rückweg zum Friedhofsausgang.

»Und es macht dir wirklich nichts aus, dass ich dein Sofa noch länger in Anspruch nehme?«, fragte Lona nach einer Weile.

»Du kannst bei mir wohnen, solange du willst«, antwortete Claudia. »Das ist ja wohl das Mindeste, was ich für dich tun kann, nach allem, was passiert ist. Allerdings übernehme ich keine Garantie, wie lange *ich* noch bleibe. Ich denke, es wird Zeit, dass ich mal wieder weiterziehe.«

»Hast du deshalb deinen Kellnerjob wieder gekündigt?«, erkundigte sich Lona.

Claudia schnaubte. »Ich arbeite doch nicht eine Sekunde länger in dem gleichen Restaurant, in dem dieser Mistkerl gearbeitet hat. Ganz abgesehen davon, dass *er* mir diesen Job vermittelt hat, und ich will nichts mehr, was mich auch nur im Entferntesten an ihn erinnert.« Sie schnaubte erneut, dann umspielte ein winziges Lächeln ihre Mundwinkel. »Außer Narcissa natürlich. Die geb ich nicht her.«

»Ach – die war von Fabian?«

»Erwähn diesen Namen nicht mehr, ja?« Claudia blieb jäh stehen und warf ihr einen finsteren Blick zu. »Ich bevorzuge *Mistkerl*.«

»Passt«, gab Lona trocken zurück.

Sie sahen einander an, dann gluckste Claudia unwillkürlich, und plötzlich lächelten beide wie befreit.

»Wie schön, dass wir uns einig sind«, sagte Claudia und hakte sich erneut bei Lona unter, als sie ihren Weg fortsetzten. »Vielleicht sollten wir uns zusammentun und gemeinsam etwas Neues starten. Irgendwo, möglichst weit weg von hier.«

»Klingt nach einem guten Plan.«

Wortlos gingen sie weiter, bis sie den Ausgang erreichten. Der Regen fiel inzwischen noch dichter, und sie beeilten sich, zu dem Parkplatz zu kommen, wo Lona ihren Wagen abgestellt hatte. Erleichtert atmeten sie auf, als sie endlich im Trockenen saßen.

»Sag mal«, meinte Lona plötzlich, »kennst du eigentlich noch irgendein anderes gutes Tattoo-Studio hier in der Gegend? Eines, wo man eventuell gegen eine Gebühr auch dich an die Geräte ranlassen würde?«

Claudia warf ihr einen verblüfften Seitenblick zu. »Wieso fragst du das?«

»Weil ich mit dem Gedanken spiele, mir ein Tattoo zuzulegen«, antwortete Lona seelenruhig. »Und wenn, dann möchte ich, dass *du* es mir stichst.«

Auf Claudias Stirn bildete sich eine steile Falte. »Ähm ... geht's dir gut, Lona? Ist alles in Ordnung mit dir?«

Lona lachte leise. »Ich weiß ... Tätowiernadeln auf meiner Haut waren für mich noch vor kurzem ebenso undenkbar wie Ratten auf meinen Schultern. Aber die Zeiten haben sich geändert. Und wenn schon Neuanfang, dann richtig.«

»Aha.« Claudia schüttelte, immer noch ungläubig, den Kopf. »Also wenn du das wirklich möchtest – ich kann mich ja mal umhören; hier in Konstanz gibt's bestimmt ein paar Studios. Weißt du denn auch schon, *was* du dir eintätowieren lassen willst?«

»Ja.« Lona langte nach hinten auf den Rücksitz, angelte ihre Tasche nach vorne, holte ihr Smartphone heraus und suchte unter ihren Fotos. »Hier!«

Claudia betrachtete das Bild, das Lona ihr entgegenhielt. »Einen Ganesha?«

»Ja«, antwortete Lona lächelnd. »Beseitigt Hindernisse, bringt Glück und hilft bei jedem Neubeginn. Genau das, was ich jetzt brauche. Und dass du mir die Ratte nicht vergisst – hier!« Sie zeigte auf das Tier, das neben dem Gott mit dem Elefantenkopf saß. »Die ist mit das Wichtigste.«

»Kein Problem.« Claudias Augen blitzten unternehmungslustig. »Ich mach nachher gleich mal ein paar Entwürfe. Ich nehme an, du hast nichts dagegen, wenn ich mir für die Ratte Narcissa als Modell nehme?«

»Davon gehe ich aus«, schmunzelte Lona, stellte die Tasche wieder zurück auf die Rückbank und ließ den Motor an.

Am Nachmittag fuhr Lona von Meersburg aus noch einmal zurück nach Konstanz, um Brynjar Egillsson zu besuchen. Von Kriminalkommissar Surendra Sinha hatte sie bereits erfahren, dass die Ermittlungen wegen Einbruch und Mord gegen Brynjar eingestellt worden waren, dass er jedoch aus freiem Entschluss weiterhin in der Klinik bleiben wollte, in die man ihn zur Entgiftung eingeliefert hatte.

In den ersten Tagen nach dem Vorfall mit Fabian hatte sie noch keinen Kopf dafür gehabt. Jetzt war es höchste Zeit, dass sie sich bei ihm meldete – immerhin schuldete sie ihm eine Abbitte wegen ihres Verdachts.

Sie fand Brynjar in einem Krankenbett vor, bleich und abgemagert, das Gesicht noch immer mit Pusteln übersät, wenn auch – jedenfalls kam es ihr so vor – nicht mehr ganz so stark wie bei ihrer vorigen Begegnung. Er lag reglos da und sah ihr unsicher entgegen.

»Hallo, Brynjar!«, sagte sie und spürte, wie ihre Wangen vor Verlegenheit leicht zu brennen begannen. »Wie geht es dir?«

Seine Augen wurden groß, sein Blick prüfend. Lona war sich sicher, dass er in diesem Moment vor allem den großen Bluterguss auf ihrer Schläfe und den verschorften Riss in ihrem Mundwinkel gründlich studierte.

»Was ist mit dir passiert?«, erkundigte er sich denn auch prompt, ohne ihre Frage zu beantworten.

»Nichts, was nicht wieder in Ordnung kommt«, antwortete sie und ließ sich auf einem Stuhl neben seinem Bett nieder. »Ich hatte eine … Auseinandersetzung mit dem wahren Mörder meiner Mutter. Es war tatsächlich dieser Fabian.«

Brynjar nickte. »Dachte ich mir. Ich meine, als sie mir gesagt haben, dass zumindest dieser Verdacht gegen mich fallengelassen worden ist. *Guði sé lof!* Jetzt muss ich mich zwar trotzdem noch wegen der Drogen und der Diebstähle verantworten, und da kommen bestimmt auch ein paar Jahre zusammen. Aber immer noch besser als lebenslänglich wegen Mord.«

Schuldbewusst blickte Lona zu Boden. »Es tut mir leid, Brynjar, dass ich dich verdächtigt habe, und überhaupt …«

»Mach dir keine Vorwürfe«, sagte Brynjar. »Wenn ich jetzt ins Gefängnis gehe, dann ist es einzig und allein meine Schuld, nicht deine. Hätte ich mich nicht auf diese verfluchten Drogen eingelassen, dann wäre das alles nicht passiert. Und dann … dann würde auch Dirk noch leben. Ich muss *dich* um Verzeihung bitten, nicht umgekehrt.«

»Wir können jetzt nichts mehr ändern«, erwiderte Lona und nahm Brynjars Hand in die ihre. »Also machen wir weiter, so gut es geht. Und du willst jetzt endgültig von den Drogen loskommen, ja?«

»Ja«, nickte Brynjar. »Unbedingt. Ich will mein Leben wieder auf die Reihe kriegen. Ich hab bei der Polizei umfangreiche Angaben zu meinen Dealern gemacht; wenn ich Glück habe, wird sich das bei meinem Verfahren strafmildernd auswirken. Und ich will den Entzug! In gewisser Weise hast du mir mit deiner Anzeige sogar geholfen, denn dadurch bin ich hierhergekommen. Die verdammten Magenschmerzen sind schon weniger geworden; im Moment ist es mehr der Kreislauf, der Zicken macht, aber insgesamt machen die Ärzte mir Mut. Sie sagen auch, dass die Entwöhnung nach der Entgiftung entweder stationär oder ambulant erfolgt – das wird wohl auch davon abhängen, inwieweit meine Krankenkasse da mitspielt. Arnar hat sich schon in den Papierkrieg gestürzt.«

»Wo ist er überhaupt?«, rutschte es aus Lona heraus, ehe sie sich die Frage verkneifen konnte.

»In der WG«, antwortete Brynjar. »Er packt meine Sachen zusammen, damit wir das Zimmer kündigen können. Ich meine, in der nächsten Zeit wird mein Hauptwohnsitz entweder die Klinik oder der Knast sein, da müssen wir nicht auch noch diese Mietkosten zahlen. Das Geld werden wir sehr viel dringender für meinen Anwalt brauchen, und für den Entzug. Bis ich mal wieder so weit bin, dass ich selbst was verdienen kann, wird das alles leider an Arnar hängenbleiben.« Seine Augen wurden dunkel. »Es tut mir entsetzlich leid, dass ich ihn so enttäuscht habe. Ich hab ihm damals hoch und heilig versprochen, nie wieder Drogen anzurühren, als er mir nach meinem ersten Grasabenteuer so gründlich das Fell über die Ohren gezogen hat. Und jetzt … eigentlich hätte ich diesmal eine doppelte Tracht Prügel verdient. Stattdessen hilft er mir, wo er nur kann. Ich bin ihm so dankbar! Er will mich sogar fürs Erste zu sich nehmen, wenn ich hier alles hinter mir habe und nach Island zurückgehen kann.«

»Das hast du vor, ja?«

»Ja.« Er kratzte sich mit der freien Hand hinter dem Ohr. »Ich denke, da sind meine Chancen, endgültig wieder auf die Beine zu kommen, größer als hier.«

»Wahrscheinlich«, nickte Lona zustimmend. »Zumindest wirst du dort wieder Ruhe und Frieden finden – so wie ich.«

Sie ließ Brynjars Hand los, griff nach der Tüte, die sie mitgebracht hatte, und zog einen Pullover hervor. Zärtlich strich sie über die dicke graue Islandwolle. Brynjar richtete sich auf; sein Blick hing an dem gestrickten Muster in Schwarz und dunklen Grautönen.

»Ist der aus Island?«, fragte er.

»Ja«, antwortete Lona mit belegter Stimme. »Ich habe ihn in Reykjavík gekauft; ich wollte ihn Dirk mitbringen. Aber leider … hat er ihn nicht mehr bekommen.« Sie schluckte den Kloß in ihrem Hals hinunter und hielt Brynjar den Pullover entgegen. »Ihr beide habt in etwa die gleiche Statur, er müsste dir passen. Möchtest du ihn haben?«

Zögernd nahm Brynjar den Pullover entgegen, drückte ihn an sich und schloss die Augen. Nach einer Weile hob er den Kopf und sah Lona an. Seine Augen waren blank geworden.

»Er war der beste Freund, den ich je hatte«, sagte er leise. »Ich werde ihn nie vergessen. Danke, Lona!«

Lona biss sich auf die Lippen und nickte leicht. »Ich wünsche dir alles Gute, Brynjar.«

~

Von Konstanz aus machte Lona noch einen Abstecher auf die Reichenau. Wobei sie allerdings ihre Villa links liegen ließ. Auch wenn sie noch einiges an Habseligkeiten würde herausholen müssen, aber seit dem traumatischen Abend mit Fabian brachte sie es ohne Begleitung nicht fertig, sich dem Haus auch nur zu nähern. Sie verfluchte sich selbst dafür, tröstete sich jedoch mit dem Gedanken, dass das, so wie es aussah, die einzige Schwäche war, mit der sie jetzt noch fertigwerden musste. Aber es gab noch einen anderen Ort auf der Insel, den sie nach wie vor liebte und vor dem sie keine Angst hatte. Und zu dem zog es sie jetzt.

Sie sprach ein Gebet am Grab ihrer Eltern, ließ ihre Blicke eine Weile auf dem Gnadensee ruhen und betrat dann das Münster Sankt Maria und Markus. Es war leer und völlig still. Nur das Echo ihrer Schritte war zu hören, als sie zu dem kleinen Seitenaltar mit der Pietà ging. Eine Weile blieb sie mit gefalteten Händen und in ein Gebet versunken davor stehen. Dann entzündete sie eine der weißen Kerzen, stellte sie zu den anderen in das schmiedeeiserne Gestell und ließ sich in der vordersten Gebetbank nieder.

Stumm blickte sie auf die Figur der Madonna mit der Leiche ihres gemarterten Sohnes. Zum ersten Mal fiel ihr auf, wie aufrecht der tote Christus im Schoß seiner Mutter saß – und wie ruhig Maria ihn betrachtete. Als würde sie denken: »Ich weiß doch ebenso wie du, dass der Tod nicht das Ende ist, mein Sohn. Lassen wir das alles hinter uns. Komm, mach die Augen auf, und dann gehen wir.«

Erneut faltete Lona die Hände. *Nimm auch Dirk so in deine Arme, Mutter Gottes. Damit er alles hinter sich lassen und in sein neues Leben gehen kann.*

Hinter ihr ertönte das laut hallende Geräusch eines Tores, das geöffnet und wieder geschlossen wurde, und dann hörte sie Schritte, die näher kamen. Offenbar war sie doch nicht die Einzige, die es an diesem Nachmittag zu einem Gebet in das Münster zog.

Früher hätte Lona sich in so einem Moment nicht umgedreht. Jetzt aber bereitete ihr das Gefühl, jemanden in ihrem Rücken zu haben, von dem sie nicht wusste, ob er Freund oder Feind war, Unbehagen, und sie wandte sich zu dem neuen Besucher um.

Sie erkannte ihn sofort, und für den Bruchteil einer Sekunde setzte ihr Herzschlag aus.

Es war Arnar.

Er blieb stehen, als er merkte, dass ihr Blick auf ihn fiel, und deutete fragend erst auf sich und dann auf den Pietà-Altar. Lona zögerte kurz, dann nickte sie zustimmend. Er trat näher, entzündete ebenfalls eine Kerze und setzte sich dann, wenn auch mit deutlichem Abstand, neben sie.

»Woher hast du gewusst, dass ich hier bin?«, fragte Lona leise.

»Ich hab es nicht *gewusst*«, antwortete er mit ebenso gedämpfter Stimme. »Nur gehofft. Du hast mir doch damals erzählt, dass das hier ein Kraftort für dich ist. Deshalb dachte ich, wenn ich dich derzeit irgendwo finde, dann hier.«

»Heißt das, du hast nach mir gesucht?« Jetzt sah sie ihn an, und er erwiderte ihren Blick.

»Brynjar hat mir gesagt, dass du bei ihm warst«, sagte er. »Ich wollte dir danken. Dein Besuch hat ihm sehr gutgetan.«

»Das war doch selbstverständlich.«

»Sag das nicht.« Arnars Miene verdüsterte sich. »Farid ist der Einzige, der sich bislang bei meinem Bruder hat blicken lassen. Er hat mir übrigens verraten, dass … Du hast tatsächlich Brynjars Schulden bei ihm und Daniela bezahlt?«

»Ja«, nickte Lona. »Aber dieses Geld will ich nicht wiederhaben. Betrachte es als einen Zuschuss zu den Kosten für Brynjars Entzug. Und wenn ich euch noch mehr helfen kann, dann sag es mir bitte, ja?«

»Das würdest du tun?« Sein Gesicht drückte unverhohlenes Staunen aus. »Obwohl ich schuld bin am Tod deines Vaters?«

»Da kann schließlich Brynjar nichts dafür.« Sie klang brüsker, als sie es beabsichtigt hatte, und fügte in etwas abgemilderterem Tonfall hinzu: »Und außerdem … hast du es ja auch nicht mit Absicht getan, oder?«

»Ganz bestimmt nicht.« Er schnaubte leise. »Trotzdem werde ich mir mein Leben lang Vorwürfe deswegen machen. Und ich hoffe, dass du mir eines Tages vergeben kannst.«

Sie betrachtete ihn lange und schweigend. Dann nickte sie leicht, rückte etwas näher an ihn heran und streckte ihre Hand nach ihm aus. Seine Augen leuchteten auf; er nahm ihre Hand in die seine und führte sie an seine Lippen.

»*Takk fyrir*«, flüsterte er. »Danke, Lona.«

Vorsichtig legte er ihre Hand wieder auf der Gebetbank ab wie einen kostbaren Gegenstand, den weiterhin zu halten er sich nicht würdig fühlte.

Verlegen richtete Lona ihren Blick auf die Pietà. Eine Weile saßen sie still und wortlos nebeneinander.

»Ich weiß jetzt, wie es sich anfühlt, wenn man einen Menschen getötet hat«, sagte Lona plötzlich leise. »Ich hab Fabian erschossen.«

»*Almáttugur!*«, entfuhr es Arnar. »Du hast … Wann, und warum?«

»Als er mich in der Villa überfallen hat und umbringen wollte«, antwortete Lona. »Ich sehe immer noch vor mir, wie ich wieder und wieder abdrücke und der Mann blutüberströmt vor mir zusammenbricht. So gesehen haben wir beide jetzt etwas gemeinsam: Auch ich habe ein Menschenleben ausgelöscht.«

»Aber du machst dir doch deswegen hoffentlich keine Vorwürfe!«, entgegnete Arnar. »Das war schließlich Notwehr – und das wird hier doch auch sicher nicht strafrechtlich verfolgt, oder?«

»Nein.«

»Na also. Und noch dazu hat der Kerl deine Mutter ermordet; Brynjar hat es mir erzählt. Also lass dich davon jetzt bitte nicht runterziehen – wenn er dich tatsächlich umbringen wollte, dann hattest du alles Recht der Welt, ihn zu erschießen.«

»Wahrscheinlich. Ein scheußliches Gefühl ist es trotzdem.«

»Glaub ich dir.« Er zögerte. »Wenn du ... jemals das Gefühl hast, dass ich dir helfen kann, egal wie, dann ... also, ich würde es gerne tun. Wenn du es auch möchtest. Du weißt, wo ich zu finden bin – ich bin immer für dich da, wenn du mich brauchst.«

Sie sah ihn an. Mit einem Mal verspürte sie große Sehnsucht, sich an ihn zu lehnen, wie damals auf Island, als er das Lied vom Maistern für sie gesungen hatte. An dem Tag war sie so voller Hoffnung gewesen, so voller Zuversicht, und doch hatte das nächste Ragnarök bereits an der Ecke auf sie gewartet. Wie würde es diesmal enden? Sie wollte ihn berühren und hatte gleichzeitig Angst davor. Angst, erneut alles zu verlieren.

Sie konnte sich nicht entscheiden, was sie tun sollte. Verunsichert wandte sie sich ab. Für einige endlose Sekunden schien es in dem Münster noch stiller zu sein als sonst.

»Ja ... dann geh ich jetzt«, murmelte Arnar plötzlich. »Wahrscheinlich willst du hier lieber allein sein.

Entschuldige, dass ich dich gestört habe. Mach's gut.« Er stand auf, neigte kurz das Haupt vor der Pietà und wandte sich zum Gehen.

»Nein, *warte!*«

Er blieb stehen und drehte sich fragend zu ihr um. Lona hatte sich ebenfalls erhoben; zu ihrer Bestürzung merkte sie, dass ihre Knie zitterten, aber es gelang ihr, sich auf den Beinen zu halten.

»Hast du …«, begann sie zögernd, »hast du noch etwas Zeit? Ich müsste ein paar Sachen aus der Villa holen – und allein traue ich mich da im Moment nicht rein. Ich brauch unbedingt einen Begleiter, dem … dem ich vertrauen kann.«

Arnars Gesicht leuchtete auf wie die Kerzen vor dem Altar. »Na klar! *Klar* hab ich Zeit! So viel du willst!«

»Wunderbar«, lächelte sie erleichtert. »Dann lass uns gehen. Jetzt gleich.«

Die Reichenau war wie ausgestorben, als Lona und Arnar einträchtig die Mittelzeller Straße entlang auf die Südseite der Insel wanderten.

Mitten auf dem Weg blieb Arnar plötzlich stehen. »Schau mal!«, sagte er leise und deutete nach links.

Der Regen hatte nachgelassen; an einer Stelle war die Wolkendecke aufgerissen und machte Raum für die tiefstehende Sonne. Dort, wo Arnar hindeutete, spannte sich ein wunderschöner Regenbogen über die Insel.

Lona atmete bei dem Anblick tief durch.

»Arnar?«

»Ja?«

»Sing mir noch einmal das Lied vom Maistern. Bitte.«

Überrascht schaute er ihr in die Augen, dann räusperte er sich, als säße ihm etwas in der Kehle.

»Ó hve létt er þitt skóhljóð, ó hve leingi ég beið þín ...«

Es klang ein wenig heiser, aber das machte Lona nichts aus. Ein Gefühl großer Wärme durchflutete sie, als sie die vertraute Melodie hörte.

»... það er vorhret á glugga, napur vindur sem hvín ...«

Vorsichtig tastete sie nach seiner Hand.

»... en ég veit eina stjörnu, eina stjörnu sem skín ...«

Sie spürte, wie seine Finger sich mit den ihren verschränkten.

»... og nú loks ertu komin, þú ert komin til mín.«

Er brach ab und sah sie an, staunend und immer noch ein wenig zögernd – und in diesem Moment schlang Lona die Arme um ihn und presste ihr Gesicht an seine Brust ... unendlich dankbar dafür, den Halt wiedergefunden zu haben, den sie bereits für immer verloren geglaubt hatte. Sie spürte, wie seine Hand ihr sanft über den Rücken strich, wie er sie an sich zog und sie ruhig und sicher festhielt.

Und plötzlich hatte sie keine Angst mehr. Diesmal stieß die Sonne sie nicht rückwärts in ein weiteres Ragnarök – diesmal baute sie ihr eine Regenbogenbrücke in eine neue Welt.

»Ja«, flüsterte Lona. »Ja, Arnar. *Du bist zu mir gekommen.*«

Dank

Ich möchte mich herzlich bedanken bei

… Kerstin Hoogmoed von der Drogenberatungsstelle Drobs e. V. Dachau für die vielen Auskünfte und Informationen zu Crystal Meth;

… Sebastian Lutter, Polizeiobermeister in Dachau, für seine hilfreichen Antworten auf Fragen rund um die Polizeiarbeit;

… Simone Dorra, meiner Freundin, Autorenkollegin und unentbehrlichen Testleserin, die mir stets mit Rat und Tat zur Seite gestanden hat (ebenso wie ihr Mann Kai, der sich mir ebenfalls als Testleser zur Verfügung gestellt hat);

… Peter Wilhelm vom Bestatterweblog für unseren inspirativen Austausch über den Zustand von Leichen bei unterschiedlicher »Lagerung« bzw. »Lagerungsdauer«;

… dem Polizeipräsidium Konstanz, Stabsstelle Öffentlichkeitsarbeit, sowie der Polizeiinspektion Dachau für bereitwillig erteilte Auskünfte;

… dem Silberburg-Verlag Tübingen und meiner Lektorin Bettina Kimpel für das Vertrauen und die schöne Zusammenarbeit;

… und nicht zuletzt bei jenem sehr speziellen Traum, der mir irgendwann Anfang 2016 wie aus dem Nichts laut und deutlich den Satz »Die Sonne schmeckt am besten rückwärts« zugetragen hat – denn beim Grübeln nach dem Aufwachen, was mit diesem seltsamen Statement wohl gemeint war, ist mir dann dieser Krimi passiert.

Ingrid Zellner